Jerome Charyn
Blue Eyes

Jerome Charyn, geboren 1937 in der New Yorker Bronx, ist Autor von zwanzig Romanen, darunter elf Krimis um den Super-Cop Isaac Sidel. Jerome Charyn ist im Vorstand der International Association of Crime Writers, seine Krimis wurden mit zahlreichen Preisen ausgezeichnet, 1996 erhielt er die Würde des »Chevalier de l'Ordre des Arts et des Lettres« in Paris. Er lebt in Paris und New York.

Eine Prosa wie Jazz – sagt Thomas Wörtche über die Isaac Sidel-Krimis von Jerome Charyn. *Blue Eyes* ist der erste Band der New Yorker Krimi-Serie, die zum Bizarrsten und Schönsten zählt, was der amerikanische Krimi zu bieten hat.
Durch das ethnische Dickicht der Lower East Side stapft Manfred Coen, der engelhafte, blauäugige Bulle. Er soll die Tochter des Theatermäzens Vander Child aus den Klauen der marranischen Zuhälter- und Buchmachersippe Guzmann befreien, verfängt sich aber selbst in den Armen ihrer besten Luxushure und in den Netzen seiner eigenen Familiengeschichte, die eng mit dem Sippenoberhaupt Papa Guzmann verwoben ist. In *Blue Eyes* beginnt der langsame Aufstieg des Deputy Inspectors Isaac Sidel zum Bürgermeister und Vizepräsidenten der USA. *Blue Eyes* ist quasi der Urknall des New Yorker Isaac Sidel-Kosmos.

Jerome Charyn

Blue Eyes

Roman

Aus dem Amerikanischen
von Uschi Gnade

Rotbuch Verlag

Bibliografische Information Der Deutschen Bibliothek

Die Deutsche Bibliothek verzeichnet diese Publikation in der Deutschen Nationalbibliografie; detaillierte bibliografische Daten sind im Internet über http://dnb.ddb.de abrufbar

3. Auflage 2003

zuerst Berlin 1990
Titel der Originalausgabe: »Blue Eyes«

Umschlaggestaltung: projekt ® | Cathrin Günther, Hamburg
unter Verwendung einer Fotografie von Stockmarket, image 100ltd
Druck und Bindung: Druckerei Himmer, Augsburg
Printed in Germany

ISBN 3-434-54046-6

Informationen zu unserem Verlagsprogramm
finden Sie im Internet unter: www.rotbuch.de

Erster Teil

1

»Shotgun Coen.«
Der diensthabende Lieutenant versetzte seinem Untergebenen einen Rippenstoß und blinzelte der Hilfspolizistin zu, einer *Portorriqueña*, die zwischen den Dienstzeiten die Telefonzentrale bediente und eine Schwäche für Polizeibeamte hatte; sein Untergebener machte sich Hoffnungen, diese *Portorriqueña* weichzukriegen, indem er sich die Haare in seiner Nase auszupfte und es mit französischem Parfüm probierte, doch er hätte niemandem erzählen können, welche Farbe ihre Unterhose hatte oder sich auch nur über einen Schönheitsfleck oberhalb ihrer Knie äußern können. Isobel bevorzugte die Männer von der Mordkommission und vom Überfallkommando.
Die fünf uniformierten Streifenpolizisten, die im Mannschaftsraum standen, blickten in die gleiche Richtung. Sie mißgönnten den Polypen im ersten Stock die Privilegien: golden glänzende Dienstabzeichen, ruhmreiche Aufgaben und die Chancen bei Isobel. Über die Kriegsrüstung dieser Kampftrupps machten sie sich lustig: Schießeisen, Zigarren und Fiberglaswesten. DeFalco, Rosenheim und Brown, drittklassige Beamte, die sich etwas auf ihre schlecht gebundenen Krawatten zugute hielten, konnten sie dulden; diese Art von Aufschneiderei waren sie gewohnt. Coen war ihnen zuwider. Er verdiente mehr als ihr eigener Vorgesetzter und war außerdem noch zum Kommissar ernannt worden. Jetzt saß er auf seinem Bürosessel oder gab Botschaftern und Filmstars im Auftrag des Sonderdezernats das Geleit. Für sie stand fest, daß er für den First Deputy Commissioner spionierte. Sie beteten, er möge mit einer Kugel im Kopf zurückkommen.
Nur Isobel wünschte ihm Glück. Vor ihm hatte sie nie einen *Israelita* mit blauen Augen kennengelernt. Er forderte sie nicht dazu auf, auf einer der harten Bänke hinter dem Mannschaftsraum zu strippen, wie DeFalco und Brown. Coen nahm sie mit in seine Wohnung, zog sie richtig aus, kaufte ihr Erdbeertörtchen, setzte sich eine Stunde lang mit ihr in die Badewanne und drängte sie nicht, sich schnell wieder anzuziehen. Sie bemerkte, daß er

seine Waffe in einer Einkaufstasche trug. DeFalco stellte sich zwischen Coen und Isobel. Er erwartete mehr Aufmerksamkeit von ihr. Vor einer Stunde, direkt vor Beginn ihrer Arbeitszeit, hatte sie ihm neben den Umkleidespinden den Reißverschluß aufgezogen. DeFalco befestigte den Lendenschutz an seiner Fiberglasweste und blieb vor Isobel stehen. Sie weigerte sich immer noch, ihn anzusehen. »Wo ist der Knabe?« knurrte er Coen an.

»Auf der Treppe.«

Dann zogen sie los, an Isobel und dem Sicherheitswächter vorbei, vier Bullen aus Manhattan. DeFalco, Rosenheim und Brown ignorierten Arnold den Spanier, der auf den Stufen zum Revier saß und Coens Handschellen trug. Arnold war ein schwarzer Puertoricaner mit einem Klumpfuß. Er war mit Polizeibeamten in zivilen Wagen gefahren, immer möglichst nahe an der Sirene, und hatte sein Leben bei der Mordkommission verbracht, bis der Commander ihn rauswarf, weil er männliche Gefangene anspuckte und weiblichen Verdächtigen sowie der Hälfte aller Hilfskräfte unzüchtige Anträge machte. Arnold saß verdrossen unter den grünen Laternen. Er wollte den Bullen helfen, den Taxigangster Chino Reyes am Wickel zu kriegen, weil er sich damit die Erlaubnis erringen wollte, sich wieder um den Drahtverhau im Mannschaftsraum zu kümmern. DeFalco empfand kein Mitleid für Arnold. Der Knoblauchfresser war Coens persönlicher Lockvogel; niemand sonst hätte einen Tip von ihm bekommen. Mit dem Gewicht auf seinem kaputten Fuß warf Arnold einen kurzen Blick in Coens Einkaufstasche. »Ich habe den Chinesen gesehen, Manfred, ich schwöre es dir. Er hat an einem Lammkotelett geknabbert. Bei Bummy, am East Broadway.«

Rosenheim runzelte die Stirn. »Seit wann mischt sich der Chinese unter Wachtmeister und Zivilpolizisten? Du weißt selbst, wer bei Bummy rumhängt. Hör mal, Coen, aus der Bar kommen wir nie wieder heil raus.«

»Bummy«, beharrte Arnold.

»Steig ein«, sagte Brown. Arnold mußte sich ziemlich verrenken, um sich mit seinem orthopädischen Schuh in Bewegung zu setzen. Beim sechsten Versuch kam er die Stufen runter. Er klemmte sich zwischen Coen und Brown auf den Vordersitz des grünen Ford. Brown mußte fahren, weil er der Jüngste war. DeFalco und

Rosenheim ließen sich auf den Rücksitz fallen. »Knoblauch-Arnold?« flüsterte DeFalco. »Sirene einschalten?«
Arnold setzte seiner Haut mit den Handschellen zu. Er rieb, bis sich blaue Striemen auf seinem Handgelenk zeigten, aber er konnte nicht nein sagen. Sie überfuhren drei rote Ampeln. Unter ihren Knien wirbelte die Sirene, und Arnold wurde steif. Für eine lange Fahrt mit den Bullen hätte er sogar darauf verzichtet, die Frau des Krämers zu bumsen. Er hielt seine Handschellen hoch, damit man sie von draußen sehen konnte.
»Halt ihn fest. Der Kerl fliegt noch durchs Dach.«
Coen schaltete die Sirene ab. »Laßt ihn in Ruhe.« Arnold wischte sich die Lippen ab. Rosenheim kriegte sich nicht ein. Coen ließ die Einkaufstasche an seinen Schenkeln entlanggleiten.
Rosenheim bekam wieder genug Luft, um zu schreien: »Er hat recht. Coen hat recht. Die besten Köpfe unserer Polizei sind auf der Suche nach dem Lippenstift-Freak, und wir geben uns mit einem gewöhnlichen chinesischen Nigger ab, der Taxifahrern eins aufs Dach gibt. Warum hat man nicht mich und den Spanier auf den Freak angesetzt? Wir hätten ihn plattgewalzt, ihm seinen Schneppel abgehackt und ihm gezeigt, daß man in Manhattan North nicht einfach puertoricanische Babys abmurksen kann.«
»Rosenheim«, sagte DeFalco, »jetzt hör schon auf, dem Spanier hausinterne Informationen zu geben. Er könnte sich ein falsches Bild machen. Dann haben wir zwei Freaks am Hals. Soll er doch Chino auf den Fersen bleiben. Coen und der Chinese sind Cousins.«
Rosenheim und DeFalco lächelten. Sie brauchten sich gar nicht erst zuzuzwinkern; beide wußten, daß Coen als erster durch Bummys Tür gehen würde, und falls der Chinese ihn zufällig abknallen sollte, würden sie ihm nicht nachtrauern. Sie schätzten den Wunderknaben in ihren Reihen nicht besonders. Der First Deputy hatte ihnen Coen auf den Schoß gesetzt. Ein Team ohne Coen wäre ihnen lieber gewesen. Wenn es um Ohrfeigen und schmutzige Detektivarbeit ging, konnten sie sich auf Brown verlassen. Coen hatte in der Abteilung des First Deputy seinen Rabbi verloren, und seine neuen Chefs konnten ihn gar nicht schnell genug wieder loswerden. Sie schubsten ihn von einem Revier zum anderen. Trotzdem mußte man in seiner Gegenwart

aufpassen, was man sagte. Vielleicht hielten die Chefs sich Coen warm. Nur ein Geistesgestörter würde sich bei einem ehemaligen Schleimer gehenlassen.

Daher richteten sich ihre Hoffnungen auf Chino. Der Chinese hatte gelobt, Coens Hirn gegrillt zu servieren. Als Sohn eines kreolischen Vaters und einer chinesischen Mami war er eigen, und es war nicht drin, daß ein blonder Polizeibeamter sein Gesicht berührte. Coen hatte ihn vor seinen Kunden gedemütigt. Die Spieler aus Chinatown hatten ihn engagiert, um ihre verbotenen Glücksspiele betreiben zu können. Ganz vorn rangierte das Spiel mit den Kugeln unter den Muscheln. Chino stand auf gutem Fuß mit dem zuständigen Revier. Keiner der Spieler, denen er Schutz zugesichert hatte, wurde je bei einer Razzia erwischt. Doch dann war ein Schnüffler vom Büro des District Attorney gekommen. Ein chinesischer Gentleman, der unter Chinos Aufsicht spielte, wurde in Port Jervis, New York, wegen Mordes gesucht, und daher hatten DeFalco, Coen und drei Uniformierte das Spiel mit einem Vorschlaghammer, zwei goldenen Dienstabzeichen und Coens Einkaufstasche beendet. Sie waren durch eine Hintertür in die Wäscherei eingedrungen, in der das Spiel gerade im Gange war, hatten alle Chinesen durchsucht und die Kugeln des Spiels im ganzen Raum verstreut. Sie beschlagnahmten zwölftausendundacht Dollar in bar. Chino kochte vor Wut, als er die Arme hinter dem Kopf verschränken mußte. Als Coen seine Taschen durchsuchte, warf er sich auf ihn. Coens Schlag mit einem Knöchel hinterließ eine Platzwunde auf Chinos Backe. Im Revier weigerte er sich, Fingerabdrücke nehmen zu lassen. Coen ließ Chinos Handgelenk auf das Stempelkissen plumpsen und lochte ihn eigenhändig ein, während DeFalco die Spieler in den Verhörraum brachte. Chino spuckte durch die Stäbe. Arnold der Spanier, der vor seinem Rausschmiß die Zelle bewacht hatte, bot Chino an, ihm ein Kopfkissen und einen Stuhl zu verkaufen. Chino spuckte etwas höher. Der Spanier lief um den Käfig herum und wedelte Chino mit seinen Eiern zu. Ein Assistent des District Attorney warf einen Blick durch den einseitigen Spiegel, der an der Außenseite des Verhörraums angebracht war. Er riet DeFalco, so zu tun, als ob die Mordkommission das falsche Schlitzauge eingebuchtet hätte. Vom Telefon in der ersten Etage aus riefen die Chinesen ihre »Leibeigenen« an.

Fünf Stunden später war Chino wieder auf freiem Fuß, aber die Razzia hatte seiner Glaubwürdigkeit Abbruch getan. Die Spieler fühlten sich nicht länger immun, solange Chino sich in ihren Räumlichkeiten aufhielt. Einmal wöchentlich rief er beim Revier an. Er wollte Coen sprechen. »Sagt Blue Eyes, daß Chino Reyes ihn nicht vergessen hat.« Er fing an, Zeitungsstände und Taxis in Coens Bezirk auseinanderzunehmen. Er hoffte, auf die Weise das ganze Revier in Verlegenheit zu bringen. In seiner Rage und seinem Übereifer beulte er einigen Taxifahrern die Köpfe ein. Coen trug sein Schießeisen seither in einer Einkaufstasche zur Arbeit.

Sie hielten in der Clinton Street und ließen Arnold im Wagen sitzen. Rosenheim rüttelte an Arnolds Handschellen. »Das wird gefährlich, Spanier. Du willst doch nicht, daß Chino erfährt, wer ihn verpfiffen hat.«

Coen griff in seine Einkaufstasche. Arnold konnte seinen Blick nicht einfangen. Trübsinnig ließ er den Kopf hängen und ahmte das Rauschen und Piepsen des Polizeifunks nach. »Sektion neun, Henry. Gehen sie sieben null fünf Delancey nach. Kind liegt in Krämpfen. Nachricht an Zentrale, ob Krankenwagen benötigt wird... Sektor sieben, George. Verdächtige Frau streift durch Battery Park.«

Rosenheim begab sich zum Seiteneingang der Bar und reinigte sich müßig die Nägel. Coen, Brown und DeFalco stürmten den vorderen Eingang. Sie zogen keine Waffen, aber Coen hatte eine Hand in der Einkaufstasche. Bummy Gilman stand vor dem Waschbecken, als er sie sah. Er seifte sich die Hände ein und hielt sie unter den Hahn. Er hatte es nicht nötig, Bullen auf seiner Schwelle zu dulden. Wachtmeister aßen mit ihm zu Abend. Jüdische Inspektoren spielten im Polizeipräsidium Pinokel mit ihm. Außerdem saß ein uniformierter Lieutenant an seinem Tisch. DeFalco richtete Coens Einkaufstasche auf den Boden. Nichts änderte sich an Bummys saurem Blick. DeFalco ging auf ihn zu.

»Es war nicht meine Idee, Bummy. Irgendein Scheißkerl, der zu meinem Partner gehört, sagt, Chino Reyes hätte hier Lammkoteletts gegessen.«

»Ich würde niemals einen dreckigen Gelben verstecken. Zieht eure billigen Tricks in einer anderen Kneipe ab. Deine Freunde können mich mal, DeFalco.«

Der Lieutenant rief von Bummys Tisch herüber: »Bring ihn her, Bummy.« DeFalco blieb steif stehen, während der Lieutenant sich die Uniformjacke glattstrich. »Wer hat euch darum gebeten, mit der Knarre in meinem Revier aufzutauchen?«
»Wir suchen Chino Reyes.«
»Scheiß auf Chino Reyes«, sagte der Lieutenant. Er trank puren Roggenwhiskey. »Wer ist der Trottel mit der Knarre?«
»Coen.«
Der Lieutenant zog die Schultern zusammen. Seine Kiefer arbeiteten. »Manfred Coen?« Er nuckelte an seinem Whiskey. »Ihr behauptet, es geht um Chino Reyes und setzt den Chorknaben vom First Dep auf Bummy an?«
»Er ist nicht mehr beim First Dep.«
»Quatschkopf, wer da mal war, ist auf Lebzeiten abonniert. Er soll die Runde machen, das ist alles. Er wird euch aufgepackt und wieder losgeeist. Ein guter Rat, DeFalco. Laß dich nicht zu oft mit ihm blicken. Die Leute könnten denken, du bist mit ihm verheiratet. Bring ihn hinten raus. Mit der Ratte will ich nicht gesehen werden.«
Coen wollte nicht gehen. Er stellte die Einkaufstasche unter einen Barhocker und bestellte einen Gin mit Sanddorn. »Weibergesöff«, dachte Bummy bei sich, aber er forderte den Barmixer nicht auf, bestimmte Flaschen zu verschließen. Brown und DeFalco tranken deutsches Bier. Brown sah nur einmal zu dem Lieutenant rüber. Nach dem dritten Gin mit Sanddorn ging Coen vorne raus. Er klaute Erdnüsse für Arnold. Rosenheim saß im Wagen und schlief mit einem spanischen Comic auf dem Gesicht. DeFalco wollte Arnolds Ohren umdrehen. Coens Flunsch hielt ihn zurück. Er begnügte sich damit, Arnold in die Brust zu pieksen.
»Wie kann man einem Knoblauchfresser glauben? Wer hat dich dafür bezahlt, daß du Bummy anschwärzt? Seit neuestem glaubt der Spanier an Gespenster. Ich glaub', der schnüffelt Pattex.«
»Manfred! Chino hat ein Kotelett gegessen. Er hat eine Serviette mit Bummys Namen umgehabt. Er war da.«
»Ich weiß.«
DeFalco klatschte sich auf die Schenkel. »Herr im Himmel, du gibst mehr auf Arnold als auf Bummy?« Sie fuhren zum Revier zurück, ohne Chino auch nur noch einmal zu erwähnen.

Gegen ein Gurkenfaß und einen Stapel Tischdecken gelehnt, hatte der Chinese Arnold den Spanier durch das Gitterfenster von Bummys Abstellkammer gesehen. Der Kerl, der nicht leben konnte, ohne in Polizeiwagen zu schlafen und Rost von der Zelle im Mannschaftsraum zu nagen, tat ihm leid. Trotzdem konnte er nicht zulassen, daß ein Typ mit Handschellen ihn verpfiff, den Bullen Manhattans sein Versteck verriet. »Arnold, du wirst dich demnächst zu deinem Herrn und Meister gesellen. Auf dem Judenfriedhof.« Er würde sich Coen und Knoblauch-Arnold gemeinsam vornehmen, ihnen die Zähne einschlagen und zeigen, wie unvorteilhaft es sein konnte, sich mit Chino Reyes einzulassen. Erst als die Bullen den East Broadway verlassen hatten, schlich er sich aus der Kammer, ohne auf Bummy zu stoßen. Er trug einen roten Schopf, den er in der Pell Street gekauft und mit einer Schere ausgelichtet hatte. Weitere Zugeständnisse an die Bullen machte er nicht. Er trug die Perücke hauptsächlich Bummy zuliebe, der für die verschiedensten Captains in seinem Hinterzimmer ein Faß aufmachte und sich nicht leisten konnte, daß in der Bar ein Tumult ausbrach. Andernfalls hätte der Chinese auf Blue Eyes und seine Freunde geschissen.

Er überquerte die Bowery und mied die gekrümmten Gassen um die Doyers Street, weil er sich nicht von einem der chinesischen Lebensmittelhändler mit einer Perücke ertappen lassen wollte. Auf der Mulberry war er sicherer. Die Italiener und Puertoricaner würden wegen eines rothaarigen Chinesen nicht außer sich geraten. Er ging unter den Feuertreppen seiner früheren Schule durch. Als Chinese mit kubanischen Sitten war er von den schweren Jungen der Grundschule Nr. 23 nie wirklich akzeptiert worden (Chino war im Alter von neun Jahren mit seinem Vater aus Havanna gekommen). Sie hatten ihn »Nigger Boy« genannt und ihn von allen chinesischen Banden ausgeschlossen. Somit war der Chinese gezwungen, auf eigene Faust Obst und Gemüse zu stehlen. Als er elf war, ging er dazu über, Hosenträger mit seinen Initialen auf den Schnallen zu tragen, ausgestellte Hosen und gestreifte Socken. Mit dreizehn belieferte er die Glücksspieler an der Mott und der Pell mit fritierten Krabben und Ente pikant. Bald darauf bewachte er die Brieftaschen und Geldgürtel der Spieler und verdiente sich Zulagen, indem er Streitigkeiten unter den Teilnehmern beilegte, bis Coen ihn von der Straße vertrieb.

Er erkannte Solomon Wong, der in einer Mülltonne saß. Solomon hatte in Kuba Teller für Papa Reyes gewaschen und war dann wie Chino und sein Vater ein *Norteamericano* geworden. Er lebte in den Höfen bestimmter Absteigen hinter der Bowery. Im Herbst war Chino sicher gewesen, daß der alte Mann in seinem löchrigen Frühjahrsmantel mit Ärmeln, die er sich zweimal um seine Taille hätte wickeln können, den Winter nicht überleben würde. Doch Ende März würde Solomon wieder auftauchen, auf einem Vorplatz, in einer Mülltonne oder auf einem aus dem Verkehr gezogenen Lieferwagen, und sein Mantel würde zerfetzter sein als im Vorjahr. Es war Ende April. Chino begrüßte den alten Mann auf Spanisch und nannte ihn mit großer Zuneigung und ohne jede Blasiertheit »tata« (oder Papa). Der alte Mann rülpste ein undeutliches Hallo. Es machte ihm Schwierigkeiten, ohne Zähne ein S auszusprechen. Chino wollte ihm hundert Dollar geben, vielleicht auch zweihundert, doch ein so freigiebiges Geschenk hätte Solomon in seiner Ehre gekränkt. Bei diesem alten Mann hatte der Chinese die Kunst der richtigen Relationen lernen müssen. Solomon nahm fünf Dollar als Leihgabe an, doch selbst das nur dann, wenn sie im Namen von Chinos Alten gegeben wurden. »Tata«, sagte der Chinese und drückte Solomon das Geld in die Hand, »die Knochen meines Vaters werden sich aus dem Grab bohren, wenn du diesen Fünfer nicht annimmst.«

Der Chinese ging in Ferraras Konditorei und bestellte drei Blätterteigschnitten, ein Hefestückchen und ein großes Glas Orzata, ein Mandelgetränk, das sehr beliebt bei den Italienern, Kubanern und Halbchinesen war. Ein Würfelspieler aus der Vorstadt nahm ihn sich vor, während er noch den Mund voll Blätterteig hatte. Der Spieler war siebenundsechzig, hatte ausgebleichtes Haar und undurchbrochene Monde auf den Fingernägeln. Seine Backen waren aufgeblasen vor Erregung. Er konnte es nicht lassen, den Chinesen an den Hosenträgern zu packen. »Ich will das Mädchen, Chino.« Der Chinese machte sich über die nächste Blätterteigschnitte her. »Hörst du, es muß Odette sein.«

»Du solltest dich lieber nach etwas anderem umsehen, Ziggy. Das Mädchen ist nicht zu haben.«

Da es in Chinatown für ihn zu gefährlich war, hatte Chino ein paar Huren für einen Vorstadtring laufen.

»Zorro sagt, sie sei noch im Geschäft. Ich erzähl' ihm, was du gesagt hast, Chino, darauf kannst du dich verlassen.«

»Mach nur«, sagte der Chinese.

»Chino, ich biete dir hundertfünfzig. Daran verdienst du. Sie braucht sich nicht mal auszuziehen. Ich will sie nur anschauen.«

»Hau ab, solange du noch zwei Beine hast, Ziggy. Mit deinem Duft in der Nase kann ich mein Hefestückchen nicht verdauen.«

Nicht alle Probleme, die der Chinese hatte, waren ihm von Coen eingebrockt worden. Er war in eine achtzehnjährige Prostituierte verliebt, eines seiner eigenen Mädchen. Der Chinese verteilte kurzgefaßte Werbezettel für Odette, die Pornoqueen, an bestimmte Bars, in denen nur Herren Zutritt hatten. Er traf für sie die Verabredungen mit seriösen Männern, die mit Fünfzig-Dollar-Scheinen in den Schuhen in Odettes Wohnung in der Jane Street eintrafen, doch er brachte es nicht fertig, auch nur einen Finger in Odettes Kleider zu stecken. Mit einem Chinesen wollte sie es nicht treiben. Er trat seinen Stolz mit Füßen und bot ihr Geld an. Zweihundert Dollar. Für ein Mädchen, das er managte. Zweihundert Dollar für jemanden, der eigentlich das weiche Leder seiner Hosenträger bewundern müßte, für sie, die ihm dafür hätte dankbar sein müssen, daß er sie reich machte. Odette sagte nein. »Sonny, für einen Gauner mach' ich die Beine nicht breit.«

Der Chinese hätte sie brandmarken können, ihre Spalte rasieren, seine Initialen auf ihren Bauch tätowieren, ganz gleich wie wertvoll sie als Besitztum war, doch Odette konnte seinen Zorn mit ein paar durchdachten Worten unter Kontrolle bringen. »Zorro würde es nicht gefallen, wenn ich Blut auf dem Hintern hätte.«

So pendelte Chino also zwischen Bummy und Ferrara hin und her; sein Schopf nahm ein dreckiges Rotbraun an. Er konnte es nicht riskieren, in einem der Nachtlokale an der Mott Street zu essen, obwohl er nach Schweinefleisch mit Abalones fast verging. Schließlich sammelte sich die Spucke auf seiner Unterlippe, und er hatte den Geschmack von Mandelsirup auf seiner Zunge satt. Jetzt machte er sich auf die Suche nach Odette. Er versuchte es zuerst in der Jane Street.

»Bist du zu Hause, Odette? Ich bin's nur, Reyes. Ich will mit dir reden. Ich rühr' dich nicht an. Das versprech' ich dir.«

Odettes Vermieterin, eine Frau mit Lockenwicklern und ausgelatschten rosa Pantoffeln, kam an die Wohnungstür. Da sie dem Chinesen nicht aufmachen wollte, mußte er durch die Glasscheibe schreien. »Bringen Sie mich zu Miß Odette.« Ihr finsterer Blick war überzeugend; er würde von hinten reingehen müssen. »Hey, *muchacha*«, sagte er und pochte gegen die Glasscheibe, »warte nicht zu lange auf mich.« Er polterte um das Haus herum, zertrampelte kleine Gemüsegärten und zersplitterte die Überbleibsel von diversen Blumentöpfen. Für einen Chinesen rührten sich die streunenden Katzen der Jane Street nicht von der Stelle. Er mußte einen seiner Hosenträger loshaken und ihn bedrohlich schwingen, ehe sie ihren Thron auf der Feuertreppe aufgaben. Dann griff er nach der untersten Sprosse der Leiter, machte einen Klimmzug und blieb vor Odettes Fensterbrett stehen. Der Blick durch das Fenster enthüllte ihm nichts. Durch einen Wust von gebauschtem Vorhangstoff konnte er grüne Möbel sehen. Gewaltsam drückte er das Fenster auf, ohne Glas zu zersplittern. Er kletterte hinein, durchsuchte die eineinhalb Zimmer und knabberte an den Miniatursandwiches, die sie in der Kühlbox für die Kunden aufbewahrte, die Chino ihr brachte (Halbmonde, Dreiecke und Quadrate aus Schwarzbrot mit Käseschnipseln), was ihn nur wieder daran erinnerte, daß er sich seinen Lebensunterhalt seit neuestem als Zuhälter verdiente. Er nahm Strümpfe, Strumpfgürtel und die schmutzigen Büstenhalter, die sie in ihren Filmen trug, aus dem Wäschekorb. Er wollte Erinnerungsstücke, was für ein Reichtum an Unterwäsche. »Jesus«, sagte er und stopfte sich die Taschen voll. »Sie ist bei ihren Freundinnen.« Diesmal verschmähte er die Feuerleiter und verließ die Wohnung durch die Eingangstür. Ein Strumpfhalter baumelte bis auf sein Knie.

Er hätte in Odettes Stammkneipe, The Dwarf, eindringen können, aber die Rausschmeißerinnen waren beide größer als er, und Chino hätte einen Ärmel und einen Schuh verloren, ehe er bei Odette angelangt war. Also rief er von einer Zelle auf der anderen Straßenseite aus dort an. »Odette Leonhardy«, sagte er mit aufgesetztem Lispeln.

»Wer ist da?« Die Stimme der Rausschmeißerin war sanfter, als er erwartet hatte.

»Hier spricht Zorro.«

»Sie ist noch nicht da, Mr. Zorro. Kann ich ihr etwas ausrichten?«

»Ja«, sagte der Chinese. »Sagen Sie ihr, in ihren Wäschekorb sei eingebrochen worden. Und wenn sie ihre feinen Sachen wiederhaben will, sollte sie lieber nett zu einem gewissen Herrn sein. Sie weiß, wer gemeint ist.«

»Sonst noch etwas, Mr. Zorro? Auf Wiedersehen.«

Der Chinese stand in der Telefonzelle, biß sich auf einen Knöchel und beobachtete, wie das Blut an seinem Finger entlang rann. Sein rotes Haar war mit Zucker verklebt. Das lag an den vielen Blätterteigschnitten. Er konnte sich nicht entscheiden, wohin er gehen sollte, ob er auf Zorro, Odette oder Coen treffen wollte. Die Menschen, die vor der Zelle warteten, stoben auseinander, als er herausstürzte. Schließlich gelang es ihm, einen Strumpf an sich zu reißen, der sich an der Zellentür verhakt hatte. Er wandte dem »Dwarf« den Rücken zu.

2

DeFalco, Rosenheim und Brown verabscheuten Coen, weil er nicht mit ihnen draußen auf Long Island leben wollte. Er hatte keine Familie. Nur einen Onkel in einer Privatklinik am Riverside Drive. Coens Frau hatte ihn wegen eines Zahnarztes aus Manhattan verlassen. Sie hatte ein paar neue Kinder, nicht von Coen. Er aß in kubanischen Restaurants. Er war ein Tischtennis-Freak. Er ließ keine der Hilfspolizistinnen an sich ran. Für Isobel, die *Portorriqueña,* kaufte er Pralinen und ließ ihnen dadurch ihre eigenen Gaben, Napfkuchen und Zitronengebäck, verächtlich erscheinen. In seiner Kindheit war er mit César Guzmann befreundet gewesen, dem Spieler und Freudenhausunternehmer, und sie wußten, daß die Guzmanns ihm einen Gefallen schuldig waren. Nach der Pleite bei Bummy fuhren die drei Bullen nach Hause – nach Islip, Freeport und Massapequa Park, und Coen verschlang mit Knoblauch-Arnold schwarze Bohnen und trank kubanischen Kaffee an der Columbus Avenue.

Die Kellner, die sich für die meisten *Norteamericanos* nicht erwärmen konnten, hatten Spaß an Coen und seinen zehn Wörtern Spanisch. Sie wiesen ihn an einen privilegierten Platz an der

Theke. In seine Tasse gossen sie heiße Milch, und seine Bohnenportionen fielen besonders reichhaltig aus. Zwar waren sie auf Arnolds Handschellen stolz, doch auf die Waffe an Coens Hüfte standen sie nicht. Sie akzeptierten ihn als Arnolds *Patron,* ohne die Höflichkeit und das betrügerische Grinsen, das sie bei gewöhnlichen Bullen und hohen Tieren vom Gesundheitsamt aufsetzten. Sie wachten über seine langen Phasen des Schweigens und entmutigten gedankenlose Leute, sich ihm zu nähern. Eine Stunde lang saß er an seiner Tasse Kaffee. Arnold las in seinen Comics. Dann sagte Coen: »Überlaß mir den Chinesen.« Tief in seinen Comic versunken, hörte Arnold ihn nicht.

Coen wohnte in einem fünfstöckigen Haus ohne Fahrstuhl an der Siebzigsten, Ecke Columbus, über einem spanischen Lebensmittelladen. Zwei seiner Fenster hatten kaputte Scheiben. In Coens Kühlschrank wuchsen den Äpfeln Warzen. Die Abteilung des First Deputy weckte ihn um drei Uhr morgens. Um vier wurde er im Präsidium erwartet. In früheren Zeiten hätte Coen seine Unterwäsche gewechselt und seine Zähne mit Zahnseide behandelt. Doch er hatte ihre Entführungen satt. Brodsky, ein Chauffeur der Abteilung, holte ihn ab. Als Kriminalbeamter war Brodsky ebenso hoch gestellt wie Coen. Er hatte sich sein goldenes Abzeichen damit verdient, Ehefrauen der Inspektoren durch die Gegend zu kutschieren und Geheimagenten zu lancieren. Vor Jahren konnte er seine Freunde noch für wenige hundert Dollar in eine gute Stellung bei der Polizei einkaufen. Als die jüngeren Chefs an die Macht gekommen waren, hatte er diese Praktik aufgeben müssen. Auf der Fahrt durch den Central Park blickte er Coen finster an. »Diesmal grillen sie dich lebendig.« Coen gähnte. Er trug eine bleiche Krawatte über seinem Schlafanzugoberteil.

»Wer will mir was anhaben?«

»Pimloe. Der Junge kommt aus Harvard. Der nimmt dir deinen Scheißdreck nicht ab.«

»Noch so ein Idiot«, sagte Coen.

Er kam einfach nicht von der Abteilung des First Dep los. Schon als Rekruten hatten sie sich an ihn geklebt. Isaac Sidel, ein neuer Deputy Inspector der Abteilung, hatte ihn von der Akademie geholt, weil er einen schönen Knaben brauchte, einen blauäugigen Knaben, um einen Ring von polnischen Hehlern zu infiltrieren, die mit Billigung gewisser Kriminalbeamter vom Bruchtrupp den Bekleidungssektor schröpften. Coen trug billigen Kordsamt für Isaac und ließ sich einen Spitzbart im Stil eines jungen polnischen Gauners wachsen. Für ein fingiertes Unternehmen an der Neununddreißigsten Straße schleppte er Kleiderständer und aß in einer Arbeiterkaschemme, bis ein Dunkelmann des Rings ihn bei einem Blutwurstgericht anwarb. Coen machte bei den Einbrüchen nicht mit. Er trieb die Kleiderständer für die Bande auf. Eines Tages stahlen zwei Männer, die wie gutgekleidete Geschäftsreisende angezogen waren, Coens Ständer und traten ihm ans Schienbein. Isaac teilte ihm mit, das seien die Männer des Bezirksstaatsanwaltes gewesen, die ihre eigenen Nachforschungen über die Einbrüche anstellten und Coen abzuschütteln versuchten. »Wie haben sie dich so schnell kriegen können, Manfred?«

Schon nach einem Monat war der Ring aufgeflogen, und die schurkischen Bullen vom Bruch wurden ohne nennenswerte Beihilfe von Coens Seite entlarvt. Er wurde wieder auf die Akademie geschickt. Dort übte er mit den anderen Scheibenschießen. Er ging vor Mitternacht ins Bett und war ein braver Junge. Nach dem Abschluß schnappte ihn sich der First Dep. Jetzt hatte Coen einen Gönner. Isaac teilte ihn dem Sondertrupp zu. Ein halbes Jahr später hatte Coen ein goldenes Abzeichen. Mit Isaac, dem Chef, stieg er auf und hatte es mit neunundzwanzig bis in die Spitze geschafft. Bei gegebenem Anlaß borgte ihn der First Dep an die Abteilung für Sonderaufträge aus, und Coen durfte Filmsternchen begleiten, die von irgendeinem Freak aus Manhattan bedroht worden waren. Der Chef wollte einen Bullen mit leiser, eindringlicher Stimme, gutaussehend und zäh, vorzugsweise mit blauen Augen. Er war der Wunderknabe der Abteilung, bis sein Förderer in Ungnade fiel. Ein Bankier für Nummernkonten, der der Staatsanwaltschaft verpflichtet war, weil sie ihn verhätschelt hatte, nachdem seine Frau von ihm persönlich erdrosselt worden war, drückte seine Dankbarkeit aus, indem er einen jüdischen Inspektor auf der Gehaltsliste einer Spielerverbindung in der Bronx erwähnte. Der Staatsanwalt sang beim First Dep. Isaac verlangte seine Papiere und verschwand ohne Rente. Der First Dep wartete einen Monat, ehe er Coen fallenließ.

Brodsky brachte ihn zu einem der Mauselöcher des First Dep an der Lexington, Ecke Neunundzwanzigste. Hier stellte Herbert Pimloe seine Nachforschungen an; er war Isaacs Nachfolger als »rechte Hand« des First Dep. Coen setzte sich mit Brodsky auf eine Bank vor Pimloes Büro. Das Gebäude war der Herstellung von Freizeithemden geweiht, und Coen verglich das Design seines Schlafanzugoberteils mit den Hemdmustern an den Wänden. Brodsky ging um fünf. Coen dachte an die beiden Töchter seiner Frau. Er belächelte die Taktiken, die die Männer dieser Abteilung gern anwandten; sie ließen dich auf einer Holzbank schwitzen und zwangen einen, sich zu fragen, wieviel sie über die Bruchstücke deines Lebens wissen mochten, bis du gewillt warst, die Existenz deines eigenen toten Vaters und deiner eigenen toten Mutter anzuzweifeln. Der Firmennachtwächter kam auf seiner Runde durch diese Etage und starrte Coen an. »Hallo«, sagte Coen. Er wurde schläfrig. Der Nachtwächter schien empört zu sein, daß jemand in seinem Gebäude einen Schlafanzug trug. Coen rückte seine Krawatte zurecht und döste auf der Bank vor sich hin. Eine Hand griff nach seinem Schlüsselbein. Er erkannte Pimloe an dem Diplomatenkoffer und den italienischen Schuhen. Pimloe war verdrossen. Er erwartete von seinen Söldnern, daß sie wach blieben. Coen stolperte in das Büro. Pimloe schloß die Tür.

»Dir gefällt New York, nicht wahr?«

»Ich kann auch ohne leben, Herbert.«

»Blödsinn. Du würdest in der Vorstadt eingehen. In Queens, da sind die Fotzen gröber. Niemand würde deine zarten Hände bemerken. Du könntest Cary Grant nicht auf der Straße zunicken. Ich kenne dich, Coen: Wenn man dich von hier verpflanzt, bist du im Arsch.«

»Ich komme aus der Bronx, Herbert. Mein Vater hat Eier in der Boston Road verkauft.«

»Die Bronx«, sagte Pimloe. »Hunts Point ist ein perfekter Übungsplatz für die taktischen Einheiten. Sie könnten mit Fallschirmen über der Simpson Street abspringen und den Vietkong töten. Manfred, in der Bronx würdest du dir den Arsch abfrieren. Dein Schwanz würde schrumpeln.«

Coen fädelte eine Hand in seinen anderen Schlafanzugärmel. »Was willst du, Herbert?«

»Zieh einen frischen Schlafanzug an, Coen. Der da stinkt.« Pim-

loe berührte seinen Briefbeschwerer, einen Seelöwen aus Messing mit aufgemaltem Schnurrbart. »Ich brauche ein Mädchen.«
Coen versuchte, ein Lächeln zu unterdrücken.
»Nicht für mich, du Dummkopf. Das Mädchen ist von Zuhause weggelaufen. Sie wird seit mehr als einem Monat vermißt. Ihr Vater glaubt, daß irgendein Zuhälter aus der West Side sie aufgegriffen hat.«
»Vielleicht war es der Lippenstift-Freak, Herbert. Hast du es schon bei der Leichenhalle probiert?«
»Halt's Maul, Coen. Ihr Vater ist der Broadway-Mäzen, Vander Child.«
»Wieso ich, Herbert? Was ist mit der Vermißtenabteilung oder einem deiner Asse drüben beim Bruchtrupp?«
»Vander mag keine Bullen. Mit dir wird er können. Ich habe ihm erzählt, daß du der Mann bist, der Marlon Brando in New York bewacht.«
»Ich habe Brando nie gesehen.«
»Aber du kennst alle Zuhälter. Nur das zählt. Vander hat ein Team von Privatdetektiven losgeschickt. Die Kerle finden nicht den kleinsten Dreck. Das Mädchen heißt Caroline.«
Coen steckte einen Finger in seinen Schlafanzug und kratzte sich. Pimloe sah ihn schief von der Seite an.
»Sie ist zu alt für dich, Coen. Sechzehneinhalb.« Er krakelte eine Adresse in der Fünften Avenue auf ein Stück Papier. »Vander erwartet dich. Wenn du ein braver Junge bist, Coen, dann zeigt er dir die schöne Aussicht. Vielleicht setzt er dir auch koschere Salami vor.«
Coen wandte sich ab. Pimloe sprach weiter.
»Coen, du bist der eigentümlichste Jude, den ich je gesehen habe. Du mußt im Krankenhaus vertauscht worden sein. Wie geht es Isaac?«
»Frag ihn doch selbst.«
»Alle Juden stecken unter einer Decke. Du, Isaac und Papa Guzmann.«
»Deine Spione sind verpennt, Herbert. Die Guzmanns sind vor vielen hundert Jahren katholisch geworden.«
»Warum haben sie dann noch jüdische Schriftrollen an der Tür?«

»Weil sie abergläubisch sind. Aber was hat Isaac mit Papa zu tun?«
»Du bist nicht auf dem laufenden, Coen. Isaac ist Papas neuer Leibwächter. Das muß man sich mal vorstellen: Der beste Kopf, den wir je hatten, hurt für eine Horde von Taschendieben.« Pimloe hatte ein Zwinkern für Coen übrig. »Du wirst jetzt eine Zeitlang keine Mordfälle lösen. Ich streiche dich von der Liste. Spar dir die Mühe mit dem Mannschaftsraum. Du erstattest mir Meldung.«
Als er die Treppe hinunterging, machte Coen Knoten in seine Krawatte. Brodsky fand er eingenickt auf dem Bürgersteig. Coen machte erst am Columbus Circle den Mund auf.
»Warum interessiert sich Pimloe bloß so für die Guzmanns? Von der Bronx aus können sie ihm nicht viel anhaben. Papa haßt die Luft von Manhattan.«
»Er ist nicht hinter Papa her. César hat sich von der Sippe gelöst. Er hat das Revier gewechselt. Aber auf die East Side steht er sicher nicht. Er treibt sich an der Achtundneunzigsten West rum.«
»Und Isaac? Ist Isaac bei ihm?«
»Das hat Pimloe dir gesagt?«
»Nein. Er sagt, Isaac lungert für Papa rum.«
»Gauner zieht es zu Gaunern«, sagte Brodsky.
Coen entschloß sich, zu Fuß weiterzugehen. Die Leute starrten seinen Schlafanzug an. Er trug sein Pistolenhalfter nicht sichtbar. Als ihm einfiel, wie ergeben Brodsky Pimloe war, bildete er mit seinen Händen einen Trichter und rief dem Wagen nach: »Brodsky, du warst ein Trottel, ehe Isaac dich aufgelesen hat. Er hat dir beigebracht, wie man sich die Nase putzt. Nur Isaacs Zahnarzt konnte dein Zahnfleischbluten heilen.«
Brodsky kurbelte die Scheibe hoch und floh.

Herbert Pimloe war mit zweiundvierzig Deputy Inspector. Er haßte Coen. Er wollte ihn mit Isaacs Scheiße besudeln. Isaac war DCI (Deputy Chief Inspector) gewesen, schon mit vierzig, und das nahm ihm Pimloe übel. Isaacs Karriere wurmte ihn. Isaac hatte die Abteilung geleitet, ehe er in die Bronx abgesprungen war, und jetzt unterstanden Pimloe die Untersuchungseinheiten des First Deputy Commissioner, doch er hatte die Kriminalbeamten und Büroangestellten nicht so im Griff wie Isaac. Außer-

dem konnte er sich die Zuneignung des First Dep nicht erschmeicheln, obwohl er in Isaacs früherem Büro saß.
Pimloe war mit *magna cum laude* von Harvard abgegangen; seine Abschlußarbeit hatte er über Verhandlungsgeschick und moralische Anomalien von Hitler, Stalin, Churchill, Mussolini und De Gaulle geschrieben. Seine Freunde hatten anschließend Jura, Medizin, Betriebswirtschaft oder Philosophie studiert, und Pimloe hatte etwas über Strafgerichtsbarkeit vor sich hingemurmelt. Nachdem er die geistigen Fähigkeiten der Obermacher seiner Zeit ausgelotet hatte, entwickelte er ein einzigartiges Mißtrauen gegenüber Uni und Büchern. Er ging als kleiner Streifenpolizist zur New Yorker Polizeibehörde. Seine Dienstwaffen waren ein Gummiknüppel und ein 38er Colt, und er entging der Einberufung. Nachdem er fünf Jahre lang Brooklyn und Queens durchstreift hatte, las ihn der First Deputy auf. Jemandem mußte das *magna cum laude* in seiner Personalakte aufgefallen sein. Er tippte für den First Dep, schrieb Berichte für die rechte Hand des First Dep, Isaac Sidel, erfüllte kleine Geheimaufträge und wechselte von einem Colt zu einer Smith & Wesson über. Mit den jüngeren Chefs der Abteilung stieg er auf, immer eine Stufe unter Isaac, tappte in Isaacs Schatten herum, bis Isaac verschwand; aber es war nicht einfach, den jüdischen Chef loszuwerden. Isaac spukte noch durch die ganze Abteilung.
Um viertel vor sieben rief ihn Brodsky an. Brodsky war Isaacs Chauffeur gewesen, und obwohl diese Tatsache ihm einen Sonderstatus in den Augen der anderen Deputy Inspectoren gab, mißtraute Pimloe dem Chauffeur; es machte ihm keinen Spaß, mit Isaac verglichen zu werden. Er war übellaunig und wollte nicht zu seiner Frau nach Hause gehen. »Jane Street«, sagte er. »Such mir Odette.«
Der Chauffeur lachte.
Pimloe fragte ihn scharf: »Glaubst du, das Rindvieh hat angebissen?«
»Hat er. Und wie.«
»Bist du ganz sicher?«
»Herbert, glaubst du, ich kenne Coen nicht? Er führt uns zu Zorro. Du wirst es ja sehen. Wir werden die Rotte ausheben.«
Der Chauffeur konnte kein Wort mehr aus ihm rausholen. Er vermißte Isaac. Isaac hatte niemals in einem Wagen des First De-

puty Trübsal geblasen. Brodsky fühlte sich nicht wohl dabei, einen gojischen Harvard-Inspektor zu fahren. Er setzte Pimloe in der Jane Street ab.

»Herbert, Coen bringt uns zu ihm, das schwöre ich dir.«

Pimloe entließ ihn mit einem schwachen Nicken. Odette vernebelte seinen Verstand. Er stolzierte zu ihrer Tür und drückte auf eine ganze Reihe von Klingeln. »Fotze«, sagte er; er verfiel in Isaacs Idiom. Er kam nicht in das Gebäude rein. Odettes Wirtin gaffte ihn durch die Tür an. Er zeigte ihr die Zacken seines Dienstabzeichens. »Offizielle Angelegenheiten«, formte sein Mund durch das Glas, und seine Lippen beschlugen die Tür. Die Wirtin schob den Riegel zurück; Pimloe quetschte sich rein. Isaacs süßes Lächeln fehlte ihm, doch eine Wirtin der Jane Street konnte selbst er in die Tasche stecken. »Madam«, sagte er und kramte seine halblaute Harvard-Stimme mit den Untertönen hervor, »ist die Schauspielerin da?«

»Sie ist oben.«

»Ist sie zu schüchtern, um auf den Summer zu drücken?«

»So ist die Hausordnung. Ist dies ein Frühstücksbesuch? Fremden Männern ist in meinem Haus vor elf kein Zutritt gestattet.«

»Kein Grund zur Sorge, Madam.« Er drückte ihr eine alte Lizenz in die Hand. »Meine Nummer steht auf der Rückseite. Sie können meinen Vorgesetzten anrufen, den First Deputy Commissioner.«

Die Vermieterin hastete auf ihre Wohnung im Kellergeschoß zu, Pimloes Karte fest in ihre Hand gekrallt, und Pimloe stieg die Treppe hoch. Das war kein Klinkenputzen für den First Deputy; ihm ging es um die Spalte unter Odettes Wollpullover, die Feuchtigkeit ihres Bauchnabels, ihre Art, Männer böse anzusehen. »Ausgerechnet ich muß einer Lesbe verfallen«, murmelte er auf der Treppe. Sie kam erst zur Tür, als er »Odette, Odette« ins Schlüsselloch rief.

»Ich bin's, Herbert. Es ist an der Zeit für eine Konferenz. Laß mich rein.«

Pimloe lächelte, als das Schloß klickte, aber sie hängte die Türkette nicht aus.

»Deine Konferenz können wir gleich hier abhalten«, sagte sie.

»Spinnst du, Odile? Ich bin Herbert Pimloe, nicht einer der Trottel deines Onkels. Ich habe ein Dienstabzeichen mit einem Stern oben drauf. Ich flüstere nicht in einem Treppenhaus mit Mädchen.«

»Dann sprich eben laut«, sagte sie.

Pimloe hätte die Kette mit einem Daumen wegschnippen können, aber er wollte für Odette leiden. Er sah den Umriß ihrer Nase, zwei Lippenhälften und einen Kinnansatz.

»Odile, laß mich einen Moment rein. Ich lasse auch meine Hände an der Tür.«

»Odile bin ich nur für meine Freunde, Inspektor.«

Pimloe schlug mit seinen Knöcheln gegen die Kette, um für Odette den Inspektor zu spielen.

»Wo ist Zorro?«

»Für wie blöd hältst du ihn? César würde nie hierherkommen. Aber ich hatte einen anderen Besucher.«

»Wen?«

»Den Chinesen. Er hat meine Strumpfhalter gestohlen, während ich in der Stadt war.«

Pimloe konnte das Schrumpfen in seiner Unterhose spüren; bei der ersten Erwähnung von Chino Reyes war er dahingeschwunden. Er trug keinen Revolver im Gürtel. Seine Smith & Wesson war gewöhnlich in einer Schublade eingeschlossen, denn er zog es vor, sich nicht mit einer Handfeuerwaffe zu belasten. Ihm war nicht klargewesen, daß der Chinese bei Odette Feuertreppenprivilegien genoß. Er wollte nicht auf der Treppe mit César Guzmanns Schützen zusammenstoßen. Daher wedelte er mit mattem Finger good-bye und war schneller auf der Straße, als Odette ihre Tür schließen konnte.

3

Auf der Fünften Avenue trug Coen Fischgrät und knallrote Socken. Er ging durch den Park, ohne einen Blick auf die Ziegelfassaden ringsrum zu werfen. Coen schauderte vor der East Side. Zu Zeiten seiner Ehe, als er gerade die Naive aus einem Broadway-Musical bewacht hatte, ein leichtsinniges Mädchen mit schwachen Knöcheln und einer Liste von großtuerischen Freiern, war Coen von dem Produzenten der Show aufgelesen worden. Er wurde zum festen Bestandteil der Entourage des Produzenten und ging mit oder ohne die Naive in dessen Penthouse an der Fünften Avenue ein und aus. Coen führte seine Muskeln vor, zeigte seine Narben und sein goldenes Abzeichen, erzählte Geschichten über gräßliche Kindermörder und festgenommene Vergewaltiger und reichte seinen Halfter rum. Es dauerte drei volle Tage, bis er bemerkte, daß seine Frau ausgezogen war. Sie wohnte bei dem jungen Zahnarzt Charles Nerval.

Der Produzent stellte Coen das Mädchenzimmer zur Verfügung. Coen schlief mit der Naiven. Er schlief mit dem Au pair des Produzenten, einem norwegischen Mädchen, das besser Englisch konnte als Coen. Auf die Andeutungen und den Ansporn des Produzenten hin schlief er mit der Gattin des Produzenten. Es verwirrte ihn, als die Freunde des Produzenten anfingen, ihn »den Stecher« zu nennen. Er schüttelte Kolumnisten von der *Post* die Hände. Wenn er die ausstehenden Schulden des Produzenten einkassierte, trug Coen die breitestmögliche Krawatte. Er vermißte seine Frau. Auf Partys rang er mit einem muskulösen Dieb, den der Produzent in seine Entourage aufgenommen hatte. Coen machten der Muskelkater und die Prellung auf seinem Ohr nichts aus. Hinterher trank er Whisky sour, spuckte mit der Kirsche ein wenig Blut aus und teilte sich hundert Dollar mit dem Dieb. Der Produzent ging dazu über, Werbung für diese Ringkämpfe zu machen. Er kleidete Coen und den Dieb mit flitterbesetzten Hosen ein.

Der Dieb, ein junger Ukrainer mit Zahnfleischschwund, haßte die Ringkämpfe, und er haßte Coen. Einmal biß er Coen in die Backe und sagte: »Bring mich um, Schätzchen, sonst bringe ich dich um.« Bis dahin hatte der Junge nicht mit Coen geredet. Mit seinen zehn Jahren Vorsprung, einem festen Bauch und stärkeren Knien hätte Coen nach Belieben mit dem Jungen umspringen können, doch er zog die Kämpfe in die Länge, um die Gäste des Produzenten zufriedenzustellen. Als Coen beim fünften oder sechsten Kampf den Jungen in die Beinschere genommen hatte, hörte er den stockenden Atem der Gäste, die ihn mit vor Anspannung steifen Körpern ermutigen wollten, und er schloß die Augen. Der Junge nutzte diesen Fehler, um sich von ihm freizumachen, und hämmerte mit seinen Ellbogen auf Coen ein, nach den Regeln des Produzenten ein unentschuldbares Vorgehen. Die Gäste zerrten den Jungen von Coen runter, buhten ihn aus und traten ihn zusammen, die Frauen mit der gleichen Inbrunst wie die Männer. Groggy beugte sich Coen über den Jungen und hieb auf Knöchel und Schuhe ein. Er zog aus dem Mädchenzimmer aus. Er brach sein Verhältnis mit der Frau des Produzenten ab. Er kochte zu Hause. Stephanie, seine Frau, klagte auf Scheidung, um den Zahnarzt Nerval zu heiraten.

Coen bereitete sich auf Vander Child vor. Er nannte dem Pförtner von Childs Wohnhaus seinen Namen. Der Pförtner rief in der Wohnung an. Coen saß mit weit gespreizten Knien auf einer verschnörkelten Bank im Foyer. Der Pförtner lächelte durch den gestärkten blauen Kragen seiner Hemdbrust und behandelte Coen gönnerhaft. »Ich fürchte, Mr. Child kennt keinen Manfred Coen. Was haben Sie für ein Anliegen?«

»Sagen Sie: *Pimloe*«, rief Coen in das Schaltbrett. »P-I-M-L-O-E.« Der Pförtner ließ Coen eintreten.

Child empfing ihn in einem Flanellmorgenrock mit enormen Taschen. Er war etwa so alt wie Coen, sah gut aus und hatte ein Muttermal auf der Lippe und einen unbedeutend zurückgewichenen Haaransatz. Es fiel Coen schwer, zu glauben, daß Child eine siebzehnjährige Tochter haben sollte. Sie standen Kinn an Kinn, beide knapp unter eins siebzig. Child hatte die grüneren Augen. Der Detektiv, den Pimloe für ihn ausgesucht hatte, gefiel ihm. Er mixte Coen einen Rumpunsch mit süßen Limonen. Child bestand darauf, daß sie beide aus einer Schale tranken. Coen fühlte sich beim dritten Schluck benommen. Auf Childs Couch fand jeder vom anderen heraus, daß er auf Tischtennis ausflippte.

»Spielen Sie mit einem Butterfly?« fragte Child.

»Nein. Mit einem Mark V.«

»Schnell oder langsam?«

»Schnell«, sagte Coen. »Wo spielen Sie?«

»Zu Hause. Ich hasse die Clubs.«

Coen wirkte entnervt. »Haben Sie einen Tisch hier?«

Mit gerafftem Gewand führte Child Coen durch Schlafzimmer, ein Wohnzimmer und Ankleideräume. Aus einem der Zimmer beschimpfte ein Mädchen mit hochangesetzten Brüsten, das ebenfalls einen Flanellmantel trug, Child. Sie saß auf einem runden Bett, trank Punsch und ruckte an ihren Kopfhörern.

»Wer ist der Bulle?« sagte sie und deutete auf Coen. »Ein neuer Kunde? Ist er gut? Vander, Liebling, soll ich den Trapezakt vor-

führen?« Sie warf mit den Kopfhörern nach Child. Er duckte sich und schubste Coen aus dem Zimmer.
»Meine Nichte«, sagte Child. »Sie hat eine lebhafte Fantasie. Sie glaubt, ich wohne in einem Bordell.« Sie blieben in einem korkverkleideten Raum mit weichem blauen Licht und einer vorschriftsmäßigen Tischtennisplatte stehen. Coen bewunderte die grüne Leuchtfarbe auf dem Tisch. Child drückte ihm einen Butterfly in die Hand. Er hörte, wie das Mädchen ein Kinderlied sang. »Carbonderry, my Carbonderry.« Er hob den Schläger hoch. Child spielte ihm einen unbenutzten Ball zu. Coen schmetterte mit dem Butterfly. Child grinste.
»Wo haben Sie das gelernt? Bei Dickie Miles? Bei Reismann? Wollen Sie Hartgummi? Einen genoppten Schläger?«
»Nein, ich spiele mit diesem.«
Wenn der Ball aus dem blauen Licht kam, mußte Coen schielen. Er fragte sich, wann Child endlich über seine Tochter reden würde. Childs Aufschläge machten ihm Schwierigkeiten. In Fischgrät eingewickelt konnte er den Ball nicht schmettern. Sein Schlips würgte ihn. Child half ihm beim Ausziehen. Coen spielte in shortsähnlichen Unterhosen. Nach anfänglichem Unbehagen gewöhnte er sich an den Luftzug auf seinen Kniescheiben. Child hatte ein größeres Repertoire an Schlägen. Seine Lobs erwischte Coen nicht. Seine angeschnittenen Bälle trafen dicht neben dem Griff von Coens Schläger auf. Coen schlug auf die Luft ein. Child griff ihn von seiner schwachen Seite an und zwang Coen an die Tischkante. Zweimal flog der Butterfly aus Coens Hand. Das Mädchen sang wieder. »Carbonderry, my Carbonderry.« Ihre spöttischen Nasallaute brachten Coen aus der Fassung. Der Ball prallte dumpf gegen seinen Schläger. Child lag mit achtzehn zu zwei in Führung, als das Mädchen hereinkam. Sie amüsierte sich über den schwitzenden Coen in Kniestrümpfen und Unterhose.
»Liebling, ist das nicht der Bluthund, der Carrie wiederfinden soll? Für einen Bullen hat er süße Brustwarzen.« Sie näherte sich Coens Tischhälfte. »Hat er Ihnen erzählt, daß ich seine Nichte bin?« Coen wendete den Blick von ihrem geöffneten Mantelkragen. Das Mädchen war größer als er, und ihr Busen wogte in der Nähe seines Halses. »Er ist nämlich wirklich ein Onkel. Niemand will es glauben. Vander bevorzugt niemanden in seiner Besetzung.«

Child bohrte mit einem Finger kleine Dellen in den Butterfly. »Halt den Mund, Odile.«

»Kannst du den Bluthund nicht für Größeres einsetzen, Vander? Nackt genug ist er ja. Und der Schläger in der Faust steht ihm fantastisch. Bring ihn dazu, daß er ihn sausen läßt, Liebling. Das will ich sehen.«

Child warf seinen Schläger nach ihr. Er traf sie an der Schulter, und sie formte mit ihren Kiefermuskeln einen perfekten Schrei. Ihre Nasenflügel blähten sich. Im Schmerz bildete ihr Busen einen grandiosen Boden. Im Stöhnen wurde ihr Körper geschmeidig. Die Körperlichkeit dieses Mädchens war verblüffend. Mit einer zufälligen Bewegung konnte sie einen Raum schrumpfen lassen. Sie rannte mit Child hinaus. Er hörte sie auf dem Korridor plappern. Child kehrte wesentlich weniger interessiert an Coen zurück. »Odile ist Schauspielerin«, sagte er. »Lassen Sie sich nicht von ihrer rohen Ausdrucksweise einwickeln. Sie denkt nur an Pornographie. Sonst hat sie nichts im Kopf.« Child machte drei schnelle Punkte und legte die Schläger zur Seite. Er brachte Coen in sein Arbeitszimmer. »Meine Tochter ist mit Odile zur Schule gegangen.«

»Cousinen ersten Grades?« fragte Coen.

»Ja, Cousinen ersten Grades«, sagte Child und sah Coen forschend an. »Odile ist die Ältere. Sie hatte immer Einfluß auf Caroline. Die beiden haben sich mit einem jüdischen Zuhälter eingelassen.«

»Stammt er aus Manhattan, dieser Zuhälter? Geht er zu Fuß, oder fährt er einen Wagen?«

»Er hat einen spanischen Namen, mehr weiß ich nicht.«

»Guzmann?« sagte Coen. »Heißt er Guzmann? César Guzmann?«

»Kann sein.«

»Wie haben die Mädchen César kennengelernt?«

»Sie sagten César, Mr. Coen, nicht ich. Es könnte auch ein Alfred, ein Pepe oder ein Juanito sein, Gott weiß wer.«

»Was hatten die beiden mit einem Zuhälter im Sinn, Mr. Child?«

»Wir sind hier nicht auf Long Island, Coen. Die Zuhälter schleichen jeden Morgen um Carolines Schule herum und suchen Frischfleisch. Sie gehen ganz schön ran. Etliche Mädchen aus der

Carbonderry School sind mit Hispanos und solchem Gesindel durchgebrannt. Von seiten der Schule wird es totgeschwiegen. Auf der Amsterdam Avenue nutzt kein Keuschheitsgürtel.«

»Dann glauben Sie also, daß Ihre Tochter mit diesem Zuhälter zusammen ist? Wenn Ihre Nichte auch mit ihm zu tun hatte, sollte man annehmen, daß sie sich an seinen Namen erinnert.«

»Odile? Aus der ist nicht viel rauszuholen. Sie deckt Carrie und stellt sich stumm.«

»Schaden kann es trotzdem nichts. Ich würde ihr gern ein paar Fragen stellen.«

»Es wäre mir lieber, wenn Sie das nicht täten, Coen. Pimloe kann Sie über Odile unterrichten. Er hat sich einmal mir ihr unterhalten. Mitten im Gespräch hat sie angefangen, für ihn zu strippen. Sie wird Sie in die Irre führen, Coen, und sie wird versuchen, Sie für sich zu gewinnen. Außerdem ist sie schon von meinen eigenen Leuten ausgefragt worden. Von Detektiven des Büros, das ich beauftragt habe.«

»Was hat sie denen erzählt, Mr. Child?«

»Ich sagte es bereits. Nichts. Das kleine Flittchen zieht liebend gern für Detektive eine Show ab.«

Child händigte ihm Fotografien von Caroline und den Bericht der Detektei aus, der in einem großen braunen Glanz-Umschlag steckte, Merkmal einer speziellen Agentur. Coen ärgerte sich über diese Aufmachung. Er hatte das Gefühl, daß die Detektive Child schröpften. Das Mädchen auf den Fotografien hatte ein Mausgesicht und strohige Haare. Ihr Hals, ihr spitzes Kinn, die Knochen hinter den Ohren hatten wenig mit Child zu tun. Coen warf einen Blick in den Umschlag. Er enthielt fette Spesenbelege, Neuigkeiten über »verdächtige Fahrzeuge«, die in der Nähe der Carbonderry School geparkt waren, und Hinweise auf weiße Sklaverei. Coen konnte nicht glauben, daß sich jemand die Mühe machen würde, eine derart reizlose Beute zu kapern.

»Sie halten es für möglich, daß sie in Peru ist«, sagte Child. Coen lächelte in sich hinein. Die Guzmanns kamen aus Peru und hatten dort noch Cousins, die sich als Taschendiebe, Stadtstreicher, Schwindler und Hochstapler betätigten; diese Cousins hätten auf Papa Guzmanns Wunsch hin hundert Mädchen aus New York an den Mann bringen können.

»Hier haben Sie ein bißchen Geld«, sagte Child und zog sechs

Hundert-Dollar-Scheine aus einer Holzkiste. »Pimloe sagt, kein Bulle kauft so gute Informationen wie Manfred Coen.«
»Für sechs kleine Scheine kann ich die Welt kaufen, Mr. Child.«
»Behalten Sie es«, sagte Child und drückte Coen das Geld in die Hand. »In Peru fühlt man sich leicht einsam.«
Coen spielte mit der Lampe vor Childs Wohnung. Er legte den Lampenschirm auf einen Stuhl und zog jede von Childs Banknoten über die Glühbirne. Er suchte nach Pimloes Zeichen unter den offiziellen Nummern. Das Geld war sauber.

Child dachte gerade über die Einzelheiten seines Harold-Pinter-Festivals nach, als er ein Pochen im Speiseaufzug vernahm. Er tat es als lästige Ablenkung ab, Ratten zwischen den Kabeln oder auch das Furzen eines Hausmeistergehilfen im Schacht. Sollte er das Festival mit *Die Zwerge* eröffnen oder mit *Der Geburtstag*? Sollte er gebürtige Amerikaner nehmen oder eine englische Besetzung einfliegen? Ihm gingen fünfzigtausend Dollar ab. Er würde Odile auf Trab halten müssen, damit die Kohle reinkam. Musicals wollte er nicht finanzieren. Mit geschmacklosen Krimistücken wollte er nichts zu tun haben. Stücke für wiederauferstandene Filmstars lehnte er ab, obwohl sie ihm unter Garantie hunderttausend Dollar jährlich eingebracht hätten.
In der Frage, was er förderte, war Vander heikel. Er rechnete damit, sein Geld zu verlieren. Sein Vater, ebenfalls Vander Child, doch reicher, hatte Vander II den Geschmack an Croissants und die Liebe an »le ping-pong« hinterlassen; letzteres hatte er als Dreizehnjähriger in einem Ballsaal nahe am Bois de Boulogne erlernt, während Paris kurz nach dem Zweiten Weltkrieg von arbeitslosen tschechischen Tischtennis-Champions überflutet war und Vander I als inoffizieller Botschafter New Yorks in Frankreich weilte. Nach drei mühseligen Jahren in Princeton, während derer er seine Klassenkameraden dazu brachte, auf Barhockern zu sitzen und ihr Geld auf sein Tischtennisspiel zu setzen, stieß er auf eine Gruppe verarmter Schauspieler, brachte eine Alfred-Jarry-Produktion nach New York und wurde als »Engel des Broadway« bekannt.
Das Klopfen aus der Küche ging beharrlich weiter. Vander öffnete den Speiseaufzug; der Chinese taumelte ihm entgegen, Schmiere auf dem Unterhemd, den roten Schopf über einem

Auge. Vander wollte den Chinesen an einem Hosenträger pakken und ihn wieder in den Aufzugschacht stecken.
»Tun Sie das nicht«, sagte der Chinese und fixierte Vander mit seinem einen sichtbaren Auge. »Mir hat schon mal ein Weißer ins Gesicht gefaßt, ein schnieke gekleideter Bulle, und er wird eines Tages noch die Wunde bereuen, die er verursacht hat, als er aus dem Bauch seiner Mutter gekommen ist. Dieser Bulle hat einen puertoricanischen Kumpel, einen Krüppel. Sie werden beide ins Gras beißen.«
»Hast du einen meiner Portiers umgelegt, Chino? Hast du Schädel eingeschlagen?«
»Ich doch nicht. Ich bin durch den Keller eingestiegen. Ich mußte nur erst die richtige Speiseaufzugslinie finden. Meine Knie sind wund gescheuert, Vander. Ich bin es nicht gewohnt, mit Drähten zu schmusen.«
»Wer hat dich hergeschickt? Zorro? Du kannst ihm ausrichten, daß ich kein Geld mehr von ihm annehme.«
»Sag es ihm doch selbst. Ich wickele keine Geschäfte in Speiseaufzügen ab. Ich bin wegen Odette hier. Wo ist sie? In der Wanne?«
Vander mußte kichern. »Du solltest dich nicht an ihrer Unterwäsche vergreifen, Chino. Sie hat geschworen, dir die Augen auszukratzen.«
»Das ist mir recht.«
Der Chinese machte mit seinen Händen einen Trichter und brüllte Odettes Namen gegen Vanders Decke.
»Vergeude deine Puste nicht. Sie ist bei ihren Schätzchen. Sie ist in das »Dwarf« gegangen.«
Der Chinese vergewisserte sich selbst. Er hob die zerfetzten Fransen seiner Perücke, um beide Augen frei zu haben und pirschte durchs Wohnzimmer, öffnete Kleiderschränke, die doppelt so hoch waren wie er und erforschte jede von Vanders vier Badewannen. Die Finessen parfümierter Seife in Form eines gelben Eis und der Überfluß an Bademänteln, die an einem silbernen Haken hingen, gefielen ihm sehr. Er ließ das Ei durch seine Hand gleiten und schnüffelte an den Bademänteln. Keine Spuren von Odette. Zufrieden, daß sie hier nicht war, nahm er Vanders Türklinke in die Hand.
Vander sprang zwischen den Chinesen und die Tür. »Chino, es

würde mich glücklicher machen, wenn du es noch einmal mit dem Speiseaufzug probieren würdest. Meinen Nachbarn könnte dein Äußeres mißfallen.«

Der Chinese packte Vander am Ärmel und schob ihn mit einem Ruck zur Seite. »Vander, ich lebe nach der Devise, niemals denselben Weg ein zweites Mal zu gehen. Das bringt Unglück.«

»Dann nimm wenigstens dieses Toupet ab. Du wirst den Fahrstuhlführer erschrecken.«

Der Chinese nahm seinen Schopf unter den Arm; sein eigenes Haar war hoch auf seinem Schädel angesetzt. Vander konnte nur eine geringfügige Verbesserung feststellen; der Verlust des Toupets betonte nur die strengen Linien, die von den Ohren des Chinesen über seine Backen bis zu den Augen reichten. Grimmige Züge, dachte Vander. Erst, als der Aufzug unter seine Etage gesunken war, wurde er ruhiger. Er wählte Pimloes Nummer bei der Abteilung des First Deputy und krächzte ins Telefon.

»Das nennst du Schutz, Herbert? Er war hier – nein, nicht Zorro, das Schlitzauge. Er hat mir fast den Arm ausgerissen. Herbert, das geht gegen unsere Abmachungen. Du hast zugesagt, rund um die Uhr einen Posten vor die Tür zu stellen. Ich habe schon genug mit diesem anderen Schammes zu tun gehabt. Der Junge, den du geschickt hast, war hier. Coen. Er konnte sich gar nicht sattsehen an Odile – was? Herbert, sie hat Zorro nicht gesehen. Glaubst du, das wüßte ich nicht? Ich würde ihr die Zehen brechen, wenn sie mich belügen würde; mach dir keine Sorgen. Ich möchte keinen Chinesen mehr in meinem Speiseaufzug sehen. Kümmre dich als erstes um ihn. Auf Wiedersehen.«

Der Chinese hatte Vander bereits den Appetit verdorben. Er würde sich keine Croissants und Madeleines frisch von der Konditorei bringen lassen. Heute würde er gewöhnliches Brot essen.

4

Coen fand Pimloes Chauffeur schlafend in einem Wagen des First Deputy an der Columbus Avenue vor, zwei Häuser neben seiner Wohnung. Er weckte den Chauffeur, indem er ihm mit einem Knöchel gegen den Kopf pochte. »Nimm dir nicht zuviel raus, Coen.«

»Hör mal, Brodsky, dein Boß muß mich für beschränkt halten.

Ich mag es nicht, wenn mir ein gojischer Schnösel für nichts als Scheiße sechshundert Dollar andreht. Warum hat Pimloe es auf mich abgesehen? Was hat er Child alles über die Guzmanns gesteckt? Der Schmock hat vergessen, daß César niemandem mit dem Wagen auflauert. Er kann nicht autofahren.«

»Wenn Pimloe ein solcher Schmock ist, wie kommt es dann, daß er dich in eine Uniform stecken kann, und daß du ihm deine Dienstabzeichen aus der Hand frißt? Der hat dich in der Hand, Manfred. Mach' ihn an, und du wirst für irgendeinen Revierwachtmeister Unkraut jäten. In Staten Island. Also benimm dich. Treib einfach das Mädchen auf.«

Coen setzte sich in den Wagen. »Bring mich zu Pimloe.«

»Niemals. Du hast schon eine Audienz mit ihm gehabt. Das genügt. Pimloe hat keine Zeit für sowas.«

»Wieso nicht? Schlägt er heute beim Bürgermeister Eier auf?«

»Er ist nicht so wie du, Coen. Der trägt keine Tennisbälle in der Tasche mit sich rum.« Brodsky grinste. Dann fiel ihm Coens Knöchel wieder ein, und er rieb sich die Stirn. »Immer mit der Ruhe, Manfred. Niemand braucht zu schwitzen.«

»Child scheint gar nicht allzu scharf auf seine Tochter zu sein. Ich wette, sie wohnt mit einem professionellen Bocciaspieler in der Neunten Straße. Sie treiben's im Speisesaal.«

»In der Neunten Straße? Dann ist's leicht, sie zu finden.«

»Nimm den Finger aus der Nase und halt das Lenkrad fest, Brodsky. Ich will zur Amsterdam, Ecke Neunundachtzigste.«

Brodsky ließ ihn vor einem Haus aus blauem Tonsandstein raus, dessen Vorderseite mit zwei Fahnen drapiert war; auf den Flaggen waren exotische Schriftzeichen, ein Feld schlichter Sterne und Spuren von weiß, pflaumenblau und gold. Brodsky amüsierte sich über die Flaggen. »Was läuft? Ist das eins der *Bordellos,* von denen man dauernd hört? Zutritt nur für afrikanische Diplomaten?«

»Das ist die Schule für vermißte Mädchen.«

»Soll ich auf dich warten, Manfred?«

»Nein. Du kannst Pimloe sagen, ich sei hinter einem weißen Zuhälter her, der in einem Cadillac sitzt und häßliche Mädchen für Peru besorgt.«

Knaben und Mädchen in pflaumenfarbener Schultracht gingen ein und aus und lutschten Eis am Stiel. Die Mädchen der Carbonderry School, die ihre dunklen Strümpfe hochzogen, wirkten wie das krasse Gegenteil zu Odiles Wollust und Sinnlichkeit, obwohl sich einige mit einer Art plumper Anmut bewegten. Coen sah keine offensichtlichen Zuhälterwagen in der Umgebung der Schule stehen; keine Mark IV mit getönten Scheiben; keine cremefarbenen Eldorados; nichts Silbriges; nichts Minzgrünes. Zivilpolizisten mit Stirnbändern und Overalls kamen in einer Stunde viermal an Coen vorbei. Er erkannte sie an der Farbe ihrer Stirnbänder; donnerstag trugen die Anti-Crime-Jungens immer blau. Sie waren auf den Kinderbelästiger angesetzt, der sich ausschließlich in der West Side betätigte. Einer der Zivilpolizisten hielt Coen an. »Diese Schule schafft dich wohl, Süßer? Geilst du dich am Geruch von Mädchenschuhen auf? Wie heißt du?«

Coen hielt dem Zivilpolizisten sein Abzeichen unter die Zähne. Und der Zivilpolizist, der wesentlich jünger als Coen war, und sich noch von goldenen Abzeichen einschüchtern ließ, schlich sich an eine andere Straßenecke. Weitere Stirnbänder tauchten auf. Coen mußte Carbonderry aufgeben, wenn er nicht Gefahr laufen wollte, sich jede Viertelstunde von Babybullen in Latzhosen blöd anquatschen zu lassen. Er entschloß sich, seinen Onkel Sheb zu besuchen. Vorher lief er zu einem Papayastand am Broadway und hielt nach einem *Chileno* in einem Schwarztaxi Ausschau. Der *Chileno,* heute taxilos, kam von sich aus auf Coen zu. Auf Coens Kosten tranken sie Papayasaft. Der *Chileno* wurde kribbelig, als Coen stumm blieb. Er neidete diesem Blue Eyes die Fähigkeit, ruhig zu bleiben, ein *Agente,* der den Anschein machte, nichts zu wollen und nichts zu schätzen. Daher ging der *Chileno* auf Coen zu. »Ich könnte eine Tasse Kaffee gebrauchen, Manfred. Mein Taxi ist in der Werkstatt.«

»Eine ganze Tasse?« sagte Coen und ging damit auf das förmliche Feilschzeremoniell zwischen Kriminaler und Spitzel ein, doch ohne die Zuneigung, die er für Knoblauch-Arnold empfand. »Was hast du mir für eine ganze Tasse anzubieten?«

»Probiers mal.«

»Einen weißen Zuhälter. Vielleicht kreuzt er in einem grünen Cadillac durch die Gegend. Seine Spezialität sind junge Mädchen. Ich will wissen, wie er heißt.«

»Weiß? Wie weiß? Blauäugig, Manfred?«

»Sagen wir mal: braun oder grau.«

»Probiers bei Baskins. Elo Baskins. Die Puppen nennen ihn Elmo den Größten.«

»Wo finde ich ihn?«

»Auf der Straße, Mann. Er fährt einen lohfarbenen Imperial.«

»Dafür geb' ich dir nur eine halbe Tasse aus«, sagte Coen und entknitterte fünfzig Dollar für den *Chileno*. »Für die andere Hälfte mußt du dich mehr anstrengen.«

Der *Chileno* nahm den Fünfziger, und Coen ging den Broadway herunter. Er schlug einen Haken zu einem Laden mit Nüssen und Süßigkeiten und kaufte dort gebrannte Mandeln, getrocknete Aprikosen und ein Pfund Sesamkekse. Mit Papiertüten bewaffnet betrat er das Manhattan-Feierabendhaus, er mußte sämtlichen alten Damen auf der grünen Bank vor dem Haus zunicken. Er war sicher, daß sie seine Geschichte kannten. Manfred, Sohn von Albert und Jessica, die in Festtagskleidern ihre Köpfe in den Ofen gesteckt und es in die *Daily News* geschafft hatten. Coen hatte das Manhattan ausgesucht, weil das Altersheim nicht konfessionsgebunden war, und er nicht zusehen wollte, wie sein Onkel von fanatischen alten Juden damit gequält wurde, daß er einen Bruder und eine Schwägerin hatte, die Selbstmörder waren. Sheb hatte Albert und Jessica gefunden; Sheb hatte sie aus dem Ofen gezogen und ihren Tod von der Feuerleiter verkündet. Doch schon lange zuvor hatte man ihn für verrückt gehalten. Er saß in Alberts Laden und durchleuchtete mit raushängendem Schwanz Eier. Niemand machte schneller einen Blutklumpen ausfindig als Onkel Sheb. Die blutigen Eier trank er selbst und spuckte die Eierschale auf die Theke. Witwen und ältere Ehefrauen akzeptierten seinen Exhibitionismus und das Bestechende an seinen Rieseneiern und legten sich zu ihm auf sein Feldbett neben der Toilette. Diese allzeit bereite Sexualität war es, die Onkel Sheb bei geistiger Gesundheit erhielt, oder zumindest zum Teil. Für seine Frauen mußte er sich anziehen und sich die Haare schneiden lassen. Er mußte die richtigen Sätze gackern, eine Kniescheibe streicheln, während er ein Ei ansah.

Im Trakt für Junggesellen fand Coen seinen Onkel in einem kleinen Raum neben der Bibliothek vor, der den Herrn zur zurückgezogenen Besinnlichkeit diente. Sheb trug Coens altes Hemd und Coens graue Hose von der Polizeiakademie. Weinend krakelte er mit einem Füller ohne Feder einen Brief. Nach jedem fünften Strich tunkte er den gesamten Federhalter in ein Tintenfaß und tat so, als hätte er Coen nicht bemerkt, der stehengeblieben war und auf das Kratzen horchte.

»Albert, wir haben die Nerven nicht dafür. Klar kenne ich Männer mit Titten. Das ist nicht unser Ding. Jessica hat uns was voraus. Das überlegene Wesen ist das Wesen, das sich zum Pinkeln hinsetzt. Immer. Ich hätte lieber ein Loch als eine Faust in meiner Hose.«

Tinte tröpfelte auf die Hose seines Onkels. Coen entschloß sich, ihn anzusprechen. »Schreibst du an Albert, Onkel Sheb?«

Sheb ging überraschend spöttisch darauf ein.

»Albert ist seit dreizehn Jahren tot. Wie käme ich dazu, Albert zu schreiben? Sag mir eins. Was hast du in der Hand?«

»Süßigkeiten, Onkel. Vom Broadway.«

Sheb untersuchte die Tüten. Er schnüffelte an den gebrannten Mandeln, kaute auf einer getrockneten Aprikose und brach einen Sesamkeks in der Mitte durch. Dann schnauzte er Coen an, weil er soviel eingekauft hatte. »Manfred, willst du mich mit einem Pfund Sesam zum Schweigen bringen? Heb mal. Ist das etwa nicht ein ganzes Pfund?« Coen fragte sich, warum sein Onkel in klaren Momenten immer so angriffslustig war. »Du kannst mich nicht zum Narren halten. Du schiebst es auf Sheb. Sonst hättest du weniger Tüten mitgebracht.«

»Es auf dich schieben, Onkel? Was denn?«

Sheb hustete die Sesamkekse an. »Warum kein halbes Pfund? Das ist eine vernünftige Menge. Von einem halben Pfund wird einem nicht schlecht. Manfred, hast du jemals gesehen, wenn ein Bauch sich aufbläst?« Er zwinkerte. »Süßigkeiten haben eine Menge Gas. Wenn es in dein Hirn zieht, bist du futsch. Deine Ohren werden blau.« Er weinte wieder. »Dein Vater, Gott segne ihn, hatte große Eier. Seine Hosen hab' ich auch getragen. Sie waren eng im Schritt, genau wie die da. Hast du was von Jerónimo gehört?«

»Er ist bei den Guzmanns, Onkel. Ich war lange nicht in der Bronx. In der Boston Road würde ich mich nicht mehr auskennen.«

Jerónimo war Césars ältester Bruder, ein dreiundvierzigjähriger Junge. Er röstete Marshmallows in dem Süßwarenladen der

Guzmanns und sorgte dafür, daß der Schokoladensirup immer wieder ausging. Vor siebenunddreißig Jahren war er wegen der ungeheuerlichen Erektionen, die er im Alter von sechs Jahren hatte, aus der ersten Klasse rausgeworfen worden. Jerónimo vermißte die Schule nicht. Er hielt sich im Laden auf oder sah Sheb Coen zu, wenn er blutige Eier trank.

»Jerónimo ist hier«, sagte Sheb.

»Jerónimo auf dem Riverside Drive? Er würde gar nicht herfinden, Onkel.«

»Er hat mich letzten Monat besucht. Wir haben drei Tafeln Schokolade aufgegessen.«

»War César dabei?«

»Er war allein.«

»Wo wohnt Jerónimo? Hat er Césars Wohnung erwähnt, Onkel? Das ist wichtig.«

»Er hat nichts gesagt. Wie kann man mit einem Mundvoll Schokolade reden?«

»Komm, Onkel. Es wird dunkel hier.«

Sheb wollte Coen aus allen Bereichen der Witwen und der unverheirateten Frauen fernhalten. Von Ränkespielen und Verhältnissen hatte er die Nase voll. Er hatte seine Jahre im Manhattan-Feierabendhaus zur Besinnlichkeit genutzt. »Manfred, du kannst dir gar nicht vorstellen, wieviel hier rumgefickt wird. Nur die Ehepaare sind schlecht dran.« Sie saßen im Aufenthaltsraum, und Sheb gab den Aushilfspflegerinnen, den Junggesellen, den Reinemachefrauen und den gehörnten Ehemännern Gelegenheit, aus seinen Tüten zu essen. Er gab gern mit Coen an. »Der Neffe ist in Manhattan bei den Bullen. Der trägt eine Knarre rum, die dir die Mandeln küssen kann. Ich bin nur sein Onkel. Wir sind die letzten Coens. Mein großer Bruder Albert fand, fünfzig Jahre seien lang genug. Er hat mit seiner Frau Grillhähnchen gespielt. Draußen war es ihnen zu kalt. Sie hat empfindliche Haut gehabt, diese Jessica.«

Ohne Vorwarnung zog Sheb die Lippen herunter, und er und Coen verfielen in ihre alte Stummheit, nuckelten eine Stunde lang Aprikosen. Eine Gruppe von Witwen warf einen Blick in den Aufenthaltsraum, bewunderte die unerschütterliche Gleichmut der beiden Coens und verließ den Raum mit der Überzeugung, daß Sheb der schönere von beiden war. Sheb aß lächelnd

die letzte Aprikose auf. In ihrem Schweigen lag nichts Abgenutztes. Das war die Art der Coens. Albert und Sheb hatten dreißig Jahre lang in einem Eierladen gesessen und täglich nur einige Worte gebrummt. Selbst der schlimmste Hahnrei im Manhattan Feierabendhaus wußte die Wellen zu schätzen, die durch Sheb und Coen strömten. Als Coen ging, hatten sie die Hälfte aller Anwesenden im Aufenthaltsraum angesteckt.
Am Columbus Circle hatte Coen den Eindruck, daß er von einem Mann mit rotem Haar verfolgt wurde. Er blieb vor einem Schaufenster stehen und studierte eine Tabelle über den Blutkreislauf. Eine Maschine spuckte purpurnes Wasser in die Nieren, das Herz und das Gehirn, die mit einem System verzweigter Röhren verbunden waren. Coens Mann trat in ein kubanisches Café. Coen sah die Röhren an. Als er nach Hause kam, läutete das Telefon. Er hörte Unzufriedenheit in Isobels Stimme. Während er Strafarbeiten für Pimloe machte, hatte Coen die *Portorriqueña* aus dem Revier vernachlässigt. Sie schimpfte nicht. Sie hatte eine Nachricht von Knoblauch-Arnold. Arnold war gestolpert und hatte einen orthopädischen Schuh verloren.
»Hat man ihn nach Roosevelt gebracht, Isobel?«
»Arnold haßt Krankenhäuser. Er ist in seinem Zimmer.«
»Wer hat Arnolds Schuh geklaut?«
»Chino Reyes.«
Coen dachte wieder an den Mann vom Columbus Circle, hohe Backenknochen unter einer roten Perücke. Er beschimpfte sich selbst: dummer Sack, dummer Sack, dummer Sack, dummer Sack. Jetzt wird der *Israelita* verrückt, entschied Isobel und hängte ein.

Isobel mußte sich den diensttuenden Lieutenant vom Leib halten. »Der Captain will seine Milch«, sagte sie. Doch sie ging nicht nach oben. Dort wäre sie den Wegelagerern von der Mordkommission in die Hände geraten. Isobels Ellbogen waren noch aufgeschürft; sie hatte sie an Browns Bank im Umkleideraum geschabt. Und DeFalco hatte nach seiner letzten Pflichtrunde ihr Netzhöschen zerrissen. Daher schlich sie sich an dem Lieutenant vorbei, ohne sich in die Anwesenheitsliste einzutragen, lächelte dem Sicherheitsbeamten zu, gab einer ihrer Freundinnen, die gleich neben dem Mannschaftsraum tippte, ein Zeichen und machte eine verfrühte Mittagspause. Sie vermißte den *Israelita.* Brown und DeFalco gingen grob mit ihr um. Der *Israelita* hatte sanfte Hände. Er wußte auch, wie fest man in eine Brustwarze beißt. Ohne Coen hatte sie weniger Spaß im Revier. Sie hatte es satt, sich von Streifenbullen aufreißen zu lassen. Aus Browns Schnurrbart machte sie sich nichts. Sie flirtete mit einem puertoricanischen Taxifahrer (Isobel ermutigte weder das lüsterne Schielen, noch das Schnalzen seiner Zunge), und in weniger als neun Minuten stand sie auf Coens Schwelle.

Sie erwischte den *Israelita* im Mantel. Er war auf dem Weg zu Arnolds Hotel. Sie wünschte, es wäre dem Spanier gelungen, seinen Schuh zu behalten. Coen zog nur zögernd seinen Mantel aus, aber er bat sie, reinzukommen.

»Isobel, sie haben mich quer durch die ganze Stadt gehetzt«, sagte er. Sie mochte die nasalen Anklänge in seiner Stimme. DeFalco konnte nicht sprechen, ohne Blasen auf seinen Lippen zu bilden. Brown hatte seine Orgasmen zu nah an ihrem Ohr; von seinem Knurren konnte man taub werden.

»Ich beklage mich nicht, Manfred. Du willst zu Arnold? Ich kann ein andermal wiederkommen.«

Doch sie lagen auf Coens Tagesdecke und wanden und wälzten sich, wobei Coen keine Spucke auf ihrem Arm hinterließ wie DeFalco und auch nicht die Schrammen eines gelben Zehennagels auf ihrem Popo wie Brown. Er war nicht ausgehungert. Er besaß keine dieser Ehefrauen aus Long Island, kam nicht direkt aus dem Ehebett zu Isobel. Er verletzte sie nicht mit Babybildern und Schnappschüssen vom Vorgarten oder dem Familiensofa, die sie daran erinnerten, daß sie nur eine *Portorriqueña* war, eine Hilfskraft, die in der Gnade der Bullen stand. Auch löste er ihre Geschlechtsteile nicht von ihr los, indem er Lobeshymnen über die Hautfalten auf ihrer Klitoris ersann, bis sie das Gefühl hatte, nur noch aus ungewöhnlichen Genitalien zu bestehen. Der *Israelita* untersuchte sie nicht. Er linste nie von der Bettkante aus in verborgene Stellen. Für ihn war sie gern nackt. Er akzeptierte die Löcher in ihren Unterhosen, die milchigen Flecken auf ihren trägerlosen BHs. Doch sie kam nicht unter die Kerben in seinen Augenbrauen. Der *Israelita* erzählte ihr nichts von sich (sie hatte von Brown und von Arnold gehört, daß er seine Frau an einen Zahnarzt verloren hatte und im Alter von dreiundzwanzig zur

Waise gemacht worden war). Sie wollte ihm gut zureden, ihm von ihren eigenen Verlusten erzählen, von einem Ehemann, der ihre Schwester vergewaltigt hatte und dann ans andere Ende des Landes zum großen Salzsee geflohen war, von einem Vater, der an Tuberkulose gestorben war, einem Bruder, der eine Taube zu weit verfolgt hatte und von einem Dach in Brooklyn gefallen war, doch sie spürte, daß der *Israelita* in Gedanken bei Arnold war, und sie wollte seine Konzentration nicht von dem Stiefel ablenken. Daher war sie still und tat nichts, als ihn an die Zeit zu erinnern.

»Manfred, du brauchst keine Wanne einzulassen. Ich muß um eins zurück sein.«

Doch er weichte sie ein. Noch nie hatte sie einen Bullen kennengelernt, der so sanft in einer Badewanne sein konnte. Er wusch ihr die Brüste, ohne sie zu taxieren oder ihre Schönheitsflecken zu lesen. Er stellte sich nicht mit dem Schweiß unter ihren Armen an. Er zählte nicht die Falten auf ihrem Bauch (Isobel schrieb sie den Abtreibungen zu, denen sie sich unterzogen hatte). Sie war spät dran, und sie mußte ihre Haare über Coens Badematte abschütteln und den BH auf nasse Haut anpassen. Manfred versuchte, sie aufzuhalten.

»Der Mann von der Morgenschicht kann warten, Isobel. Er hat den ganzen Nachmittag Zeit, seine Colaflaschen einzusammeln.«

»Manfred, du bist oben im Truppenraum. Du löst deine Kriminalfälle. Du kommst und gehst. Du schätzt die Jungen in den Uniformen nicht richtig ein. Sie pissen mir in die Schlüpfer, wenn ich nicht da bin, um ihre kostbare Telefonzentrale zu bedienen und ihnen Kaffee zu holen.«

»Ich habe diese sackartige Uniformhose selbst schon angehabt, Isobel. Graue anstatt blaue. In der Akademie. Es würde mir nichts ausmachen, meine Medaille aufzugeben. Ich kann als Streifenbulle überleben.«

Sie hatte es zu eilig für weitere Diskussionen. Statt dessen schmeichelte sie ihm. »Nadelstreifen steht dir besser.« Doch den da, diesen *Israelita,* hätte sie selbst in einer unförmigen blauen Uniform gemocht. Sie küßte ihn auf den Mundwinkel, die Zunge hinter zusammengepreßten Lippen (andernfalls hätte sie nicht weggehen können) und suchte sich auf der Straße ein Taxi. Eine

Hand stieß sie auf den Bürgersteig, ließ sie aber nicht fallen. Sie sah schwarze Strähnen unter einer roten Perücke. Der Chinese war Isobel dankbar. Sie hatte ihn in der Zelle mit Wasser und Pfeilwurz versorgt, als Coen ihn wegen der Fingerabdrücke ins Revier geschleift hatte. Er hätte keine *Portorriqueña* auf der Columbus Avenue umgebracht; er wollte Isobel nur daran erinnern, daß er ihr sehr verbunden war. In der freien Hand hielt er eine Einkaufstüte.

»Ist da Arnolds Stiefel drin?« fragte sie.

Der Chinese zeigte seine Zähne. »Was ist los mir dir? Geht Blue Eyes vielleicht nicht mit einer Einkaufstüte zur Arbeit?«

»Verfolgst du Manfred, Chino?«

»Niemals«, sagte der Chinese. »Der Bulle hat doch diese Straße nicht gepachtet. Ich sehe mich nach Geschäften um.«

»Welche Art von Geschäften?« fragte Isobel.

»Jede Art.«

»Gib mir den Schuh, Chino. Ich sage Manfred auch nicht, wo ich ihn herhabe. Ich sage, ich hätte ihn im Rinnstein gefunden.«

»Der Spanier muß leiden«, sagte er und hielt die Einkaufstüte außer Reichweite. Er setzte Isobel in ein Taxi.

»Bring ihn schnell hinter dich, Isobel. Blue Eyes steht ein kurzes Leben bevor.«

Der Chinese ergötzte sich nicht an Isobels dicken Augen; er hatte das Ausmaß ihrer Anhänglichkeit an Coen falsch eingeschätzt.

»Mach dir keine Sorgen«, sagte er. »Ich bin der Engel der Blauäugigen. Was soll ihnen zustoßen, solange ich in Manhattan bin?«

Isobel traf im Revier ein, als die Fußstreife gerade auszog. Manche marschierten mit Knüppeln zwischen den Beinen, zielten auf Isobels Lenden. »Coens Mädchen«, sagten sie. »Shotgun Coens Braut.« Sie strömten aus dem Haus und rissen Isobel mit sich, bis sie sich aus dem Gedränge winden konnte. Der Wachtmeister, der sich in Isobels Abwesenheit um das Telefon kümmerte, lachte so sehr, daß er vergaß, sie zu schelten. Solange Isobel nicht da war, konnte er seinen nachmittäglichen Aufgaben nicht nachgehen. Er mußte eine bestimmte Zigarrenmarke für den Schwager des Captains ausfindig machen und die Gattin des Leutenants zu einem Schönheitssalon in Queens chauffieren. Isobel wehrte sich nicht allzu sehr gegen das Wandern seiner Daumen. Er war zu sehr mit den bevorstehenden Aufgaben beschäftigt, um tief zu graben. Und Isobel dachte an Coen.

5 Coen mußte seinen Namen zweimal sagen, ehe Arnold ihn einließ. Arnold humpelte wieder zu seiner Couch. Er wohnte in einem Hotel für »Einzelzimmerdauerbeleger« an der Columbus Avenue. In einer Kakaodose auf der Heizung bewahrte er seine sämtlichen Küchenvorräte auf. Außen auf der Fensterbank stand die Käseschale. Auf beiden Nasenflügeln hatte er blaue Kratzer. Er hielt ein japanisches Schwert in der Hand.

»Ich bring' den Chinesen um, wenn er zu Besuch kommt. Ich werde ihm sein Muschelspiel schon beibringen. Ich schreibe ihm ein Damebrett auf den Magen.«

»Was ist passiert, Arnold?«

Arnold hieb mit der stumpfen Kante des Schwerts auf seinen Klumpfuß ein. »Er hat mich gestellt, Manfred. In der Amsterdam. Die Drecksau hat mir mit einer Einkaufstasche das Bein gestellt. Er hat meinen dicken Schuh gestohlen.«

»Hat er eine rote Perücke aufgehabt?«

»Das kann ich dir nicht sagen. Es ging viel zu schnell.«

»Bist du sicher, daß es Chino war?«

Arnolds Gesichtsausdruck verdüsterte sich. »Ich kenne seine Taktik. Für einen Schuh bekommt man selbst im Leihhaus nichts. Nur ein Choleriker kommt auf die Idee, einem Krüppel seinen Schuh wegzunehmen. Er hat was zu mir gesagt, Manfred. Er hat gesagt, ich soll den süßen Blue Eyes grüßen.«

»Ich nehme das in die Hand, Arnold. Du ruhst dich jetzt aus.«

Coen setzte sich auf die Couch. Arnold beobachtete seine fahrigen Gesten. Sein *Patrón* war höflich und respektierte Arnolds wunde Punkte. Daher wollte Arnold ihm die Last von den Schultern nehmen. »Sag mir, was du brauchst, Manfred.«

»Nichts«, sagte Coen.

Arnold wollte ihn drankriegen, ehe Coen sich äußerlich beruhigte. »Was kann ich für dich tun? Sei nicht unfair, Manfred.«

Coen senkte den Kopf. »Ich suche einen weißen Zuhälter. Elmo.

Elmo der Größte. Er ist hinter kleinen Mädchen her. Wo kann ich ihn finden?«

»Leih mir einen Dollar.« Arnold nahm das Schwert als Krücke und zog sich hoch. Das Schwert hinterließ Dellen im Teppich. Er ging zu der Prostituierten nebenan. Die Hure war für die Bekleidungsindustrie und einen Großteil der West Side zuständig. Sie war Arnold verpflichtet. Ehe der Truppenführer ihn rausgesetzt hatte, hatte ihr Arnold immer kleine Annehmlichkeiten im Revier verschafft, wenn sich die Zivilbullen aus Coens Bezirk über die Mädchen hergemacht hatten. Durch Arnold konnte Coen sich mit jeder Hure im ganzen Hotel in Verbindung setzen. Er horchte auf das Schwertgeklirre im Gang. Arnold gab Coen den Dollar zurück.

»Betty sagt, am Times Square. Sie will kein Geld von dir annehmen. Dieser Elmo parkt vor dem Busbahnhof. Er ist ein grober Kunde. Die Niggerzuhälter lassen ihm viel Raum. Er schnappt sich die Bauernmädchen direkt vom Bus. Du weißt schon, Ausreißerinnen aus dem Süden. Schwarze und weiße, von elf aufwärts. Der fürchtet sich vor nichts, Manfred.«

»Den lehr' ich das Fürchten«, sagte Coen und stand von der Couch auf. Arnold verfolgte Coen mit dem Schwert.

»Ich gehe mit, Manfred. Ohne mich wirst du nicht mit ihm fertig.«

»Ich werde mit ihm fertig. Hat Betty gesagt, was für ein Auto er hat? Fährt er einen lohfarbenen Imperial?«

»Sie sagte, einen Apollo. Ein Buick Apollo in irgendeinem schmutzigen Farbton.«

Coen zog sich am Kinn, eine Angewohnheit, die er von seinem Vater übernommen hatte, der manchmal tagelang kein Ei verkauft hatte. »Ich komme nicht mal hinter die Automarke.«

»Was willst du von einem solchen Geier, Manfred?«

»Ich tue der Polizei einen Gefallen.«

Coen stieg über die Limoflaschen im Gang. Einige Bewohner flüsterten ihm aus ihren Zimmern zu: »He, Mann, was ist passiert?« Sie wußten auch ohne Knoblauch-Arnold über Coen Bescheid. Sie kannten ihn aus Schillers Tischtennisclub im Kellergeschoß des Hotels. Wenn sie es satt hatten, Wände anzustarren und miesen Wein von ihren Fensterbänken zu trinken, gingen sie zu Schiller runter, machten es sich auf einer Bank gemütlich und

beobachteten den Flug der Bälle im schwachen Licht. Diese Stunden waren ihnen besonders lieb. Schiller schloß nie. Schiller, ein bärtiger Gnom, der in einem winzigen Zimmerchen hinter seinen Tischen wohnte, verspottete seine schickeren Kunden, weil sie sich unter Pennern aufhielten. Er teilte sein Pumpernickelbrot aus. Er buk ihnen Gemüsetaschen. Doch er war ausgesprochen launisch. Wenn die Penner ihm zuviel Dreck machten oder mit Brotkügelchen nach den Spielern warfen, räumte Schiller die Bank. Normalerweise dauerte es eine Woche, bis die Hotelbewohner Schiller soweit verziehen hatten, daß sie mit ihm seinen Meerettich schnüffelten und seine Pumpernickel aßen. Den Spanier haßten sie. Schiller jagte Arnold nicht mit ihnen hinaus. Arnold hatte Anrecht auf den Stuhl, der dem für Coen reservierten Tisch gegenüberstand. Aufgrund der Handschellen, die Arnold besaß, und auch wegen seiner Kontakte zu den Bullen Manhattans fühlten sie sich ihm unterlegen. Also plärrten sie Arnolds Geheimnisse heraus. Sie machten seinen Gang nach. Das kommt von der Inzucht, sagten sie. Ein Vater fickt seine Tochter, und dabei kommt ein Arnold mit zusammengewachsenen Zehen raus. Wie sonst soll man eine Mama finden, die nur zwölf Jahre älter ist als ihr Sohn? Es war allgemein bekannt, daß Arnolds Vater Totengräber in San Juan war. Der Spanier, so behaupteten sie mit Vorliebe, sei mit fünf mit seiner Schwester-Mutter-Tante aus Rico gekommen, weil sie bei den Niggern in Harlem Karriere als *Prostituta* machen wollte. Das kleine Scheusal hätte sich die Zehen mit Ostereierfarbe angemalt und sei durch Harlem gehumpelt, um Kerls für seine Mutter aufzureißen. Da mußte er doch ein Riesenroß sein, oder etwa nicht? Wer, wenn kein Ausgestoßener, hätte sich an einen blauäugigen Juden gehängt?
Coen war versucht, schnell in den Club zu schauen (Schiller bewahrte Coens Schläger, seine Turnschuhe, sein Handtuch und seine Hose in einem Schrank voller Schuhe auf). Wenn er jetzt zu Schiller ging, würde er den ganzen Nachmittag lang spielen und anschließend nicht mehr viel Energie oder Enthusiasmus für die Zuhälter vom Busbahnhof aufbringen. Daher strich er die Falten seiner Hose glatt und latschte zum Times Square. Coen war einer der letzten Kriminalbeamten New Yorks, die keinen Wagen hatten. Gelegentlich borgte er sich einen grünen Ford bei der Mordkommission aus, den er selbst fuhr. Doch er zog die U-Bahn oder

seine eigenen Füße vor. Hinter dem Steuer fielen ihm die Eier seines Vaters ein, Jerónimo, die zwei Töchter seiner Frau, und seine Aufmerksamkeit wandte sich von der Straße ab. Die Bullen im Revier glaubten, Coen habe einen geheimen Fahrer, jemanden vom Büro des First Deputy, der ihn durch die Gegend fuhr, und das bestärkte sie nur umso mehr in der Überzeugung, daß Coen eine Petze und ein Spitzel für die Chefs war.

Er ging durch die Neunte Avenue. An der Siebenundvierzigsten Straße lutschte er eine Orange aus. An den Gewürzständen naschte er. Er kaufte griechisches Gebäck und freute sich, daß er die Neunte Avenue der Achten vorgezogen hatte. Die Pornovorführungen auf dem Bürgersteig, die Kunstledergeschäfte, die weichen Filzhüte und die Abendanzüge der marktschreierischen Clubköder hätten ihn nur deprimiert. Coen, der ermordete Babys im Leichenschauhaus gesehen und geröstete Leichen nach einem Brand gerochen hatte, wanderte von der Polizeischule zum First Dep, vom First Dep zur Mordkommission, ohne einen Pornografieladen überfallen zu wollen. Er umkreiste den Busbahnhof von Port Authority und bemerkte schwarze Zuhälter in Buicks und Cadillacs auf der gegenüberliegenden Straßenseite. Sie winkten ihm zu, wenn er sie ansah und machten ihre automatischen Fenster auf und zu, damit Coen ihre Gesichter nicht erkennen konnte. Die Zuhälter waren allein. Kein Bauernmädchen mit zerfleddertem Schulranzen war zu sehen. Coen stolperte über einen beigen Sedan de Ville, der sich am Ausgang des Bahnhofs zur Neunten Avenue zwischen zwei Taxis gedrängt hatte. Einen anderen weißen Zuhälter fand er nicht. »Elmo Baskins?«

Elmo machte ihm keinen Platz, und Coen mußte sich ans Fenster lehnen. Bei Coens Erscheinen polierte er mit einem trockenen Finger die Spitzen seiner Plateauschuhe. Er trug Ringe an den kleinen Fingern und funkelnde Manschettenknöpfe. »Wer will was von mir?«

Coen sagte auf gut Glück: »Vander Child.«

Elmo lachte sich in den Ärmel. »Childs engagierte Killer? Über sowas kann ich mich kaputtlachen. Sie müssen Coen sein, der kleine Bulle, dem ganz Manhattan gehört.«

Coen ließ sich auf den Sitz fallen und versuchte, den Zuhälter einzuschüchtern. »Entweder du redest mit mir, Elmo, oder du kannst dich beim Staatsanwalt ausheulen. Es trägt nicht zu dei-

ner Beliebtheit bei, wenn du Mädchen aus Privatschulen klaust.« Er bohrte drei Finger in die Luft. »Das steht für Unzucht, Vergewaltigung, Verschleppen Minderjähriger über die Staatsgrenzen. Niemand mag Kidnapper.«
Elmo kaufte ihm den Bluff nicht ab. »Klar, Mann, ich bin sofort dabei. Ich chauffiere dich. Buchte mich ein.«
»Elmo, wie läuft der Sklavenhandel? Wohin hast du Childs Tochter gebracht?«
»Schleich dich, Mann.«
Sie saßen dort, ohne einander zu berühren, vielleicht fünf bis acht Zentimeter voneinander entfernt; Elmo hauchte seine Ringe an, und Coen wünschte, er könnte Pimloe vergessen und wieder auf Mörderfang gehen, bis Arnold von links kam und Elmo gegen Coen stieß. Elmo tobte. »Du schleppst mir Puertoricaner an?« Arnold hatte bereits ein Zwei-Dollar-Säckchen Heroin in Elmos Aschenbecher fallenlassen (das Zeug kam von Betty). Er erwartete, daß Coen sich den Zuhälter vornehmen würde. Arnold war nicht nervös. Das war nicht der erste Cadillac, den er beschmutzte. Elmo kaute auf seiner eigenen Spucke. Er haßte es, zwischen einen Bullen und einen Spitzel zu geraten. Erst schnaubte er. Dann sah er Arnolds Schwert. Coen war überrascht. Der Zuhälter hatte seine Knie nicht mehr unter Kontrolle. Nur ein Verrückter hätte am Times Square ein Schwert getragen. Unter solchen Irren war Elmo nicht sicher. Die waren fähig, seine Polsterbezüge aufzuschlitzen. »Der, den du suchst, ist Guzmann.«
»Wieso Guzmann?«
»Er trägt eine Fehde mit Child aus.«
»Vander sagt, daß er César nicht kennt.«
Elmo verlor allmählich den Respekt vor dem Schwert. Er spielte mit seiner Spucke. »Wie lange arbeitest du schon für ihn?«
»Glaubst du, César hat die Kleine geschnappt?«
»Nicht César. Aber er kann dir sagen, wo sie ist.«
»In Peru?« sagte Coen.
Elmo spottete: »Nach Peru gibt es keine Direktverbindung.«
»Gibst du mir Césars Adresse?«
»Das kann ich nicht, Coen, ich schwöre es dir. Er hat eine ganze Reihe von Wohnungen. Für seine Glücksspiele. Er verlegt sie ständig. Deshalb könnt ihr ihn nicht fassen.«

»Schleichst du für César um die Carbonderry School rum? Die an der Neunundachtzigsten.«

»Neunundachtzigste? Mann, soweit oben bin ich nie.«

»Was ist mit Childs Nichte? Odile. Kennst du sie?«

»Die Puppe mit den langen Beinen und der engen Spalte? Die dreht Pornos. Sie geht oft ins ›Dwarf‹. Das ist eine Lesbenbar an der Dreizehnten. Ausschließlich für Mädchen. Da kommst du niemals rein, Coen. Die Rausschmeißerinnen scheren sich nicht um Dienstabzeichen.«

»Ich war im ›Dwarf‹, Elmo. Sag mal, streiten César und Child um die Rechte an Odile?«

»Ich bin nicht sicher.«

Neben Coen im Taxi zu den Siebzigern schmollte Arnold. Er wünschte, er hätte den Zuhälter aushorchen können. Er trug drei Socken und einen aufgeschnittenen Schuh über seinem kaputten Fuß. Das Schwert lag auf seinen Knien. »Du hättest mehr fragen sollen, Manfred«, quengelte Arnold an jeder fünften Straßenecke. Coen war ihm ohnehin dankbar. Allein hätte er Elmo nicht geknackt. Sie hielten vor Arnolds Zimmer an. »Manfred, nimm mich mit in das ›Dwarf‹.«

»Ich gehe heute nicht in das ›Dwarf‹, Arnold. Wenn ich hingehe, nehme ich dich mit. Aber für heute reichts mir.«

Arnold humpelte ins Hotel. Coen rief ihm nach: »Soll ich dir was Leckeres raufbringen?«

»Ich habe keinen Hunger«, rief Arnold zurück.

»Willst du mir bei Schiller zuschauen?«

»Heute nicht.«

Coen hatte keine Lust mehr, Tischtennis zu spielen. Schiller würde ihn daran erinnern, wie oft sein Tisch geschrubbt werden mußte. Dem »Dwarf« wollte er auch nicht zu nahe kommen, ganz gleich, wieviel Odile ihm helfen konnte. Vor drei Jahren hatte Coen das »Dwarf« für den First Dep erkundet. Er hatte sich extra Pumps, einen Rock und eine Perücke aus den Beständen der Detektive geholt, um reinzukommen. Die Rausschmeißerinnen konnten Bullen riechen und tasteten ihn an der Tür ab. Coen hatte keine Waffen bei sich. Er tanzte mit einer Bibliothekarin aus Brooklyn. Die Bibliothekarin hatte einen hübschen Busen und eine Hand, die Coens Rückgrat entspannte. Er kniff die Beine zusammen, um seine Erektion zu unterdrücken. Er war schon so gut wie verliebt. Der Gedanke, der Bibliothekarin zu sagen, daß er kein Mädchen war, quälte ihn. Sie würde ihn anspucken. Die Rausschmeißer würden ihm die Arme ausreißen. Beide Mädchen waren kräftig. Er war vor lauter Flüstern schon heiser. Die Bibliothekarin nutzte seine Betörtheit. Sie wollte Geld von Coen. Sie war beim »Dwarf« engagiert. Coen drängte Isaac zu einer Razzia. Isaac hielt ihn hin. Coen ging wieder zur Einsatzstreife. Schließlich teilte Isaac ihm mit, die Razzia könne nicht stattfinden. Die Staatsanwaltschaft hatte es vermasselt. Ein großes Tier im Rathaus hatte eine Zwillingsschwester, die praktisch im »Dwarf« wohnte.

Coen entschloß sich, seine wiederverheiratete Frau zu besuchen. Daher ging er zur Central Park West. Der Portier teilte ihm mit, Stephanie sei nicht zu Hause. »Ich habe ihren Schlüssel«, log Coen. Er öffnete Stephanies Wohnungstür mit dem Sortiment von Dietrichen, das Isaac ihm gegeben hatte. Er holte sich einen Imbiß aus dem Kühlschrank, strich feinsten Dijonsenf auf Käsecracker und trank ein Glas portugiesischen Wein. Charles Nerval, Stephanies anderer Mann, war mit seinen übertriebenen Forderungen in der Zahnklinik in der East Bronx reich geworden. Coen zog seine Hose aus, schnallte den Halfter ab und suchte sich einen von Charles' kuscheligen Morgenmänteln. Er war mit Stephanie und Charles auf die Hochschule für Musik und Bildende Künste gegangen. Coen, der Eier anmalen und die Knöchel seines Vaters zeichnen konnte, war aufgenommen worden, weil es der Schule an Jungen fehlte. Charles, dessen Vater Lumpensammler war, spielte Geige. Stephanie spielte Flöte. Als Wanderpokal der älteren Jungen sprach sie nur selten mit Charles oder Coen. Sie machte in Oberlin weiter, zog nach ihrem Abschluß mit dem Dekan für Musik zusammen, züchtete in Ohio Tulpen, brachte eine Abtreibung hinter sich, kam nach New York zurück, traf Coen auf der Straße und heiratete ihn. Coen legte sich zur Entspannung in Stephanies und Charles' Badewanne, sein Weinglas auf dem Waschbeckenrand. Er probierte Charles' belebende Kräuter aus und saß bis zum Kinn im Schaum. Er hörte nicht, wie Stephanie hereinkam. »Schuft«, sagte sie vor ihren Kindern, Alice und Judith, die identisch angezogen waren. »Wer hat dir die Erlaubnis gegeben, hier einzubrechen?«

Sie freute sich, Coen zu sehen, und sie schämte sich, sich einzugestehen, daß die Kinder ihn lieber mochten als Charles. Er runzelte die Stirn und wollte von Judith und Alice geküßt werden. Wenn Elmo ihn nicht abgelenkt hätte, hätte er wohl einen Bonbonladen für die Mädchen ausgeraubt und wäre mit Lakritz, kandierten Orangenscheiben und Pfefferminzklumpen entwischt. Stephanie legte Coen Handtücher zurecht. Als fruchtbares Mädchen hatte sie Kinder mit ihm haben wollen. Zu diesem Zeitpunkt, kurz nach dem eigenartigen Tod seiner Eltern, hatte Coen größere Familien gescheut. Jetzt, nachdem er von Stephanie fort war, liebte er die beiden Mädchen und wollte nicht zulassen, daß sie ihn Onkel nannten, nur Dad oder Freddy Dad war ihm recht. Durch diese Hingabe, die er den Mädchen entgegenbrachte, fühlte sich auch Stephanie zu Coen gezogen. Sie war niemals über die reine Farbe seiner Augen hinweggekommen.
»Freddy, so nackt sollten dich die Mädchen nicht sehen.«
»Wer sagt das? Ich bin doch unter dem Schaum. Gucken Sie bei Charles nicht nach, was er hat?«
Sie sammelte ihre Kinder zusammen, brachte sie in ihr Zimmer, kramte ihre Spielzeugkiste heraus und kehrte zu Coen zurück. Er war damit beschäftigt, sich den Hintern abzutrocknen. Die Haare auf seinem Bauch trockneten in der Form eines Baumes.
»Warum läufst du nicht rum und suchst den Irren, der kleine Jungen verstümmelt?«
»Ich bin nicht allzu beliebt, Steff. Der Chef, der den Fall leitet, will mich wahrscheinlich nicht haben. Ich könnte seine Leute verseuchen. Sie können mir nicht vergeben, daß ich Isaacs Schüler war.«
»Wie geht es diesem einsamen Schurken?«
»Isaac? Der neue Mann des First Dep behauptet, daß er für die Guzmanns arbeitet. Ein Schmock namens Pimloe. In den letzten Tagen hat er mich rumgehetzt wie blöd.«
Genau dieses bärbeißige Bullengerede war es gewesen, was Stephanie von Coen entfernt hatte; Charles hatte seichtere Augen, er wußte nichts mit seinen eigenen Töchtern anzufangen, sein Unterleib war weich, aber er schimpfte und fluchte nicht aus den Mundwinkeln. Coens Vokabular war großenteils von Isaac übernommen. Doch sie mußte nicht mehr mit ihm zusammenleben und brauchte daher nicht mehr so zänkisch zu sein. Sie be-

rührte sein Schlüsselbein. Coen fing sie mit dem Handtuch. Sie küßten sich an den Duschvorhang geschmiegt, Coens Zunge in ihrer Kehle. Charles wußte nicht, wie man küßt. Er knuddelte sie eine Minute lang, schnaubte einmal und fiel auf die Kissen zurück. Coen konnte mit einem einzigen Finger alle empfindsamen Stellen von ihren Schulterblättern bis zur Mitte ihrer Schenkel ausfindig machen. Doch sie hing nicht wegen seiner exzellenten Fähigkeiten an Coen. Wenn er sie hielt, fort von ihren Kindern, ihrem Mann, den Erinnerungen an ihre Flöte, spürte sie den traurigen Zugriff eines Mannes, den der Verlust seiner Eltern verrückt gemacht hatte, eines Mannes, der weit über die Grenzen eines Detektivs oder eines Superbullen hinausging.
Später, als sie Charles, Alice, Judith und Coen etwas zu essen machte, waren Stephanie die geröteten Streifen an ihrem Nacken peinlich. Sie legte Charles die größten Portionen auf. Als er seine Kartoffel aus der Folie schälte, bekam Coen schlechte Laune. Wenn Charles mehr gegen ihn gehabt hätte, hätte er sich jetzt nicht über eine gebackene Kartoffel gebeugt. Er, Coen, hätte keinen früheren Ehemann um sich haben können. Doch wenn Coen da war, war Charles weniger der berechnende Geschäftsmann; er war knabenhafter und war sich seiner Töchter und seiner Frau bewußter als sonst. Er faltete einen Hut aus Judiths Serviette. Er probierte Alices Spinat. Er nannte Stephanie »Mrs. Coen«. Coen hatte ihn in der Schule beschützt, Jungen aus der Nachbarschaft davon abgehalten, sich über Charles' Geigenkasten lustigzumachen. Selbst damals hatte Charles sich über Coen amüsiert, der nach Eiern roch und nicht zeichnen konnte. Trotz seiner blauen Augen und seiner Blondheit war Coen bei Mädchen der Schüchternere gewesen. Charles war derjenige, der in seinem Geigenkasten Präservative bei sich trug, der mit dem Geigenbogen BHs aufmachen konnte, der Coen eine Ehefrau weggeschnappt hatte.
»Mehr Karotten«, grunzte er. »Mehr Erbsen. Manfred, schießt du nicht mehr auf Übungsständen?«
»Nein, ich spiele statt dessen Ping-Pong.«
Judith biß auf ihren Eislöffel. »Was ist Ping-Pong, Daddy Charles?«
»Frag deinen Daddy Fred.«
Stephanie brachte die Kaffeetassen und erbot sich, es Judith zu erklären.

»Das ist was für Blödmänner«, sagte Coen. »Für Leute, die die Sonne nicht ausstehen können. Wir hauen mit Gummisandwichs kleine Bälle über einen grünen Tisch.«
Mit einem Apfel in der Hand fuhr Coen im Aufzug nach unten. Er sah rote Haare im Gebüsch auf der anderen Straßenseite. Er rannte in den Park. »Chino«, schrie er. »Komm raus. Laß dich anschauen.« Aus den Büschen kam kein Laut. »Wenn du mich weiterhin beschattest, leg' ich dich um, Reyes.« Mit gezogener Pistole sauste Coen weiter in den Park hinein. Dabei verlor er seinen Apfel. Er benahm sich wie ein Trottel.

Die ältere Rausschmeißerin des »Dwarf«, frühere Boxkönigin im Frauenuntersuchungsgefängnis, hieß Janice und hatte Odile unter ihre Fittiche genommen und fühlte sich zur Anstandsdame berufen. Sie mischte sich ein, sobald Dorotea ihre Hand zu nah an Odiles Dreieck legte. So nah an der Bar ließ Janice keine Knutschflecken und kein Trockenvögeln zu. Niemand unter den Stammgästen, ob klein oder groß, konnte mit dem Gesicht an Odiles Brust tanzen. Sweeney, ein schmächtigeres Mädchen, war die Partnerin und Cousine der Rausschmeißerin; sie versuchte, Janice von ihrem Standpunkt abzubringen. »Schwester, übertreibst du nicht ein bißchen? Such dir jemand anders. Wie kommt es, daß Lenore im Vorderzimmer küssen kann und Dorotea nicht?«
»Lenore tanzt nicht mit Odile, daher kommt das. Auf Odile fliegen die Schwestern wie Bienen auf ein Honigglas. Wenn ich im Dienst bin, dulde ich das nicht.«
»In Wahrheit bist du nur eifersüchtig. Du willst, daß Odile an einem Platz sitzt, an dem du sie die ganze Zeit beobachten kannst.«
»Halts Maul, Schwester.«
Sweeney mußte nachgeben; ihre Cousine besaß die größten Schlagringe von ganz New York. Sie konnte es sich nicht leisten, sich gegen Janice zu stellen, ohne ihre Stellung im »Dwarf« zu gefährden. Jedenfalls hatte sie Neuigkeiten für Odile.
»Draußen steht ein Mann, der zu dir will, Schätzchen. Ein Zuhälter mit einem komischen Schuh. Ich könnte schwören, daß es der Chinese ist, der die Mädchen belästigt, aber irgendwas ist heute anders an ihm.«

»Scheiße«, sagte Odile. »Scheiße.« Zur Beschreibung des Chinesen hätte sie üblere Beschimpfungen benutzen mögen, aber Janice hatte das Fluchen im Vorderzimmer verboten. Dennoch löste sie sich von Dorotea, um durch einen Schlitz in der Gardine einen Blick auf den Chinesen zu werfen. Wenn Janice heute nicht so sauer gewesen wäre, hätte sie lauthals gelacht. Der Chinese trug am linken Fuß einen riesigen Schuh, einen gebogenen kaffeefarbenen Schuh, einen Schuh mit einem Buckel an der Ferse und der dicksten Sohle, die sie je gesehen hatte; das Leder hatte beiderseits Falten, häßliche braune Schnürsenkel mit Plastiknoppen, die angeknabbert wirkten, und der Schuh reichte dem Chinesen bis halb auf die Wade, wo er sich in die Hose einschnitt und den Hosenaufschlag ruinierte. Außerdem hatte er struppige Haare in den Augen. Er wiegte sich auf den Hüften und drehte auf seinem flacheren, ebeneren Schuh eine Pirouette. Odile ging zur Tür rüber, zumindest nah genug zu Sweeney, und zischte dem Chinesen Warnungen zu.

»Chinese, wenn du mich noch einmal beklaust, noch einmal durch mein Fenster steigst, noch einmal mit meinen Strumpfhaltern und meiner Filmwäsche spielst und meine Sandwiches anrührst, brauchst du einen maßgefertigten Schuh für deinen anderen Fuß.«

Der Chinese blieb abrupt stehen; er hatte gehofft, Odile mit den verzwickten Drehungen zu verzücken, die er mit Arnolds Stiefel als Steuerruder ausführen konnte.

»Ich dachte, es würde dir gefallen. Ich habe ihn deinetwegen gestohlen. Er gehört einem puertoricanischen Polizeispitzel.«

Odile war gerührt, als der Chinese den Kopf hängenließ, gerührt von seiner mutlosen Haltung, aber sie wollte nicht rauskommen, und als der Chinese auf sie zu humpelte, versteckte sie sich hinter Janice und Sweeney. »Komm nicht näher«, sagte sie.

Der Chinese sah, wie Janice die Schlagringe aus der Tasche ihres zweireihigen Jacketts holte. Sweeney lächelte zu unecht. Sie gurrte dem Chinesen ins Ohr: »Treten Sie nur über den Türvorleger, Mr. Reyes. Die Schwelle ist nicht hoch. Komm rein, Schlitzauge, meine Cousine hält die Vorspeise schon bereit.«

Der Chinese wollte mit niemandem außer Odile reden. »Wir müssen etwas Geschäftliches besprechen, Odette. Kunden, Mr. Bummy Gilman. Und noch ein paar Typen.«

»Dann ruf meinen Anrufbeantworter an«, sagte Odile und linste um Sweeneys wattierte Schultern. »Hinterlaß die Namen und die Termine beim Telefondienst. Und vergiß nicht, einen anständigen Preis zu nennen. Für weniger als fünfundsiebzig mach' ich's mit diesen Arschlöchern nicht.«
»Zorro wird diese plötzliche Ziererei nicht mögen. Seit wann handelst du deine eigenen Sätze aus?«
»Das wird Zorro wohl wissen, und du kannst ja mal raten. Was zwischen mir und César ist, geht keinen Chinesen was an.«
Dorotea, Nicole und Mauricette, Odiles drei ausdauerndste Tanzpartnerinnen, traten in die Tür, um sich mit hämischer Freude an dem Schauspiel eines Chinesen in einem hohen Klumpschuh zu weiden. Janice stieß sie zurück. Dorotea hielt Odile bei der Hand und führte sie zur Tanzfläche, eineinhalb Meter auf eineinhalb Meter morsche Dielen zwischen der Jukebox und der Bar. Janice hatte die Musik unter Kontrolle; die Mädchen mußten auf Peggy Lee und Rosemary Clooney tanzen oder sich ins Hinterzimmer zurückziehen, in dem man Cola mit Rum nippen, die Weissagungen im *Buch der Wandlungen* studieren oder sich über einem Pachisibrett tief empfundene Küsse denken konnte (andere Ausdrücke der Leidenschaften ließen die Cousinen nicht zu).
Odile ging schroff mit Dorotea um; sie konnte keine Zunge in ihrem Ohr gebrauchen, während sie über den Chinesen nachdachte; sie konnte immer noch sein absurdes Haar unter der Vorhangleiste sehen. Sie erinnerte sich daran, was Janice einem Betrunkenen, der versehentlich im »Dwarf« stolperte, oder einem eingeschnappten Polizisten, der versuchte, die Bar ohne ordnungsgemäße Papiere auszuheben, antun konnte – ein gebrochener Finger, eine ausgerenkte Achsel, eine Backe voll Blut – und dann würde man Janice wegen ihres Eifers im »Dwarf« ins Untersuchungsgefängnis zurückschicken. Odile konnte es sich nicht erklären, aber sie wollte nicht, daß dem Chinesen etwas zustieß. Vielleicht, weil er als Kavalier um ihretwillen den Schuh getragen hatte. Der Chinese wußte, was ihr gefiel; keine Parfumflaschen, keine Nerzstolen, die jeder Kürschner herstellen konnte, sondern ein Krüppel-Schuh. Dorotea wechselte vom linken Ohr zum rechten über. »Warum erforschst du nicht Nicole, Sister?« sagte Odile. »Laß deine Finger von meiner Möse.« Sie

folgte Sweeney ins Hinterzimmer. Sweeney war die einzige, die sie nicht betatschte, die ihr nicht beim Tanzen die Ohren leckte. Zwei Pachisispielerinnen bemerkten Odile und Sweeney und verzogen sich. Sweeney brachte Odile in die dunkelste Ecke.
»Hast du Männersorgen, Baby? Du kannst jederzeit zu mir ziehen. Verhungern würdest du nicht. Und dieses säuische Geld würdest du auch nicht mehr verdienen müssen.«
Odile summte Peggy Lee. Sie kam nicht von dem Chinesen los. Zwischen den Refrains von »Golden Earrings«, Peggys Hit von 1947, fauchte sie: Chino Reyes, Chino Reyes. Mit einem gelben Nigger, der außerdem auch noch für Zorro arbeitete, schlief sie nicht. War sie etwa für den gestohlenen Schuh verantwortlich? Wie konnte sie den Chinesen davon abbringen, verrückt auf sie zu sein? Sie stieß die Pachisimännchen um, gähnte in ihre Faust und schlief an Sweeneys wattierter Schulter ein.

6

An der Columbus Avenue galt er als der Superbulle. Man belästigte ihn wegen eines entlaufenen Affen, eines gestohlenen Fernsehers, eines Cousins, den eine Polizeistreife zusammengestaucht hatte. Nachdem man vor seinem Haus so viele Jahre lang einen Wagen des First Deputy hatte stehen sehen (Isaac entwickelte beim Damespiel mit Coen die besten Theorien), glaubten alle, daß Coen sich Gehör beim Commissioner verschaffen konnte. Die Frau, die über ihm wohnte, eine Witwe mit einem jungen Dalmatiner, sorgte sich um die Sicherheit ihres Hundes. Wie eine Epidemie hatten sich Hundevergiftungen im Central Park und in den angrenzenden Vierteln gehäuft, und Mrs. Dalkey wollte Coen das Versprechen abnehmen, den Giftmischer zu jagen. Sie bot ihm fünfzehn Dollar für seine Bemühungen an und kam allmorgendlich mit Rickie, dem Dalmatiner, in seine Wohnung, um ihn über die neuesten Vergiftungen auf dem laufenden zu halten. Coen konnte den Hund nicht ausstehen. Mrs. Dalkey hatte ihn verdorben; das Vieh sabberte und hatte die Angewohnheit, Pißtropfen auf Coens Türschwelle zu hinterlassen.
»Herr Detektiv, Herr Detektiv.«
Coen stürzte im Schlafanzug zur Tür. Er hörte Rickie an den

Wänden kratzen und Farbe kauen. Der Hund schnüffelte sich den Weg hinein. Coen rechnete mit Pisse auf seinen Möbeln. Er bot Mrs. Dalkey eine Kirschlimo und polnische Salami an. Ehe der Hund versorgt war, erzählte sie ihm nichts. Rickie fiel über die Salami her und trank aus einem langstieligen Kelch. Mrs. Dalkey konnte nicht so schnell essen. »Krämpfe«, sagte sie. »Mr. James' Pudel Fredericka hat sich von der Leine losgemacht. Dieser Mörder hat den Steingarten in der Zweiundsiebzigsten Straße verseucht. Fredericka hat Steine gehustet. Sie ist tot umgefallen, als sie ihren eigenen Schwanz fangen wollte. Mrs. Santiago glaubt, sie hat ihn gesehen. Ein kleiner Puertoricaner, der Kindern Bonbons gibt. Er lebt im Armenasyl. Ich bin mir sicher. Es könnte sein, daß er auch der Lippenstift-Freak ist.«

»Wieso, Mrs. Dalkey?«

»Weil es wahrscheinlich ist, daß ein Mann, der Hunde haßt, auch kleine Kinder jagt. In Giftmördern und in Sexualverbrechern geht dasselbe vor.«

Witwengeschwätz, sagte sich Coen. Er dankte Mrs. Dalkey für ihre Vorschläge und machte hinter dem Hund sauber. Dann fuhr er mit der U-Bahn in die Bronx. Der Name César Guzmann war zu oft gefallen; zu viele Schafsköpfe beschäftigten sich mit ihm. Er wollte sich direkt an die Quelle begeben, zu Papa persönlich, um nach César und nach Childs Tochter zu fragen. Papa mochte zwar in der Boston Road verwurzelt sein, aber er hatte Zugang zu seinen fünf Söhnen.

Moisés Guzmann war mit einer Brut kleiner Jungen und ohne *Mujer* oder Ehefrau über Havanna in die Boston Road gelangt. Das war 1939 gewesen. Sechzig Jahre lang hatten die Guzmanns in Lima/Peru in besetzten Häusern gelebt und die Religion der *Limenos* angenommen. Sie waren Kleinkrämer, Schmuggler und Taschendiebe, typische Großstadtsumpfblüten. In ihren Kathechismen bewahrten sie hebräische Glücksbringer auf. Sie beteten Moses, Johannes den Täufer und den Heiligen Hieronymus an. Die regelmäßigen Kirchgänger mieden sie. Andere sahen fort. Die Guzmanns sahen sich als Holländer, obwohl sie kein Wort Niederländisch sprechen konnten. Vor Amerika hatte sich die Familie in Lissabon, in Amsterdam und in Sevilla rumgetrieben. Die Guzmanns aus Peru hatten keine Erinnerungen an diese fremden Orte. Moisés war aus Lima geflohen, weil er einen Bullen ermordet hatte. Allein mit fünf Jungen wurde er für die *Norteamericanos* »Papa«. Er kaufte einen Süßwarenladen und zog ins Hinterzimmer. Er opferte seine Liebe zu Guajaven und Schweinefüßen und brachte sich bei, wie man den wäßrigen Kaffee und den gesüßten Sprudel macht, den die Gringos anbeteten. Mit seinen Süßigkeiten und den Jungen beschäftigt (1939 war César noch keine zwei), brauchte Papa sieben Jahre, um eine Bande nordamerikanischer Taschendiebe zu organisieren. Aus Peru trafen Cousins ein. Es gab eine Phase, in der vierzehn Männer und Knaben in Papas Süßwarenladen wohnten. Die Cousins heirateten, tauchten in Brooklyn oder New Jersey unter, und Papa mußte sich einschränken. Von der Polizei der Bronx und den fünf führenden jüdischen Banden erhielt er die Genehmigung, eine Lottoannahmestelle im Laden zu errichten. Die fünf Banden vernichteten sich gegenseitig, und Papa blieb mit dem Monopol auf der Boston Road zurück.

Coens Zug fuhr quietschend aus dem Tunnel an der Hundertneunundvierzigsten Straße und auf den erhöhten Bahnsteig an der Jackson Avenue in der Bronx. An der Stelle, wo der Zug ans Licht kam, waren Klumpen harten grauen Schleims an den Wänden, die Coen als kleinen Jungen erschreckt hatten und die ihm immer noch etwas anhaben konnten. Diese Art der Fortbewegung unter dem Boden, von den Säulen der Jackson Avenue in den flachen Tunnel, Wände, die den Zug umschlossen, machten Coen seekrank, und wenn er in der Kunstschule angekommen war, war ihm immer speiübel gewesen, und die Eibrote in seinem Eßpaket waren ihm vergällt.

Er ging nicht direkt zu Papa. Der Süßwarenladen war eine Hauptannahmestelle, und Coen hätte Papas Schieber und Kundenfänger erschrecken können. Daher gab er dem Laden genügend Zeit, sich auf den Besuch eines fremden Bullen einzustellen. Er stellte sich auf die gegenüberliegende Straßenseite, gleich neben den puertoricanischen Spielclub, der Papa als Ausguck diente. Die Clubmitglieder beäugten ihn durch die Gardinen. Coen enthüllte ein Stück seines Pistolenhalfters. Er wollte von den Puertoricanern ertappt werden. Er war erleichtert, als sie dem Süßwarenladen Zeichen gaben, indem sie die Gardinen schwenkten. Coen lächelte. Dann ging er in den Laden. Papas Schieber und Kundenfänger waren in die Regale mit dem Schul-

bedarf versunken. Mit dem Rücken zu Coen überprüften sie Lottozettel. Niemand rührte sich bei seinem Eintreten. Papa stand hinter der Theke und bereitete Bananensplits für zwei schielende Mädchen vor, die auf seinen Barhockern saßen. Die Mädchen mit den dicken Gläsern vor den Augen mußten Schwestern oder zumindest Cousinen sein. Sie hüpften auf den Stühlen auf und ab und kreischten vor Wonne, als Papa ihnen ein großes Glas Maraschinokirschen hinstellte. Papa mochte ein großer Bankier im Glücksspiel sein, doch deshalb vernachlässigte er seine Eisspezialitäten noch lange nicht. Er sah Coen erst an, als er die beiden Mädchen zufriedengestellt hatte. »Ein Klacks, Mr. Guzmann. Marietta will noch eine Kirsche.«
Erst als sich die Mädchen den Bauch rieben und heiße Wangen bekamen, kam Papa um die Theke herum, um Coen zu umarmen. Sie fielen sich neben Papas »Bromo-Selzer«-Automaten um den Hals. Er scheute sich nicht, Zuneigung für einen Bullen zu zeigen. Er konnte Coen ohne üble Folgen küssen. Der Süßwarenladen unterstand allein Papa. Er war der König; mit einem Finger in der Schokoladensauce wachte er über seine Bereiche. Jeder einzelne Anwerber, Einkassierer und Löhner mußte sich im Laden melden. Papas drei mittlere Söhne, Alejandro, Jorge und Topal, trieben sein Geld ein, wenn sie nicht gerade Drinks mixten oder Eier brieten. Seine anderen Geldeintreiber waren Cousins aus Südamerika, pensionierte Juden, rausgeschmissene Bullen wie Isaac oder *Portorriqueños,* die Papa ihren Lebensunterhalt schuldig waren. Jeder, der sich unabhängig machte und mit den Tageseinnahmen durchbrannte, hatte vierundzwanzig Stunden Zeit, es sich anders zu überlegen; nach dieser Gnadenfrist war er reif für Papas Schuttabladeplatz bei Loch Sheldrake, New York. Derjenige, der das verkommene Subjekt nach Loch Sheldrake begleitete, pflegte zu sagen: »Moses, ich arbeite für Moses.« In geschäftlichen Angelegenheiten bestand Papa darauf, daß dieser Deckname benutzt wurde.
»Papa, wo ist Jerónimo?«
»Ach, dieser Trottel; er ist einen Stadtteil weitergezogen, um bei seinem Bruder zu sein. Ohne César bringt er keinen Marshmallow runter. Ich bin nur sein blöder Vater. Dreiundvierzig Jahre lang habe ich ihn gebadet. Erinnerst du dich daran, wie Jerónimo mit fünfzehn grau geworden ist, Manfred? Schwachsinnige ma-

chen sich mehr Sorgen als wir. Ihre Arterien trocknen schneller aus. Sie leben nicht allzu lang. Wenn du mich fragst, ist er gescheiter als Jorge. Jerónimo zählt mit seinen Knöcheln, aber er kann bis fünfunddreißig zählen. Jorge bringt es fehlerlos nicht über zehn. Es sind gute Jungen, ganz Schwanz und kein Gehirn. Soll ich den ganzen Tag lang Schokoladensauce machen und dabei Jerónimo vergessen? César wird ihn nicht zurückbringen.«

»Soll ich ihn dir wiederholen, Papa? Sag mir, wo César ist. Ich muß ihn ohnehin sprechen.«

»Dieser Junge hat mindestens zehn Adressen. Jetzt sag mir, wer hier der Geistesgestörte ist. Er ist ein Baby, Manfred. Er mußte fliehen. In Manhattan werden sie ihn zum Krüppel machen.«

»Wie hat Jerónimo ihn gefunden, Papa?«

»Mit der Nase. Wenn man unter Süßigkeiten lebt, entwickelt sich der Geruchssinn. Was bedeuten Stadtteile? Schweiß kann man über einen Fluß riechen.«

»Was ist mit Isaac? Wo ist Isaac?«

Papa blickte starr auf die Bananensplits. »Welcher? Isaac Bi Nose? Oder Isaac Pacheco?«

»Mein Isaac«, sagte Coen. »Der Chef.«

»Der?« Coen sah den Zorn in Papas gelben Zähnen. Er wird seine Familie mit Hingabe verfluchen, dachte Coen; aber keine Bullen und keine Fremden. »Ich lasse Isaac die Knochen übrig. Er frißt meinen Abfall.«

»Papa, seit wann bist du so empfindlich, wenn es um einen hochgegangenen Bullen geht? Du hast pensionierte Kriminalbeamte unter deinen Leuten, du hältst dir alte Streifenbullen warm. Isaac ist der klügste Kopf aller fünf Reviere. Du solltest ihn benutzen, Papa.«

»Er ist so klug, daß er sich mit einem Adressenverzeichnis von den Spielern erwischen läßt.«

»Jemand hat ihn verpfiffen. Ich weiß nicht, wer. Isaac redet nicht mehr mit mir.«

»Ich sage dir, daß er ein Schuft und Gauner ist. Ich habe ihn nur genommen, weil ich mich schämen würde, wenn noch ein Jude in der Boston Road verhungert. Die Stadt hat wohltätige Einrichtungen. Ich auch. Niemand kann mir sagen, daß Moses Unterstützung verweigert. Wie geht es deinem Onkel, Manfred?«

»Er sieht gut aus, Papa. Er denkt nur zuviel an meinen Vater.«

»Ich will ihn besuchen. Mir ist nicht wohl, wenn ich nicht im Laden bin. Aber ich bin es Sheb schuldig. Er war nett zu Jerónimo. Du erinnerst dich bestimmt, wie dein Onkel Eier anmalen konnte. Er und César –: das waren die beiden einzigen, die Jerónimo von Schokolade und Halva ablenken konnten.«

Die Mädchen kreischten nach Papa; sie wollten einen Nachschlag. Papa zischte: »Ruhe. Ihr seid der Gnade des Hauses ausgeliefert. Gratisnachschub gibt es nur, wenn Papa Lust hat.« Er bat Coen, länger zu bleiben.

»Geht nicht«, würgte Coen; allmählich setzten ihm die Gerüche von der Theke zu. Papa konnte die Malzmarke und die Sirupsorten in den letzten fünfunddreißig Jahren nicht gewechselt haben; die Süße wurde Coen zum Verhängnis. Er sah Jerónimo grau werden. Zäher Sirup zog ihm die Kehle zusammen. Haus, Haus, ist Moses im Haus? Wenn César Brezeln stehlen konnte, konnte Coen es auch. In den zwanzig Jahren, die er im Laden verbracht hatte, hatte Coen nicht öfter als zweimal etwas gestohlen. Er hatte wahnsinnigen Respekt vor dem alten Mann. Moses war es gewesen, der ihm nach dem Tod seiner Eltern das Geld für die Heimreise aus den Kasernen von Bad Kreuznach geschickt hatte. Und es war nicht Papas Schuld, daß das Geld erst nach drei Wochen an Coens Adresse ankam. Sheb hatte gewußt, wo er war. Doch Sheb machte den Mund nicht auf.

»Was willst du von ihm, Manfred?« Papa stand wieder hinter der Theke; er mußte schreien, um die Mädchen zu übertönen.

»César.«

»Informationen, Papa. César kann mir helfen, ein ausgerissenes Mädchen zu finden.«

»Eine Goische, oder eine Jüdin?«

»Eine Goische, Papa.«

»Kennst du das vegetarische Restaurant in der Dreiundsiebzigsten gleich am Broadway? Da mußt du hingehen. Ungefähr um acht oder neun abends findest du da die geilen alten Böcke mit Ansteckstäußchen. Besorg dir eine Blume, und warte ab. Das ist eine Art Lotsendienst. Steig mit den alten Männern in den Wagen. Nenn dem Fahrer meinen Namen. Sag Moses, nicht Papa. Mehr kann ich dir nicht sagen. Du wirst doch Jerónimo nicht vergessen, Manfred? Du sagst mir doch Bescheid, ob er sich bei seinem Bruder wohlfühlt?«

»Natürlich, Papa.«

Coen mied den Eierladen seines Vaters, der südlich von den Guzmanns an der Boston Road lag. Er wollte in der kommenden Nacht nicht von Eiern träumen. Der Laden war jetzt eine himmelblau gestrichene Kirche der Pfingstbewegung und zugleich eine weitere Annahmestelle für Wetten der Guzmanns. Vor dem Süßwarenladen traf Coen Jorge. Er war der mittlere von Papas fünf Söhnen, dumm und unbestechlich mit neununddreißig; seinen Brüdern gegenüber bezog er selten Stellung, und er war so unbeweibt wie sie. In den Taschen und den Ärmeln trug er Vierteldollarstücke; da er schlecht im Kopfrechnen war und sich verlief, wenn er um zu viele Ecken bog, lief Jorge die gerade Boston Road entlang und nahm nur Wetten über einen Vierteldollar an. Papa kaufte ihm Hemden und Hosen mit besonders großen Taschen, doch nachmittags mußte Jorge die Münzen sogar in seine Schuhe stecken. Von seinen Kleidungsstücken zu Boden gezogen, hatte Jorge keine Lust auf einen Schwatz mit Coen. Er grunzte »Hallo« und wollte weitergehen. Coen hielt ihn an.

»Jorge, wo ist Isaac? Bitte.«

Immer noch knurrend deutete er mit dem Kinn auf die Leuchtreklame der Primavera Bar am Southern Boulevard, Ecke Hundertvierundsiebzigste. Coen, der nicht wußte, wie er ihm danken sollte, schüttelte Jorges Ärmel, stürzte sich in den Verkehr und trat in die puertoricanische Bar. Auf dem hintersten Hocker erkannte er einen kahlköpfigen Mann mit grauen Locken um die Ohren. Ehe Coen auch nur »Isaac« sagen konnte, kletterte der Mann vom Stuhl und schloß sich in der Toilette ein. Coen hätte den Riegel mit seiner Lizenzkarte knacken können. Er rief durch die Tür.

»Isaac? Ich habe dein Einbrecherwerkzeug bei mir. Wenn ich Lust hätte, könnte ich dich rauszerren.«

Coen hörte entweder die Toilettenspülung, oder der Mann im Innern weinte.

»Isaac, bist du das Aushängeschild der Bar? Ich bin Pimloe zugeteilt. Kann ich ihm trauen, Isaac? Führt er mich an der Nase rum? Chef, kannst du was Eßbares gebrauchen?« Coen steckte zwanzig Dollar von der Kohle, die Child ihm gegeben hatte, unter der Tür durch. Er wußte nicht, ob Isaac das Geld aufhob. Der Barkeeper funkelte Coen böse an. »Keine Partie Dame mehr mit

Isaac? Nichts?« Er wollte seine Beschäftigung mit Child klären, seine Mutmaßungen über Odile. Coen hatte wenig mit anderen Kriminalbeamten zu tun. Berufliche Dinge konnte er nur mit Isaac bereden. Seit Isaac in Ungnade gefallen war, zog Coen wie ein Schlafwandler durch die Reviere von Manhattan, Brooklyn, Staten Island und Queens und wanderte ständig von einem Mordtrupp zum anderen. Er war Isaacs Geschöpf, von Isaac geformt, mitgehangen und mitgefangen. Er machte der Tür keine weiteren Anträge. Mit einem Gummiring schnürte er das Geld zusammen und ging zur U-Bahn rüber.

Die Neulinge Lyman und Kelp fuhren in einem Ford, einem Zivilfahrzeug, durch die Bronx und klagten über die weiblichen Polizisten, die mit ihnen gemeinsam den Abschluß gemacht hatten. Sie gehörten zu einer neuen Generation von Bullen, einem neuen Wurf – aufgeklärt, freigebig und wortgewandt, mit Lenkstangenschnurrbärten, gepflegtem länglichem Haar und einer ironisch-distanzierten Haltung gegenüber der Polizei. Lyman wohnte mit einer Stewardeß zusammen, Kelp hatte einen Haufen beeindruckender Freundinnen, und die beiden frischgebackenen Streifenbullen hatten am John Jay College für Verbrechensforschung Kurse in Sozialpathologie und puertoricanischer Kultur belegt.

»Weiber in einem Funkstreifenwagen«, sagte Lyman. »Mann, das ist ja nicht zu glauben.«

»Alfred, erwartest du vielleicht, daß sie den ganzen Tag lang im Revier sitzen und tippen? Stell dir nur mal die vielen steifen Schwänze vor, die sie damit erzeugen würden.«

»Hör mal, wenn erst mit Scheiße geworfen wird, wenn es drüben auf der Siebten Avenue haarig wird, wenn die Junkies dir Antennen in die Augen pieksen wollen und die Transvestiten mit ihren Stockdegen auf dich zukommen, dann schließen sich die dummen Weiber in dem Wagen ein und funken nicht mal um Hilfe. Und die Einsatzzentrale glaubt, du bumst sie auf dem Rücksitz. Einfach unglaublich.«

Die Neulinge waren gerade versetzt worden; Pimloe hatte sie aus ihren Revieren geholt. Ihre Stellung war keineswegs ruhmreich. Anstelle von Geheimaufträgen mit Drähten zwischen den Brustwarzen und einem Halfter um die Leisten chauffierten sie in ei-

nem Wagen des First Deputy Inspektoren durch die Gegend. Sie hätten Pimloe verflucht und ihn als hochkarätigen Saftsack beschimpft, wenn er ihnen nicht heute einen Sonderauftrag erteilt hätte: Sie sollten sich mit dem früheren Star des First Deputy treffen, dem legendären Isaac, der durch seine eigenen schändlichen Taten in Ungnade gefallen war und einen Makel auf der Abteilung hinterlassen hatte. Doch seine früheren Mitarbeiter waren dem Chef immer noch ergeben; von ihnen hatten Lyman und Kelp Geschichten über Isaac gehört. Diesen Detektiven paßte Pimloe nicht; sie waren Isaacs »Engel« geblieben.
»Alfred, was glaubst du, wieviel Isaac eingesackt hat? Eine halbe Million?«
»Mehr, viel mehr. Warum hätte er sich für weniger seine Karriere in den Arsch schieben sollen?«
»Scheiße, wir haben Pimloe, und dabei hätten wir den Chef haben können.«
»Mann, er hätte noch ein paar Jahre warten sollen, bevor er zu den Spielern in die Gosse geht. Kannst du dir vorstellen, mit Isaac eine Razzia durchzuziehen? Mit Flinten im Arsch. Einfach nicht zu fassen.«
Als Treffpunkt war ein Briefkasten am Minford Place vereinbart, zwei Ecken von der Boston Road. Der Mann am Briefkasten hatte es nicht nötig, ein Zeichen zu geben. Er setzte sich auch nicht auf den Rücksitz, den »Boßstuhl«. Er kletterte zu ihnen nach vorn. Seine Lumpen machten ihnen nichts aus; Isaac war ein Verkleidungskünstler. Aber sein Gestank war überwältigend. Lyman, der in der Mitte saß, schnappte nach Luft. Kelp, der für eine praxisbezogene Übung bei John Jay einmal in einem Männerheim gelebt hatte, hatte mehr Erfahrung mit ungewaschenen Männern. Er stellte freiwillig die erste Frage.
»Fahre ich zu schnell, Chef?«
»Nenn mich nicht Chef«, knurrte Isaac ihn an.
»Soll ich langsamer fahren, Inspektor Sidel?«
»Ich bin Isaac. Einfach Isaac. Fahr, wie du willst.«
Kelp lenkte und sah selbstgefällig in den Spiegel; die Anhänger Isaacs hatten übertrieben. Er war nichts weiter als ein fetter Mann mit unbändigen Koteletten und Haarausfall auf der Schädeldecke. Ein entehrter Deputy Chief Inspector, der in der Bronx vor die Hunde ging. Kelp war jetzt froh, daß er nie Gelegenheit

gehabt hatte, einer von Isaacs Engeln zu werden. In Kelps Vorstellung gewann Pimloe an Ansehen. Pimloe hatte keine Fettröllchen hinter dem Kiefer und kein Tripelkinn. Pimloe war Neulingen gegenüber respektvoll. Er hätte sich nicht gedemütigt, indem er sich auf den Vordersitz setzte.

Der Wagen kroch auf Manhattan zu; kein Ton fiel. Nicht zu fassen, dachte Lyman, der sich fürchtete, auch nur ein Wort zu murmeln. Sein Gesicht wich vor dem Gestank in Kelps Schulter. Kelp begrüßte Isaacs Verschlossenheit. Mit einem Bullen mit Speckfalten wollte er keine Fragen der Taktik diskutieren. Er beobachtete den fetten Mann im Spiegel. Soll er doch an allem ersticken, was er nicht sagt. An der Brücke der Willis Avenue taute Isaac auf. »Wie geht es Herbert?«

»Pimloe?« murmelte Lyman unter Kelps Arm. »Dem gehts gut. Er hat gesagt, wir sollten uns um dich kümmern. Er läßt dir Grüße ausrichten.«

»Hat er meinen Stuhl verkratzt?«

»Was?« sagte Kelp.

»Der Stuhl, auf dem er sitzt. In meinem Büro. Ist der zerkratzt?«

»Darauf habe ich nicht geachtet, Isaac.«

Kelp war mit seiner Antwort zufrieden; er nahm es mit dem Chef auf. Kelp hatte jetzt das Abzeichen, nicht Isaac. Seinen Freunden unter den Neulingen würde er erzählen: Er ist ein Nichts, dieser Isaac. Ich habe ihm eine reingehauen, und er hat keinen Gegenschlag gelandet.

Sie fuhren den Chef zu einem Wohnhaus an der Einundneunzigsten Ost mit zwei Pförtnern und einem gläsernen Vordach. Isaac ging in seinen dreckigen Lumpen an den Pförtnern vorbei. Er hatte sich nicht einmal bedankt.

»Welch eine Persönlichkeit«, sagte Lyman, der wieder Luft bekam. »Der Typ geht in seinem Bettleraufzug, wohin er will. Einfach nicht zu fassen.«

Kelp hatte weniger Erbarmen mit Isaac. »Gut, daß wir ihn los sind. Siehst du denn nicht, wie der runtergekommen ist? Der Geruch war keine Tarnung, Alfred. Der war echt. Der Typ ist nichts als Pisse und räudige Achseln.«

»Wohnt hier nicht der First Dep? Würde der First Dep ihn bei sich zu Hause empfangen, wenn er nur aus Pisse bestünde?

Nimm mal deinen Verstand zusammen. Wie kommen wir an eine goldene Medaille ran? Der First Dep mußte viel von Isaac halten. Vielleicht will er Isaac wieder in seine Reihen zurückholen. Mit einem Ausgestoßenen würde er seine Zeit nicht vergeuden.«
»Laß das Pimloes Sorge sein.«
Kelp fuhr auf den East River Drive zu; wenn er auf den Tacho achtete, konnten sie es ins Büro schaffen, solange Pimloe noch Mittag machte; das bedeutete Malzbier, Füße auf den Schreibtisch und Telefonate mit ihren Schätzchen aus ihren eigenen Kämmerchen.
»Nicht zu fassen.«

7 Im vegetarischen Restaurant trug Coen seine »Spielerkluft«, ein rotes Jackett mit grünen Biesen unter den Taschen; er hatte einmal einen achtbaren Würfelspieler in einer ähnlichen Jacke gesehen. Auf der Speisekarte im Fenster suchte er sich die Lieblingsgerichte seines Vaters aus: Toast mit gedämpften Pilzen, Omelette mit Erbspüree, gehackte rumänische Auberginen, Pflaumenknödel und Mohnkuchen. Alle Coens waren überzeugte Vegetarier, Vater, Mutter und Onkel Sheb; nur der Sohn war verschont geblieben. Coens fleischlose Tage waren seltener. Ein Junge im Wachstum braucht ein bißchen Huhn im Blut, hatte sein Vater verkündet, und daher mußte Coen gehackte Leber, gehackten Truthahn und Hühnerragout in seinen Salatherzen essen. Mit sechsunddreißig würgte es Coen noch, wenn er zusah, wie Salat gewaschen wurde. Der Geruch von Hühnerlebern verursachte ihm Depressionen, und der Gestank eines Truthahns machte ihn verdrossen.
Alte Männer traten mit Rosen im Rockaufschlag aus dem Restaurant. Sie trugen ausgebeulte Kleidung in Grau- und Brauntönen, hatten ausgeleierte Socken und Schlurfstellen auf den Schuhen. Wenn er dieses Gesindel belieferte, konnte César seine Berufung in Manhattan nicht gefunden haben. Coen sorgte sich, weil er kein Anstecksträußchen hatte, bis er einen Schwung kurzstieliger rosa Rosen bemerkte, die an der Kasse verkauft wurden. Er belächelte die Gründlichkeit, mit der César vorging: Das Restau-

rant selbst lieferte die Rosen. Doch es bereitete ihm Schwierigkeiten, eine zu erstehen. Die Kassiererin behauptete, sie seien nur für Stammkunden. Sie gab nach, als sie Coens Augen schieferblau werden sah, eine in ihren Augen unmenschliche Farbe. Er hielt sich die übersüße Blume unter die Nase und ging. Schwindlig von all den Düften stand er bei den alten Spielern. Sie ignorierten ihn und spielten mit ihren Ansteckstäußchen.
Der Lotse tauchte mit einer Limousine für zwölf Passagiere auf, zählte Rosen und gestattete Coen den Zutritt. Acht Sitzplätze waren von den Spielern besetzt. Coens Anwesenheit machte sie übellaunig. Der Fahrer versuchte, ihnen die langen Gesichter zu nehmen. Er war dicklich und trug eine seidene Weste, die an seiner Taille Röllchen bildete. »Julie, alter Junge, glaubst du, ich hau' dich übers Ohr? Boris Telfin legt seine Freunde nicht rein.«
Coen gefiel die Zungenfertigkeit des Fahrers nicht, seine Andeutungen, seine Art, an den Schnallen seiner Weste zu ziehen. Er murmelte drei Worte.
»Moses schickt mich.«
Der Zubringerwagen schoß stadtauswärts, bog nach Osten, schlich oben am Park entlang und krabbelte dann zu einem Halt einige Straßen nördlich des vegetarischen Restaurants. Fünf der Spieler stiegen aus und warteten vor einem Waschsalon. Bei einem Schuster in der Amsterdam setzte der Fahrer einen sechsten Spieler ab. Die beiden übrigen plauderten jetzt mit dem Lotsen.
»Boris, meinst du, das Wetter hält an? Es sieht nach Regen aus.«
Jetzt war Coen der mit dem langen Gesicht. Der Fahrer wandte sich nach Süden. Seine Limousine war mit einem Polizeifunkempfänger ausgestattet, und auf der Fahrt in die Innenstadt konnte Coen hören wie der Fahrdienstleiter seines eigenen Bezirks ein Team von der Einbruchstruppe zurückbeorderte. Der Fahrer wollte aufschneiden. Er wollte Coen zeigen, daß César über die Bullen von Manhattan informiert war. Er schaltete einen neuen Kanal ein und erwischte die CB-Funker. Zwei Männer schrien die Vorzüge der Alpha- und Betawellen heraus. Die Spieler guckten dumm aus der Wäsche.
»Hat es bei dir jetzt mit Alpha *geklappt* oder nicht?«
»Ich weiß nicht so recht.«
»Wenn man sich die Augen mit einem halben Tischtennisball bedeckt, kann man in weniger als zwanzig Minuten einen White-

out kriegen«, murmelte Coen in seinen Ärmel. Die Spieler dachten sich, er sei auch einer dieser Schwachsinnigen aus der Bronx; sie kannten die Fallstudien von César und seinen Brüdern; ein zeitweiliger Rappel, Anfälle von Vergeßlichkeit und geschwollene Augen. Aber Coen sah nicht so aus wie die Guzmanns; er sprach nur mit dem Radio. Isaac hatte ihn mit der Idee der Gehirnströme bekannt gemacht. Beim Damespiel mit Coen hatte Isaac einen ungebrauchten Ping-Pongball mit Coens Schere in der Mitte durchgeschnitten, beide Augen mit den Hälften bedeckt, die Ballhälften mit den Backenknochen an die richtige Stelle gedrückt, an Coens lauwarmem Tee genippt und »sich in Alpha versenkt«, während Coen Geschirr spülte und abwartete, bis beide Ballhälften aus Isaacs Augen sprangen. Das bedeutete, daß Isaac aus Alpha zurückkehrte, um Coen beim Damespiel zu schlagen und sämtliche beruflichen Geheimnisse zu lösen, die ihn im Lauf des Tages gequält hatten. Coen selbst konnte nur wenig Erfolg mit dem Ball verzeichnen; er konnte seine Augen dichtmachen und stundenlang dasitzen, ohne andere Erfahrungen zu machen als einen Krampf im Hals und ein Brennen an den Stellen, an denen der Ball in seine Wangen schnitt.

Der Fahrer erreichte den East Broadway und hielt vor Bummys Bar an, in der Coen Chino Reyes gesucht hatte. Er blieb allein im Wagen sitzen; die Spieler begleiteten den Fahrer zu Bummy. Coen fragte sich, wie lange sie ihn noch rumschubsen würden. Vielleicht folgte eine kleine Rundfahrt durch Staten Island oder an die Kais von Brooklyn. Zwei Männer stiegen ein. Coen erkannte sie als zwei kleine Ganoven wieder, die man sich für dreißig Dollar täglich kaufen konnte. César mußte übel dran sein. Sie preßten Coen in die Polster. Er murrte nicht. Er wußte, daß sie ihn abtasten mußten; der Lotse hatte ihnen wohl geraten, sicherzugehen, daß er keinen Funk hatte.

»Wer hat dich geschickt, Äffchen?« fragte der erste.

»Moses.«

»Sherwin«, sagte der zweite, »der ist nicht sauber. Soll ich sein Gesicht retuschieren?«

»Bist du hinter Jerónimo her, kleiner Schlingel?«

Coen schüttelte den Kopf. »Ich suche César Guzmann.«

»Wer bist du?«

»Detektiv Coen vom zweiten Bezirk, Mord und Überfall.«

»Sherwin, ich hab' dir doch gleich gesagt, daß der Typ ein Polyp ist. Er hat es auf Jerónimo abgesehen.«
»Ich bin mit César zur Schule gegangen«, sagte Coen. »Ich habe Malzbier mit Jerónimo getrunken. Was sollte ich von ihm wollen? Holt mir César ans Telefon. Sagt ihm, Manfred ist hier. In seinem Wagen.«
Die beiden Unterweltler schnitten Grimassen, berieten sich, warnten Coen, sich nicht zu rühren und holten den Fahrer aus Bummys Bar. Zu dritt regten sie sich über Coens Dienstabzeichen auf. Sie fuhren nach Osten und nach Westen, ehe sie in einer Parklücke an der Hudson Street anhielten. Coen mußte dringend pinkeln. Sie gestatteten ihm, hinter die Bude des Parkplatzwächters zu gehen. Sie kicherten über das Plätschern gegen die Bretter. Dieses Kichern ließ Coen stoßweise pinkeln. Er schüttelte die meisten Tropfen ab und kehrte zur Limousine zurück. Er fand weder den Fahrer noch die beiden Idioten vor. Schließlich vernahm er das Murmeln der Schafsköpfe. »Was wissen denn wir? Er sagt, Schulkamerad. Kennen wir uns etwa mit Abzeichen aus?«
Sie mußten mit einem Vierten hinter der Bude stehen. Einer der beiden, die bei Bummy zugestiegen waren, hielt sich die Backe, als er auftauchte. Der Fahrer verdrückte sich in die Bude. Der dritte Mann kam auf die Limousine zu und hielt César die Tür auf. Coen war sich nicht sicher, ob César gekommen war, um ihn umzulegen oder um ihn zu umarmen. Er war unter allen Brüdern der unberechenbarste, geschickter als Alejandro, sturer als Jorge, der jüngste, der dürrste, der gerissenste, der einzige, der den Nerv hatte, sich Papas Klammergriff zu entwinden. Ehe er nach Manhattan durchgegangen war, hatte er den Spitznamen Zorro, der Fuchs, geführt. Unter diesem Namen war er in den rüdesten Spielerverbindungen bekannt. Heute trug er Hosenträger, ein Hemd aus Mohair und enganliegende Stiefel. Zur Begrüßung fauchte er Coen an. »Wenn ich was von dir wollte, Manfred, würde ich dich vor deiner Haustür abfangen. Warum mißbrauchst du Papas Namen, um zu mir zu kommen?«
Coen entschied sich, mit der Wahrheit hinter dem Berg zu halten. »Ich suche Jerónimo.«
»Ha, ha. Noch mehr Witze von der Sorte, Manfred, und du blutest zwischen den Beinen.«

In ihrer Kindheit waren sie unzertrennlich gewesen; sie hatten Jerónimo vor den Schlägern und Dieben des Southern Boulevard beschützt, die monströse Vogelscheuche gegenüber von Papas Farm in Loch Sheldrake ausgezogen, an ländlichen Wäscheleinen frischgewaschene BHs beschnüffelt, Schnee vor Papas Süßwarenladen geschippt, saure Gurken für Jorge und Jerónimo gestohlen, sich einigen Blutritualen unterworfen (mit Sicherheitsnadeln hatten sie sich in die Arme gestochen) und *Prostitutas* auf der Straße verfolgt. Wenn seine Eltern fortfuhren, um Eier einzukaufen, schlief Coen mit César und Jerónimo in Jerónimos Bett. César hätte für seinen Vater und seine Brüder einen Mord begangen, und es hatte Zeiten gegeben, zu denen er auch für Coen einen Mord begangen hätte. Mit vierzehn lebten sie sich auseinander. Coen trieb sich mit Bohèmiens und kleinen Juden von der Hochschule für Musik und Bildende Künste in Manhattan rum. Er vernachlässigte César. Seit er nach Manhattan konvertiert war, fühlte er sich den Guzmanns der Boston Road überlegen. Er putzte sich die Zähne mit Manhattaner Wasser. Er aß die Eierbrötchen seiner Mutter in Parks und Museen. Als er sich mit fünfzehneinhalb seiner Versnobtheit bewußt wurde, seines Unbehagens unter den kleinen Juden, seiner Nervosität in Museen, konnte er nicht mehr zu César zurück. César, der inzwischen unergründlich war und Jerónimos Schweigen übernommen hatte, hatte nur ein stummes Guten Tag und Auf Wiedersehen für Coen übrig. Papa konnte dem Gymnasiasten verzeihen, ihm besonders große Eiskugeln vorsetzen, ihm den Platz neben Jerónimo zuweisen; César konnte es nicht.

»Manfred, ich treibe mich vielleicht in Abstellkammern rum, aber mir entgeht nicht allzuviel von dem, was mein Vater weiß. Wieviel liegt dir an Childs Tochter?«

»Du hast mit Papa gesprochen?« sagte Coen.

»Jetzt sag schon, wieviel.«

»Wenn ich sie nicht anschleppe, bin ich in der Klemme. Ich bin einem der Kommissare zugeteilt worden, und man kann mich abschieben. Jederzeit, und wohin sie wollen.«

»Sie ist in Mexiko City.«

»Ich dachte in Peru«, sagte Coen. »César, kann ich an sie ran?«

»Alleine nicht. Du wirst jemanden brauchen. Es kann allerdings sein, daß du ihn nicht magst. Das Mädchen ist bei ein paar miesen Typen.«

»Haben sie sie gekauft?«

»Mach dir darüber keine Sorgen. Wir treffen uns in einer Stunde. Der Fahrer gibt dir die Adresse, unter der du mich heute abend erreichen kannst.«

»César, warum haben deine Freunde über Jerónimo geredet?«

»Horch mich nicht aus, Manfred.«

»Vielleicht kann ich euch helfen.«

»Klar. Die größten Schweine von der ganzen Polizei versuchen, meinen Bruder zu erledigen, und ich nehme an, du bist bereit, sie davon abzuhalten. Hau ab, Manfred.«

»Jerónimo erledigen? Weshalb? Weil er sich auf der Straße den Schwanz krault? Das ist doch verrückt.«

»Sie wollen ihn zum Lippenstift-Freak machen. Das weiß ich aus sicherer Quelle. Ich werfe keine großen Scheine für Fehlinformationen raus.«

»César, ich habe die Skizzen gesehen, die die Polizei hat anfertigen lassen, Skizzen von diesem Freak. Sie haben keine Ähnlichkeit mit Jerónimo.«

»Keine Sorge, wenn sie ihn in die Finger kriegen, werden sie die Skizzen ändern.«

Der Fahrer fuhr wieder in Richtung Stadt. In früheren Zeiten, als Coen noch in der Boston Road lebte und für Isaac arbeitete, hatte er Jerónimo einmal aus einem Revier in der Bronx gerettet. Selma Paderowski, dreizehn und süchtig auf Schokoladensirup, hatte Jerónimos wolliges graues Haar gesehen und sich entschlossen, verliebt zu sein. Um ihre Zuneigung unter Beweis zu stellen, hatte sie ihn mit Steinbrocken beworfen, Fetzen aus seinem Hemd gerissen und ihn herausgefordert, ihre Spalte anzugucken. Ihre Verrücktheit war so unverhohlen, daß die Guzmanns die Anträge, die sie Jerónimo machte, duldeten. Dergestalt ermutigt, schnappte sie ihn sich allein bei einem Feuerlöscher, ohne César und Alejandro, lockte seinen Daumen unter ihren Rock und schrie, bis ein Streifenpolizist hinzukam. Coen saß auf seiner Feuertreppe. Er stolperte die Stufen hinunter, hüpfte von der Leiter und nahm den Polizisten zur Seite. Mit Isaac im Rücken fummelte er, der Neuling bei der Polizei, mit seinem Abzeichen herum. »Eine zivilrechtliche Frage«, sagte er, und er solle sich verpissen. »Ich kümmere mich schon darum.« Papa, César, Topal, Alejandro und Jorge hockten hinter dem Hydranten, spritzten Jerónimo naß und beobachteten Coen. César wollte den Streifenpolizisten anspringen, doch Papa hielt ihn hinter dem Hydranten zurück. Papa fürchtete sich immer noch, fürchtete sich sogar mehr als seine Söhne. Coen erinnerte sich daran, wie Papa in sich zusammensackte; zwar war er seit fast einem Vierteljahrhundert Nordamerikaner, doch er hatte immer noch die Haltung eines Fremden, eines *Peruano* in der Bronx. Der Streifenpolizist ging mit Jerónimo weg. »Ich helfe ihm, Papa«, schrie Coen. Er nahm an, der Streifenpolizist sei von einem von Papas Rivalen gekauft. Er rannte zum nächsten Telefon und rief Isaac an. Isaac fing den Streifenpolizisten ab, brachte ihn dazu, ein paar Formulierungen in seinem Bericht zu ändern und übergab Jerónimo an Coen. Jerónimo ging auf direktestem Wege zum Süßwarenladen, trank zwei Liter Schokoladenmilch, ruinierte drei Pappdeckeltassen, und Papa bekundete Coen seine Dankbarkeit und gelobte seine jüdisch-christlichen Kerzen zum Andenken an Coens Chef anzuzünden.

Coen kam zu früh bei Césars Adresse an der Neunundachtzigsten Straße West an und lungerte vor dem Gebäude herum. Ein Mann mit einer großen Blechkiste trat aus einem Wagen, der gegenüber geparkt war, und sagte: »Telefonreparaturen«, betrat das Gebäude, schwatzte mit dem Nachtportier, schüttelte ihm die Hand und ging auf den Aufzug zu. Coen gefiel die selbstgefällige Art nicht, mit der sich der Portier im Spiegel betrachtete. Hier ist jemand geschmiert worden, drängte es sich ihm auf. Der Pförtner öffnete seine Brieftasche, als Coen ihn nach Apartment 9-D fragte.

»Wen suchen Sie?«

Es widerstrebte Coen, Zorro zu sagen. Daher tat er dem Pförtner gegenüber geheimnisvoll. »Rufen Sie ihn an. Sagen Sie ihm, Coen sei hier.«

Der Pförtner wich zurück. »Werden Sie von dem Herrn erwartet, Sir? Sie können gleich raufgehen.«

Coen ging in den Keller hinunter. Er fand den Handwerker mit einem Notizbuch auf dem Schoß neben den Telefonkabeln vor; der Mann hatte Kopfhörer auf und zapfte mit einer kleinen Zange eine Leitung an. Am meisten ärgerte sich Coen über das

Vergnügen, mit dem der Mann seiner Arbeit nachging; leise gluckste er über jedes Wort in sich hinein, das er über die Kopfhörer mitbekam. Coen zog die Kiste unter seinem Arsch raus und schleifte ihn am Hemd durch den Raum.
»Dalli, dalli«, sagte Coen. »Wer bezahlt dich?«
»Moment mal«, sagte der Mann. »Ich spiele mit, aber lassen Sie uns doch in Ruhe darüber reden.« Coen lockerte seinen Griff und steckte dem Mann den Kolben seiner außerdienstlichen 38er in den Bauch. Beim Anblick der Waffe gurrte der Mann.
»Das ist ja eine Dienstwaffe. Polizei, was? Jesus, haben Sie mich erschreckt. Ich habe Sie für einen Gorilla gehalten. Her mit ihrer Dienstnummer, Ihnen werde ich's schon heimzahlen. Meine Leute haben gute Beziehungen nach oben.«
»Dir geht es an den Kragen, du Idiot. Du hast für die nächsten zehn Jahre wundgelegene Stellen am Arsch. Man zapft nicht zum Spaß Telefonleitungen an.«
Der Mann sabberte in sein Notizbuch. »Warten Sie. Ich arbeite privat, Jameson. Nehmen Sie meine Karte. Es war nur ein Scherz, ich schwöre es Ihnen. Ich wollte gerade gehen.«
»Wer zahlt dich?«
»Child.«
Coen trampelte auf den Kopfhörern herum und schmiß Jameson mit einem Tritt aus dem Keller.
César erwartete Coen in einem Schlafanzug mit weiten Ärmeln; der Schlafanzug schien seine Laune zu verbessern. Er lächelte, umarmte Coen an der Tür und setzte ihm einen Kelch Sangría mit Obst auf dem Boden vor. Er rührte das Obst um und überprüfte mit einem Finger die Süße. Er schleckte seinen Finger nach Art der Guzmanns ab, steckte den Knöchel in den Mund. Mit dem Ergebnis zufrieden, schenkte er Coen ein Glas ein, das seine Düsternis nach der Begegnung im Keller nicht abschütteln konnte.
»Warum machst du dir die Mühe mit deinen tausend Adressen, César? Ich habe Childs Mann im Keller dabei ertappt, wie er deine Leitung angezapft hat. Was läuft mit dir und Child?«
»Er dreht Video-Filme und wirft mir vor, daß ich ihn rücksichtslos aus dem Geschäft dränge.«
»Tust du das, César? Treibst du ihn in die Enge? Rückst du Child auf die Pelle?«
»So ein Unsinn. Vander handelt nur mit Mist.«

»Ist seine Nichte der Star?«
»Wer? Die Prallbusige? Odette? Odette Leonhardy?«
»Heißt sie nicht Odile?«
»Odette, Odile, das Mädchen ist verlaust. Sie ist krank. Sie macht es mit zehn auf einmal.«
»Hat sie je für dich gearbeitet, César?«
César steckte seine Nase in die Sangría und schnupperte. »Mein Job ist das Würfelspiel, Manfred. Du hast den Lotsen getroffen. Ich stelle nur die Tische, mehr nicht. Meine Kunden treffen ihre eigenen Abmachungen mit den Mädchen. Vielleicht kann sie dir sagen, wie oft sie sich mit Würfelspielern einläßt. Bin ich für Odette verantwortlich?«
»Wer hat Carrie Child nach Mexiko gebracht?«
»Sag mir's.«
»Streng dich ein bißchen mehr an, César. Wenn du so schnell herausgefunden hast, wo sie ist, mußt du auch wissen, wer sie aus Manhattan weggebracht hat.«
»Frag Isaac«, sagte César und zog seine feuchte Nase aus dem Krug. »Frag den besten Kopf.«
Coen traf beinah der Schlag. »Willst du damit sagen, daß Isaac im Auftrag deines Vaters Mädchenhandel betreibt? Mich überrascht gar nichts mehr.«
Beide mümmelten Eis und knabberten an den Schalen. Sie knabberten, als es an der Tür läutete. Coen verschluckte sich am Eis und hustete, als er eine Strähne rotes Haar im Türspalt sah. César lachte über das Schauspiel; Coen und der Chinese sahen einander mißtrauisch an; aus den Mänteln der beiden schauten Halfter hervor. »Legt eure Waffen ab«, sagte César, den der obszöne Winkel anekelte, in dem die Pistolen runterhingen. Keiner der Guzmanns besaß eine Handfeuerwaffe. Papa vertraute keiner Mechanik. Er hatte Angst, seine Söhne könnten sich die Zinken abschießen. Daher konnten Papa und die anderen Marranen es in Peru als Taschendiebe nicht zum Erfolg bringen. Jeder andere drittklassige Gauner und Polizist trug seine *Pistola*.
»César«, sagte Coen. »Ist das der Experte, dem du mich anvertraust? Vergiß es. Ich komme auch allein nach Mexiko.«
»Manfred, du träumst. In Mexiko City wirst du mit Haut und Haaren verschlungen. Chino kann dich einschleusen. Er kennt die *Hombres* und alle Straßen.«

Der Chinese nahm seine Perücke ab. »Ich mach' dich fertig, Coen, dich blauäugiges Arschloch. Aber ich habe César mein Wort gegeben, dir vorher zu helfen.« Er drehte sich aus der Hüfte, um Coen am rechten Ohr zu packen (den buckligen Stiefel hatte er nicht dabei). In Mänteln rangen sie miteinander. Der Chinese warf Coen in Césars Bücherschrank. »Glaubst du vielleicht, du bist hier im Revier, Bulle? Du langst mir wohl gern ins Gesicht, wenn andere Bullen drumrumstehen. Wenn wir zurückkommen, mach' ich dich fertig, Mann.«

César räumte Bücher von Coen ab. Der Chinese kauerte sich hin und tat so, als würde er sich abwischen. »Hier, Coen, jetzt kannst du mir die Fingerabdrücke abnehmen.«

Coen stand knurrend auf, und César mußte Frieden stiften. Sie vereinbarten den Zeitpunkt, das entsprechende Hotel und die Vorgehensweise, wie sie Caroline Child wiederbekommen wollten. César bot dem Chinesen nichts von der Sangría an. Coen besorgte dem Chinesen ein Glas. Chino wollte nicht ohne Césars Zustimmung trinken. Coen fühlte sich wie ein getretener Wurm. Er kam nicht dahinter, ob César sich im Sinne seines Vaters nach der Etikette der Marranen richtete. Vielleicht durften die Guzmanns nicht mit Killern trinken, die sie engagierten. Doch er nickte dem Chinesen zu, und ehe er an der Sangría nippte, sagte der »Salud«. Coen lächelte. Der gezuckerte Alkohol stieg ihm in den Kopf. »Vander zahlt den gesamten Ausflug«, sagte er.

Césars Backen flackerten auf wie Zorneswolken. »Manfred, du übernimmst deine Kosten selbst. Ich sorge für Chino und das Mädchen.« Dann wurden seine Wangen fahler, und er knabberte wieder an den Obstschalen. »Dieses Geschenk mache ich Vander.« Er umarmte Coen noch ein letztes Mal. »Manfred, ich mache niemandem was vor. Du willst das Mädchen von mir, du bekommst das Mädchen. Dafür will ich was von dir. Tu mir einen Gefallen.«

Coen löste sich nicht aus der Umarmung.

»Jerónimo ist in Mexiko.« César spürte, wie Coen vor Überraschung die Schultern runtersackten. »Er wohnt bei unserem Cousin Mordeckay. Es wird ihn freuen, dich zu sehen. Ich will nicht, daß mein Bruder immer nur unter Fremden ist. Geh zu ihm, Manfred. Setz dich mit ihm in den Park. Chino zeigt dir den Weg. Falls er zu dünn ist, falls mein Cousin ihn ausnutzt, falls er

nicht genug bekommt, gibst du mir Bescheid. Wiederhole gegenüber niemandem, was ich eben gesagt habe. Niemand soll wissen, wo Jerónimo ist. Auch nicht Isaac. Niemand.«
»Ich sehe Isaac nicht mehr, César. Aber warum hast du solche Angst? Isaac arbeitet für deinen Vater.«
César starrte ihn an: »Er ist derjenige, der Jerónimo genagelt hat.«
»César, willst du damit sagen, daß Isaac für die Bullen spioniert? Sie haben ihn rausgeschmissen. Warum sollte er ihnen helfen? Er hat es bestimmt nicht auf Jerónimo abgesehen.«
»Das ist mir alles gleich. Er ist derjenige.«
Coen ging durch die Tür; ihm brummte der Kopf.

Für Zorro mußte der Chinese seine Belagerung des »Dwarf« aufgeben und sich mit Blue Eyes Coen zusammenraufen. Er würde den Bullen nach Mexiko bringen, aber seinen hochhackigen Schuh würde er nicht oberhalb der Vierzehnten tragen. Für ihn war es nicht mehr Arnolds Schuh. Er hatte keine neuen Schnürsenkel besorgt und auch die Falten im Leder nicht geglättet. Er wollte keinen schicken Schuh. Kein Bulle auf Erden würde ihn dazu bringen, ihn zurückzugeben. Nicht einmal der große Isaac, der in Papa Guzmanns Ausguß Fünf-Cent-Stücke wusch. Der Chinese hätte das »Dwarf« mit einer Pistole stürmen können, einem 45er Colt Commander, den er vor seiner Reise nach Mexiko auf einem leeren Grundstück in der Prince Street eingraben würde. Er hätte Rauchwölkchen auf den Revers der Rausschmeißerinnen, Janice und Sweeney, hinterlassen können. Doch damit hätte er Odile geängstigt. Daher näherte er sich der Tür mit freier Hand, die 45er in einem Schnellziehhalfter über dem Herzen. Der Chinese hatte nur noch zwei Stunden Zeit; anschließend würde er die Waffe eingraben und sich am Flughafen mit Coen treffen müssen.
Odile beobachtete ihn durch den Vorhang. Sie hatte das »Dwarf« seit sechsunddreißig Stunden nicht verlassen. Selbst wenn der Chinese von Zeit zu Zeit verschwand, argwöhnte sie, daß er nur in einen Hauseingang an der nächsten Straßenecke pißte oder sich eine Dose Bier kaufte. Janice weckte Sweeney, die auf einem Feldbett hinter der Bar behaglich geschlummert hatte.
»Der Chinese kommt«, sagt Janice. »Er geht über die Straße.«

Den Cousinen lief ein Schimmer übers Kinn, der Odile nicht behagte. Die Schlachtlinien standen fest. Mit diesem verrückten Schuh würde der Chinese Janice und Sweeney niemals entkommen können. Die Cousinen zu reizen, war schiere Dummheit. »Chino Reyes«, kreischte sie, »wenn du nicht sofort gehst, mach' ich für keinen deiner Kunden jemals wieder die Beine breit.«

Sie packten ihn an den Armen, hoben ihn über die Schwelle (er war ein Fliegengewicht, nur runde hundert Pfund) und schleuderten ihn gegen die Bar. Janice fuhr mit ihren Fäusten in die Fingerrillen der Schlagringe. Um sechs Uhr morgens war das »Dwarf« leer, und sie konnte nach Belieben mit dem Chinesen umspringen, Katz und Maus mit ihm spielen. Sweeney riß ihm den Pistolenhalfter von der Brust und warf die Waffe in einen Eiskübel. Sie hielt den Chinesen fest, während Janice ihn ins Ohr kniff, bis es blutete. Sweeney warnte Odile. »Baby, mach die Augen zu. Es ist besser, wenn du nicht hinschaust.«

Doch Odile schlug bereits auf die Schlagringe ein; der Kontakt mit dem Metall hinterließ eine gezackte Wunde in ihrer Handfläche. »Bring sie dazu, daß sie aufhört, Sweeney. Der Chinese ist mein Problem.«

»Nicht, wenn er die Schwelle überschritten hat«, sagte Janice. »Dann gehört er uns.« Sie kostete die Situation zu sehr aus, um noch auf Odile zu achten.

»Sweeney, ich komme in meinem ganzen Leben nicht mehr her. Noch eine Narbe an seinem Ohr, und es ist aus.«

»Hör nicht auf die Schlampe«, sagte Janice zu ihrer Cousine. »Sie wird angekrochen kommen.«

Sweeney war von der Vorstellung entsetzt, im »Dwarf« ohne Odile zurechtkommen zu müssen. Sie zog den Chinesen auf die Füße. Wie eine Lumpenpuppe mit einem abgerissenen Ohr und einem Hochgebirgsschuh hing er mit dem Hals unter Sweeneys Ellbogen. Odile katapultierte ihn aus dem »Dwarf«; sie hakte sich mit beiden Händen unter seine Hosenträger, überzeugt, daß ein solches Federgewicht keinen von Janices Angriffen überlebt haben konnte. Sie war von dem Chinesen begeistert, hatte aber nicht die Absicht, es zu zeigen. »Schwachkopf«, sagte sie, »du kannst dich auf mich stützen, wenn du willst.«

»Leier die Hosenträger nicht aus«, sagte er, mehr nicht. Weder ein Mann noch eine Frau hatten jemals sein Gesicht mit Schlagringen tätowiert; in seinem Kopf heulte es auf. Er saugte an einem Fetzen seiner roten Mähne, um bei diesem Lärm nicht den Verstand zu verlieren. Odile fragte sich schon, warum er seinen Schopf naßmachte.

»Ohne den Stiefel könnte ich dich besser tragen, Chino.«

Doch der Chinese wehrte sich. Er war nicht bereit, seinen hohen Schuh im Rinnstein liegenzulassen, ganz gleich, wie taub er auch von dem Dröhnen in seinem Kopf werden mochte. Odile brachte ihn zu sich nach Hause. Sie weichte sein Ohr in einer Jodlösung ein und verband es. Das Heulen hörte auf, aber die Schärfe des Jods zwang ihn, in die Perücke zu beißen. Odile knöpfte seinen Kragen auf und wusch die Blutspuren von seinem Hals. An seinen Rippen sah sie, wie angespannt er war. Sie bestand darauf, seine Temperatur zu messen. Der Chinese murmelte mit Odettes Thermometer im Mund. »Ich muß nach Mexiko, Odette.« Er lag mit mehreren Kissen unter dem Kopf auf ihrer Matratze.

Sie legte Kissen auf seine Knie. Als weitsichtiges Mädchen konnte sie das Thermometer nicht ablesen. (Odile besaß keine Brille). Daher tat sie so, als würde sie es ablesen. »Achtunddreißig. Achtunddreißig eins. Janice muß dir Grippe verursacht haben.«

Der Chinese vergaß sein brennendes Ohr. Er konnte es sich nicht leisten, Zorro zu enttäuschen; er hatte versprochen, Blue Eyes' Anstandsdame zu spielen. Er grapschte das Thermometer und sah selbst auf der Skala nach. Stirnrunzelnd sah er durch das Glas. »Das Ding ist alle, Odette. Da ist kein Quecksilber mehr drin.«

»Lügner«, sagte sie.

Er zerbrach das Thermometer über Odiles Hand; es fielen keine Quecksilberkügelchen raus. Der Chinese belächelte seinen Sieg. Odette war sauer. »Knöpf deinen Kragen zu, Chino. Ich mag keine nackten Männer in meinem Bett.«

Der Chinese war nicht mehr ganz so groggy; sein Ohr hatte sich beruhigt, und er hatte nicht die Absicht, sich von einem Mädchen schikanieren zu lassen, das für ihn arbeitete, aber nichts anderes als Anrufe von ihm entgegennahm, das ihm Bargeld von den Kunden, die er für sie auftrieb, in parfümierten Briefumschlägen zuschickte, ihn jedoch mit Mißachtung behandelte.

Jetzt war der Chinese endlich im Vorteil; er nahm eine günstige Stellung auf ihrer Matratze ein. Er grapschte nicht nach ihr. Er zerwühlte das Bettzeug nicht. Er ging mit Logik an die Pornokönigin heran.
»Jemand, der es mit Bummy tut, sollte nicht so wählerisch sein.« Er drückte seine Spatzenbrust nach vorn. »Ich bin zehnmal besser gebaut als Bummy.«
Odile war versucht, ihn auszuziehen. Der Huppel unter seiner Unterwäsche war köstlich. Doch seine Argumente prallten an ihr ab. »Ich tue es nie mit Bummy Gilman«, sagte sie. »Er zahlt dafür, daß ich ihm die Eier wasche. Einen Hunderter – nein, eineinhalb Hunderter für jede Wäsche.«
Der Chinese war erleichtert, daß die Rausschmeißerinnen seine Taschen nicht durchsucht hatten; er zog einen Packen Fünfziger aus seinem Geldclip. »Ich zahle. Bar und ohne Abzüge. Was bedeuten mir vierhundert Dollar?«
»Ich kann kein Geld von dir annehmen, Chino«, sagte sie und brachte ihn dazu, das Geld wieder einzustecken. »Du hast zuviel mit Zorro zu tun. Wenn er das herausfindet, bringt er mich um.«
Der Chinese tat ihr leid, sein düsteres Gesicht, sein Herzklopfen, sein verbundenes Ohr, der Knick in seinem Abzugsfinger, und sein Geldangebot hatte ihr geschmeichelt; bisher hatte ihr noch kein Mann vierhundert Dollar für ihre simplen Tricks angeboten. Sie beschwichtigte ihn, legte ihre Hand auf seine Brust. Sein Brustbein hämmerte gegen ihre Handfläche. »Wir spielen«, sagte sie. »Aber Unterwäsche darf nicht ausgezogen werden.«
Der Chinese wußte nicht, wie viele Schranken Odile ihm auferlegen würde; er konnte sie nicht bis zum Strumpfhalter runterhandeln. Eigentlich hätte er sich gedemütigt fühlen sollen, aber er wollte ihre Hand auf seiner Brust spüren. Er küßte sie, spürte ihre spitzen Zähne, und sein Kopf umnebelte sich vollkommen.
»Hast du kalte Füße, Chino? Warum zitterst du?«
»Das kommt von meinem Ohr, Odette. Es ist nichts weiter.«
Er mußte sich mit seinen Händen zurückhalten, durfte ihre Haut nicht zu heftig streicheln, damit nicht die Druckpunkte hinter seinen Ohren anschwollen und seine Polypen verstopften; soviel machte er sich aus Odile. Der Chinese war kein schmieriger Feti-

schist. Er hätte fünf andere Mädchen haben können, *Cubanas* und *Negritas* mit runderen Hintern und fetteren Schenkeln oder eine finnische Schönheit, die Chinos *Pistola* im Nabel brauchte, um einen richtigen Orgasmus zu bekommen. Der Chinese zog Odette vor. Das war keine Frage der Größe (der Chinese ließ sich nur von großen Mädchen hinreißen), es lag auch nicht an ihren bezaubernden langen, knochigen Fingern oder an der perfekten Wölbung ihrer Brust (er hätte eine Stunde lang mit seinem Finger über ihren Brustansatz fahren können, den Bogen von einer Brustwarze zur anderen beschreiben, über die Fältchen streichen können, die entstanden, wenn sie ruckartig die Arme bewegte). Ihre Hochmütigkeit sprach ihn an, ihre bockig vorgeschobene Unterlippe, die Berge von Verachtung, die sie einzelnen Sätzen einzuhauchen schien. Wenn es nach ihm gegangen wäre, hätte er Odile von der Pornografie abgebracht. Er hätte Janice und Sweeney in Spiritus eingelegt, Odette den Zutritt zum »Dwarf« verweigert, sie in der Jane Street festgehalten und Bummy Gilman das Besuchsrecht abgesprochen. Sie hätte sich das Geld nicht mehr damit verdienen müssen, diesem Mann die Eier zu waschen. Doch das Mädchen gehörte nicht ihm, sondern Zorro. Und wenn er sich mit den Guzmanns anlegte, mußte er wieder Taxis überfallen und vor Pistolen in Einkaufstaschen weglaufen. Der Chinese war deprimiert.

Odile zog ihm die Perücke ab und strich durch die schwarzen Stoppeln auf seinem Kopf, und mit hübschen Fingern im Haar war der Chinese nicht mehr ganz so vergrämt. Er tauchte in die Kissen, packte Odile an einem Bein, griff unter den Schritt ihrer Angorahose, schob einen Arm unter ihre Kniekehlen, erkletterte einen halben Schenkel, betete die Gänsehaut und die Härchen auf ihrem Oberschenkel an (so zarte Haare hatte selbst die schöne Finnin nicht), strich mit seiner Stirn über ihre aufgerichteten Nippel und kam gegen ihre andere Hüfte; die Nähe ihres Wollunterhemdes dämpfte seine Schreie. Odile mochte seinen knorpeligen Kopf in ihrem Busen. Sie wollte die Stellung ihrer Umarmung exakt beibehalten, doch dem Chinesen machte die Nässe in seiner Hose Sorgen. »Mexiko«, platzte er heraus und rückte von ihrem Busen ab.

»Wohin gehst du mit diesem kranken Ohr, Chino?«

Er konnte sich nicht erinnern, seit seinen Wichsereien im Kino an der Mott Street derart klebrige Lenden gehabt zu haben; damals war er in der achten Klasse gewesen (der Chinese war in der Schule immer ein Jahr hintendran). Er war zu verwirrt, um Odile zu küssen. »Ich bring' dir was Schönes aus Mexiko mit«, sagte er. »Etwas, was Zorro nicht identifizieren kann.«

Sie glaubte, er fantasiere. »Komm ins Bett, Chino.«

Im Korridor zog er die Schleifen in seinen Hosenträgern auf. Im Treppenhaus begegnete ihm Odiles Vermieterin. Stirnrunzelnd sah sie seinen Verband und sein zerknittertes Hemd an. Der Chinese war gegen Wirtinnen immun. Am Abingdon Square fand er ein Taxi. »Zur Prince Street«, rief er. »Möglichst schnell.«

Der Taxifahrer, Quagliozzo, ein wachsamer Bürger von Queens, fünfundvierzig und mit einem Knüppel für Wegnehmkünstler und unwillkommene Gäste neben seiner Geldkassette ausgerüstet, ließ sich nicht von der roten Perücke täuschen. Er hatte einen Handzettel auf das Armaturenbrett geheftet, auf dem stand, daß die unabhängigen Taxiunternehmer eine Belohnung von tausend Dollar für die Verhaftung des Taxibanditen Chino Reyes ausgesetzt hatten. Quagliozzo (sein Freunde nannten ihn Quag) erkannte die Backenknochen hinter den künstlichen Haaren, aber in dem Rundschreiben stand nichts über einen Klumpfuß. Der Taxifahrer sagte sich, daß kein professioneller Bandit schnell genug mit einem klobigen Schuh vom Tatort entkommen konnte. Die Leute aus der Werkstatt, die selbst Beziehungen mit kleinen Gaunern unterhielten, hatten ihn informiert, daß sich der Taxibandit als Zuhälter maskierte, um die Bullen Manhattans abzuwimmeln. Daher entschied sich Quagliozzo, den Chinesen in seinem Taxi näher anzuschauen. Er hatte keine Glasscheibe zwischen sich und seinen Kunden, wie andere bematschte Sicherheitsfanatiker (wie hätte er durch eine solche Sperre plaudern können?); daher ließ er beim Fahren eine Hand auf dem Knüppel liegen.

»Ich hasse diese gräßlichen Zuhälter, Mister. Sie nutzen die weißen Mädchen aus. Sie schmieren sich Pomade ins Haar. Sie sitzen in dicken Cadillacs rum. Wenn ich einen Zuhälter in meinem Wagen hätte, würde ich ihn umbringen.«

Quagliozzo brachte den Chinesen nicht dazu, den Kopf zu heben. »Welcher Meinung sind Sie, Mister?«

»Prince Street«, sagte der Chinese und bedeutete dem Taxifahrer, am Straßenrand anzuhalten. »Warten Sie auf mich.« Neben der Straße war ein freies Grundstück. Er ging zu einer Reihe von Mülltonnen. Solomon Wong, der frühere Tellerwäscher seines Vaters, saß auf der nördlichsten.

»Solomon, *que tal?*«

Solomon raffte den Saum seines Mantels hoch (einst hatte er Papa Reyes gehört) und zog eine Reisetasche aus Leinen aus der Mülltonne. Der Chinese zog andere Schuhe an, gab Solomon den Stiefel zur Verwahrung und steckte die Perücke unter Solomons Mantel; in Mexiko City konnte er unmöglich mit rotem Haar rumlaufen.

Quagliozzo war unruhig, als der Chinese zum Taxi zurückkehrte. »Wohin soll ich jetzt fahren, Mister?«

»Fahren Sie«, sagte der Chinese. »Ich sage es Ihnen später.«

Quagliozzo hatte genügend Beweise, um den Taxibanditen zu erledigen; ohne die Perücke und den Klumpschuh war er exakt der Mann, der auf dem Handzettel abgebildet war. Äußerst klug, gestand Quagliozzo ihm zu. Er benutzt eine Mülltonne als Depot. Dahin wandert also das Bargeld nach einem Raub. Quagliozzos Respekt für den Chinesen wuchs.

»Mister, ich muß mal aufs Klo.«

Er hielt vor einer Cafeteria in der Bowery an, stellte seine Geldkiste im Scheißhaus am Ende der Theke ab und schlug dann einen Haken zum Telefon an der Wand. Er wählte den Polizeinotruf. Kaugummikauend spazierte er ins Freie. Der Chinese saß nicht mehr im Taxi. Quagliozzo machte sich Vorwürfe. »Ich hätte ihm den Knüppel über den Kopf hauen sollen.« Er schloß sich den drei Funkwagen an, die auf seinen Anruf hin gekommen waren, und lotste sie in die Prince Street. Solomon war nicht auf dem Grundstück zu finden; sie stellten sämtliche Mülltonnen auf den Kopf und wühlten sich durch den Abfall, aber niemand konnte den Schuh des Chinesen finden.

8

Da er sich von allen Seiten her bespitzelt sah (von Pimloe, von Papa, von Vander, vielleicht auch von Isaac), erwähnte Coen seinen Ausflug gegenüber niemandem. Er hatte sich entschlossen, das Land zu verlassen, ohne die Abteilung des First

Deputy oder die Second Division davon zu unterrichten. Pimloe hätte getobt wie ein Berserker, wenn er gewußt hätte, daß Coen mit einem chinesischen Taxibanditen reiste. Die Mordkommission hätte ihn gekreuzigt. Der First Dep hätte gebetet, daß Isaac zurückkehren möge. Coen war noch im Besitz von Vanders Kohle und hatte vor, das restliche Geld in Mexiko zu verbraten, es für Jerónimo, für sich und für Cousin Mordeckay rauszuschmeißen. Er reiste incognito, ohne Dienstabzeichen und ohne Waffe.

Als er zum Flughafen fahren wollte, fand er eine pralle Papiertüte vor seiner Tür. Der Geruch war unverkennbar. Der Duft von Papas kandierten Früchten stieg Coen durch die Verpackung in die Nase; schwarze Halva, Drops, angeschmolzene Schokolade, bittere Lutschbonbons, helle und dunkle Karamellen für Jerónimos Verbleib? Für derlei Spekulationen blieb Coen keine Zeit mehr. Er nahm die Süßigkeiten mit und traf Chino in der Abflughalle. Er äußerte sich nicht zu den schwarzen Klumpen auf dem Ohr des Chinesen. Beide gingen durch den Metalldetektor. Doch zuvor legte der Chinese seinen Geldclip und seine Zigarrendose in einen der Körbe. Er wirkte verärgert, als Coen sich keinen Korb nahm. »Bulle«, sagte er, »wo hast du deine Pistole? Wo hast du dein Dienstabzeichen?«

»Ich habe sie zu Hause gelassen«, sagte Coen. »In einem Strumpf unter meinem Bett.«

»Idiot«, murrte der Chinese. »Sollen wir es ohne die Kinkerlitzchen von der Polizei gegen die Mistkerle aufnehmen? Darauf wäre ich nie gekommen. Zorro hat mir gesagt, du hättest nicht nur Stroh im Kopf. Ein Bulle mit weicher Birne. Das Abzeichen ist von unschätzbarem Wert für uns, und du steckst es in einen Strumpf. Idiot.« Bis zur Abfertigung und selbst noch im Flugzeug plapperte er weiter. Coen gähnte. Vier Stunden würde er neben einem fauchenden Chinesen aus Havanna sitzen müssen. Also dachte er an das Essen. Er nahm an, in einem mexikanischen Flugzeug würde man ihm *Tostadas* und aufgewärmte Bohnen vorsetzen. Er hielt sich am Sicherheitsgurt fest, bis sie wohlbehalten in der Luft waren. Er war bisher erst zweimal geflogen; vor dreizehn Jahren mit Transportflugzeugen der Armee, nach Deutschland und wieder aus Deutschland raus. Chino war im Fliegen erfahren; er hatte Ferien in der Karibik gemacht und war häufig für César geflogen. Er kam aus dem *Barrio Chino* (dem Chinesenviertel) Havannas, wo sein Vater bis 1959 eine Bäckerei und ein Restaurant betrieben hatte. Er war vierundzwanzig Jahre alt und verachtete die *Fidelistas,* deren Anwesenheit in Havanna seinen Vater so sehr erschreckt hatte, daß er die Bäckerei verkauft und das Nuevo Chino Café geschlossen hatte. Fern von Kuba waren die Knochen seines Vaters geschrumpft, und er hatte Blut gehustet, bis er an der Doyers Street starb. Chino warf Coen die Politik der Juden vor, die, davon war er überzeugt, die *Fidelistas* an die Macht gebracht hatte. »Lebt dein Papa noch, Coen?«

»Nein, gestorben.«

»Meiner auch. Er hat Stalin geliebt, dein Papa, nein?«

»Er war Pole«, sagte Coen. »Die Polen hassen die Russen.«

Chino rückte mit seinem Ellbogen näher an Coen. Er hatte noch nie mit einem Bullen gearbeitet. »Mach dir wegen des Abzeichens keine Sorgen, Coen. Ich kenne einen Blechschmied am Lagunilla Markt. Der wird dir wunderschöne Abzeichen machen.« Und doch mußte er diesen Juden bestrafen, wenn sie wieder zu Hause waren. Zu viele Leute hatten über den Bullen geredet, der Chino Reyes eine runtergehauen hatte. Coen mußte ohne aufgewärmte Bohnen über die Runden kommen. Es gab scharf gewürzten Schinken, Kartoffelgratin und eine Scheibe Zitronenkuchen.

In der mexikanischen Sonne wurde Coen schwindlig. Er sah sich am Flughafen nach exotischen Pflanzen um. Chino führte ihn durch die Zollkontrollen und requirierte ein Taxi. Er feilschte mit dem Fahrer, bot ihm mit seinen Fingern einen Festpreis an und stieß Coen ins Taxi. Sie fuhren durch eine Gegend mit Bruchbuden und schäbigen Mietshäusern; Coen starrte Gesichter und Löcher im Bürgersteig an. Sie fuhren durch den Insurgentes Sur in die Reforma und stießen dort auf ein Märchenland von Monumenten, *Glorietas* (Verkehrsinseln) und hohen rosa Hotels. Der Chinese deutete auf die Boulevards. »Wie in Paris, was? Die Campos Elíseos.«

»Ich war nie in Paris«, sagte Coen, der sich von dem häufigen Kreisverkehr und den Kreuzungen einschüchtern ließ.

»Ich auch nicht«, sagte der Chinese.

Sie hielten vor dem Zagala-Hotel an, gegenüber dem Alameda-

Park. Chino zahlte den Fahrer in Dollar und holte mit dem Ruf: »Mozo, Mozo«, einen Gepäckträger herbei. Ein dürrer alter Mann mit Käppi, der sechs Koffer gleichzeitig tragen konnte, riß Coen das Gepäck aus der Hand. Sie wurden im dritten Stock in einem engen Zimmer, von dem aus man die Mauern des angrenzenden Hotels sah, untergebracht. Coen wollte sich hinlegen, aber Chino war nicht bereit, sich mit diesem Zimmer zufriedenzugeben. Er schrie ins Telefon und beschimpfte lautstark den Manager, die Gattin des Managers und die Concierge des dritten Stocks. »Denen muß man eins aufs Dach geben«, versicherte er Coen, »sonst ist man hier verratzt.« Sie wurden in ein noch engeres Zimmer im achten Stock mit einem riesigen Porzellan-*Bañadero* (einer Badewanne) verlegt, von dem aus man auf den Park sah. Chino entließ den *Mozo* mit einem Klatsch auf die Schulter und drei Zehn-Cent-Stücken. Daraufhin behandelte er den alten Mann freundlicher und gab ihm einen Hut und einen Schal aus seinem Koffer. »Gib niemals zuviel Trinkgeld, Coen. Sonst wissen sie, daß sie mit dir machen können, was sie wollen.«
»Chino, du hast ihm einen Fünfzig-Dollar-Hut geschenkt.«
»Das heißt gar nichts. Seine Kopfform hat mir gefallen. Geld darfst du nicht geben.«
Mit einem Stück Hotelseife auf den Knien in dem großen *Bañadero* sitzend, lehrte der Chinese Coen eine Formel für den Umtausch von Dollars in Pesos. Coen ging im Schlafzimmer auf und ab und versuchte, sich die Formel einzuprägen. Er fing an, den Chinesen sympathisch zu finden. »Wie heißt du eigentlich richtig, Chino?«
»Herman«, sagte der Chinese, ohne zu zögern. »Nur mein Vater durfte mich so nennen. Wenn du mich so nennst, beiß' ich dir ins Gesicht. Das verspreche ich dir.«
Coen hatte es eilig, Jerónimo die Süßigkeiten zu überbringen, doch der Chinese schlief nach dem Bad eine Stunde. Er zog ein besticktes Hemd an, zwickte seine Hosenträger fest, steckte sich einen frischen Schal in die Tasche und bestellte einen starken Tee in die Hotelhalle. Dann durchquerten sie den Alameda-Park, kamen in einen älteren Teil der Stadt und sahen sich nach Jerónimo um. Chino ging an den Taco-Ständen und den Kokosnußverkäufern vorbei und wollte von einer alten Indianerin auf der Straße Teigkringel, die wie Rettungsringe aussahen, kaufen. Er wollte

Coen nicht zuschauen lassen, wie zwei Jungen in einer kleinen Fabrik am Straßenrand Tortillas zubereiteten. »Komm schon«, sagte er. Sowie sie die Boulevards verlassen hatten, empfand Coen die Hitze der Straßenbasare erst richtig, nahm die Verkäufer und die Gesichter wahr. Gegen Chinos Einspruch aß er Gurkenscheiben (die mit Chilipulver bestäubt waren). Er glotzte Ladenschilder an – *Tom y Jerry; La Pequeña Lulu; Fabiola Falcon.* Er sah in die Fenster von Bäckereien. Chino sah Coens Tüte für Jerónimo finster an. »Fisch?«

»Halva. Von Papa.«

An der San Juan de Letran kamen sie an einer *Pulquería* (Stehausschank) nach der anderen vorbei, und die Männer, die drinnenstanden, starrten den Chinamann und den Blonden an. Coen sah zunehmend weniger Frauen auf der Straße. Der Chinese bog in die Belisario Dominquez ein und blieb vor einem Haus mit einem schmutzigen Balkon und einem Innenhof stehen. »Hier wohnen die Chuetos«, sagte er. »Die Schweinefleischesser. Die christlichen Juden.«

»Marranen?« fragte Coen. »Ist das das Marranenviertel?«

»Chuetos«, spottete der Chinese. Er trat in den Hof, und nach fünf Schritten tauchte sein Körper in der Dunkelheit unter. Coen blieb unter dem Balkon stehen. Als er sich an das trübe Licht zwischen den Mauern gewöhnt hatte, entdeckte er zwei kleingewachsene Jungen in Nachthemden, die im Hof Pelota spielten. Sie spielten mit geschlossenen Mündern; das einzige Geräusch entstand durch das Aufschlagen der Pelota an den Mauern. Coen verstand den Sinn ihres Spiels nicht. Sie schlugen wie alte Männer auf den Ball ein, linkisch in ihren Nachthemden, steif in der Taille und ohne überschüssige Energie. Er fragte sich, ob alle Marranenjungen mit zusammengepreßten Knien geboren wurden. In der Boston Road hatten César und Alejandro einen rosa Ball mit einer Art von Fieber, mit einem Zucken in den Beinen gekickt. Selbst Jorge, der sich wegen der Vierteldollar, die er ab zehn Uhr für Papa durch die Gegend schleppte, nicht bücken konnte, und Jerónimo, in dessen Kopf nur Süßigkeiten und das absterbende Pigment seiner Haare gingen, waren lebhafter als diese beiden Jungen. In dem Moment, in dem Coen sich im Stich gelassen fühlte, tauchte der Chinese mit Cousin Mordeckay auf, einem fetteren Guzmann im Nachthemd, mit Alejandros Zügen

und Jorges verschobenen Augen. Coen wurde Mordeckay als der Pole vorgestellt, »el Polonés«. Mordeckay schien der Name zu gefallen. Chino wollte die Süßigkeiten von Coen haben. Mordeckay dankte »el Polonés«. Dann ging er wieder ins Haus. »Komm«, sagte Chino.
»Wo ist Jerónimo? Bringt er ihn runter? Hast du ihn nicht gesehen?«
»Das Baby? Nein.« Der Chinese ging auf San Juan de Letran zu. »Idiot. Ihr könnt euch hier nicht treffen. Die Chuetos sind verrückt. Sie fürchten sich vor blonden Haaren. Mach dir keine Sorgen. Sie sind auch abergläubisch in bezug auf blaue Augen. Aber alles ist arrangiert. Jerónimo kommt zu dir.«
Er ließ Coen am nördlichen Ende des Alameda-Parks stehen. »Warte. Ich besorge die Ausrüstung für heute abend. Du sollst lächeln, Coen. Ich habe dir gesagt, daß das Baby herkommt.«
Mit vierzig, dreißig, zwanzig, fünfzehn, war Jerónimo *Das Baby* gewesen. Papa stopfte ihn mit Spinatbroten, Topal machte ihm mit einer Sicherheitsnadel die Fingernägel sauber, und jeder, der ihm auf der Straße begegnete, mußte ihm die Schuhe binden. Abwechselnd wurde er von den fünf anderen Guzmanns gebadet; man konnte ihn nicht in der Wanne alleinlassen. Und doch besaß Jerónimo einen unfehlbaren Orientierungssinn, die Fähigkeit, rote und grüne Ampeln zu unterscheiden, den Scharfsinn, das grelle Gelb der Taxis zu meiden, die Kühnheit, Busfahrern Geld in die Faust zu drücken. Karamellbonbons konnte er schneller schlucken als Topal und Alejandro. Er verputzte mehr Schokolade als eine ganze Klasse Schulmädchen. Er trauerte um die gerupften Hühner in den Schaufenstern der Metzger; seine Augen folgten den strangulierten Hälsen und bedauerten das Fehlen der Federn mehr als den Verlust des Lebens. Sein Schweigen ging tiefer als das aller Coens. Er konnte fester zupacken als alle anderen Guzmanns. César mochte er am meisten, dann kam sein Vater, dann Topal, dann Alejandro, dann Jorge, dann Onkel Sheb. Er vermißte den Eierladen, den blauweißen Strahl der Maschine zum Durchleuchten der Eier, Jessica Coens Erbsensuppe. Er war ein Menschenkind mit ausgeprägten Zuneigungen, Verhaltensweisen und Ängsten. Er ging nicht unter einer Leiter durch, aber er konnte selbst den verlaustesten Hund küssen. Für zahnlose *Abuelitas* (Großmütter) und arme Negerjun-

gen riß er große Stücke Halva ab, für junge Frauen nicht. Er war lieb zu Eichhörnchen, fies zu Katzen. Er erkletterte ohne weiteres eine Feuerleiter, um einer Taube den kaputten Flügel zu richten. Vögel mit blutigen Augen ignorierte er.

Coen sah ihn von der Hidalgo Street aus den Park durchqueren; seine Schnürsenkel waren offen, seine Hosen mit Süßigkeiten gefüllt, seine Stirn verwirrt gerunzelt; er hatte Coen nicht entdeckt. Die Flecken auf seinem Gesicht wurden dunkler, während er den Park absuchte. In seiner Verzweiflung zog er ein Ohr aus seiner Mütze. Coen rief: »Jerónimo, Jerónimo.« Jerónimos Augen traten vor. Die Spinnweben verschwanden. Seine Fäuste schlugen durch die Luft, als er auf Coen zurannte. Coen band Jerónimo die Schuhe. Dann umarmten sie sich, und Jerónimo quetschte Coens Rippen mit einem Ellbogen. Er hatte dichte graue Koteletten. Die Haare in seiner Nase waren ebenfalls grau. Auf seinen Knöcheln waren sie Guzmann-schwarz. Er wischte sich die Spucke ab, damit er sprechen konnte. Er murmelte Coens Vornamen, sagte »Manfro«. Er packte Coen an der Hand und zog ihn aus dem Park. Aber er wollte Coen nicht über die Straße gehen lassen, ehe die Ampel auf »Pase« schaltete. Dann führte er Coen direkt in die Eisdiele eines großen Kaufhauses an der Madero. Er bestellte sich heißen Tee und für Coen einen Eisbecher mit Schokolade. Er bröselte Halva in seinen Tee und knetete die Karamellen seines Vaters mit einem starken Daumen weich (das Baby hatte unglaubliche Finger). Das Eis schmeckte nach Käse. Auf hohen Hockern mit den Schenkeln in einer vertraulichen Haltung wollte Coen das Baby über Mordeckay, César und die mexikanischen Marranen aushorchen, über die Reise von der Boston Road via Manhattan in die Belisario Dominquez. Doch Jerónimo ging nicht auf seine Listen ein, und so beschäftigte er sich mit der sauren Schokolade in seinem Eisbecher.

Als er mit dem Baby durch die Madera ging, spürte Coen, wie unpassend Mexiko für einen Jungen aus der Bronx war. Seine Hand lag in Jerónimos dreifingrigem Griff; beide hielten mit gesenkten Köpfen nach Pfützen und Sprüngen im Bürgersteig Ausschau und hätten ebenso gut in der Boston Road sein können. Am Zócalo, dem früheren Hauptplatz, wandte sich das Baby nach links und führte Coen in ein Basarviertel. Jacketts, die aus dem Hause Juan el Rojos stammten, hingen wenige Zentimeter vor Coens Kopf. *Salons de belleza* (Schönheitssalons) und Schulen für Funker führten eine friedliche Koexistenz. An der Avenida 5 de Febrero reichten die Verkaufsstände von einem Ende zum anderen. Jerónimo und Coen traten in eine *Pastelería,* nahmen sich eine Kuchenzange und luden Torte, Hefestückchen und Blätterteigschnitten auf ein Tablett. Jerónimo ließ beim Umgang mit der Zange die Zunge heraushängen. Coen tat es den anderen Kunden gleich, packte einen riesigen hölzernen Streuer mit abgerundetem Kopf und stäubte eine ansehnliche Menge Puderzukker auf Jerónimos Kuchen, doch Jerónimo wollte mehr. Coen begrub das Gebäck unter einer Zuckerschicht. Er zahlte weniger als fünf Pesos (das Äquivalent zu neununddreißig Cents) für die sechzehn Gebäckstücke auf dem Tablett. Mit geschwollenen Backen und einem Schnurrbart aus Zucker traten sie wieder auf den Zócalo. Endlich sagte Coen: »César macht sich Sorgen um dich, Jerónimo. Hast du genug zu essen? Kommst du mit Mordeckay zurecht?«

Das Baby schnippte sich Zucker von den Lippen.

»Was soll ich César erzählen, Jerónimo?«

Jerónimo küßte Coen über die Augen und führte ihn an den Rand des Alameda-Parks.

»Baby, soll César kommen und dich holen?«

Coen versuchte, mit dem Baby in den Park zu gehen, doch Jerónimo hielt seine Faust fest und hinderte ihn daran. »Haus«, sagte er und zeigte hinter die Madero Street. Mit dem restlichen Gebäck in einer Tüte, die die Frau in der *Pastelería* ihm gegeben hatte, ging er davon. Er winkte nicht. Er lächelte Coen nicht an. Er war in die Verkehrszeichen vertieft. Coen sah seinem gebeugten Gang nach und war sicher, daß Jerónimo die Hidalgo Street zu seiner Boston Road gemacht hatte. Die Halva war nur ein kleines Almosen. Das Baby überlebte auch ohne den Süßwarenladen.

Im Foyer des Zagala-Hotels verfluchte sich Coen. Er hatte vergessen, das Baby auszuhorchen. Im Aufzug wurde er so trübselig, daß der *Mozo* ihn darauf aufmerksam machen mußte, als er im richtigen Stockwerk war. Er hatte keine Neuigkeiten für César. Das Baby war in Geheimnisse eingeweiht, die Coen niemals ergründen würde. Er kam nicht zwischen Jerónimo und Mordeckay; die Guzmanns waren verschlossene Leute, verschlagen hinter ihren ungeheuren, runzligen Stirnen und der Verschwiegenheit der Jahrhunderte. Sie hatten sich in Lima stumm gestellt, hatten die offizielle Uniform der stummen Bettler getragen, um eine Brieftasche zu klauen oder in das Sommerhaus eines der *Ricos* einzubrechen. Vor jenen Zeiten hatten sie in Holland, Portugal und Spanien christlich klingende Gebete vor sich hin gemurmelt, wobei die Güte ihrer Stimmen von der Jahreszeit, dem Klima und dem jeweiligen Status der Marranen und anderer Konvertiten abhängig war. Nur Papa redete gern, doch in seinen aufgebauschten Geschichten von den fünf »Brezeln«, die er in Amerika großgezogen hatte, sprach er nie über sich.

Der Chinese fand Coen schlaff auf dem Bett vor. Er öffnete seine Reisetasche und kippte zwei Neun-Millimeter-Automatik mit langen, öligen Mündungen aus, zwei Gummiknüppel, die verschiedensten Abzeichen und eine Schachtel Patronen. Über seine Ausbeute erfreut, lief er mit den Händen auf den Hüften um Coen rum. Coen hatte keine Lust, sich die Abzeichen und die Waffen anzusehen.

»Warum ist Mordeckay nicht mitgekommen? Kann er sich nicht in den Alameda-Park setzen? Kann er nicht an einer Theke stehen und Tee trinken? Fürchtet er sich vor amerikanischen Bullen? Ich wollte mit ihm über den Jungen reden.«

Chino tat Coens Wut mit einer lässigen Handbewegung ab. »Die *Chuetas* gehen nie aus dem Haus. Mordeckay ist mit seiner Veranda verheiratet. Ich schwöre dir, er weiß nicht einmal, wo der Zócalo ist. Kein Schweinefleischfresser setzt sich in den Park. Wer würde solange auf das Schwein in seinem Herd aufpassen? Ängstige dich nicht um das Baby. Ein Zettel mit seiner Adresse ist mit einer Nadel an sein Hemd geheftet. Er kann sich nicht verlaufen.«

»Jemand sollte César von Jerónimos einsamen Spaziergängen erzählen. Ich dachte, der Junge soll sich hier versteckt halten.«

»*Hombre,* du kannst Zorro nicht erzählen, was Zorro längst weiß.« Er schüttete die Abzeichen auf Coens Schoß. »Wir haben hier andere Geschäfte zu erledigen. Ich bin nicht gekommen, um das Baby zu hüten. Welches willst du? Das Abzeichen eines texanischen Straßenkehrers? Den Stern des Feuerwehrmanns? Den Krankenpfleger? Das ist das glänzende. Den Parkwächter? Es ist völlig gleich. Solange was in Englisch draufsteht. Die Kerle hier können nicht lesen. Suchst du dir jetzt endlich was aus, du Idiot?«

»Den Feuerwehrmann«, sagte Coen.

Jetzt konnte Chino ihn ignorieren und sich um seine eigenen Interessen kümmern. Er nahm die beiden Automatiks in die Hand, schloß über jedem Lauf ein Auge und füllte die Magazine. Coen sah die Patronen durch die Finger des Chinesen gleiten. Mit der Handfläche steckte Chino die geladenen Magazine in die hohlen Kolben. Dann tupfte er sich die Ohren mit einem feuchten Tuch ab, zog ein frisches Unterhemd an und rieb sich Schlüsselbein und Hals mit duftendem Öl ein. Coen hatte schon Taschendiebe in parfümierten Westen und spitzen Kalbslederschuhen gesehen, aber er hatte nicht erwartet, daß sich der Chinese für einen gewöhnlichen Auftrag so fein herausputzte. Für einen der Knüppel trug der Chinese einen Sockenhalter auf der Wade. Er gab Coen einen ähnlichen Sockenhalter und den zweiten Knüppel; Coen probierte ihn in erster Linie zum Spaß an. Doch ein Gewehr wollte er nicht annehmen.

»Blue Eyes«, sagte Chino, »du willst ohne Knarre über die Gorillas herfallen und ihnen die Frau wegnehmen?«

Coen bejahte. Dann versuchte er sich an dem Chinesen. »Frau, was für eine Art Frau? Chino, haben sie César das Mädchen abgekauft? Fälscht er mexikanische Trauscheine? Hast du das Mädchen hergebracht?«

»Komm jetzt«, sagte Chino und steckte beide Automatiks in seinen Gürtel. Er knöpfte den Knopf seiner Jacke zu, die sich an keiner Stelle ausbeulte. Coen folgte ihm in ein Straßencafé an der Juarez. Die knallgrüne Leuchtschrift im Fenster verkündete: »Productos Idish«. Der Chinese bestellte eine Schale saure Gurken und eine heiße Pastrami. Coen nahm Hühnersuppe.

»Nicht schlecht, Pole, was? Die Salami wird aus Chicago eingeflogen.«

»Woher weißt du das?«

»Von Zorro.«

»Christus«, sagte Coen. »César ißt auch hier? Außer César bestellt kein Mensch Gurken in einer Schale.«

»Schmock«, sagte der Chinese. »Glaubst du, ich lerne nichts dazu? Hör auf, über César zu quatschen. Du verdirbst mir den Appetit.«

An der Reforma nahmen sie ein Taxi für zwei Pesos und fuhren mit einer Gruppe von Mexikanern in kurzärmeligen Hemden. »Buenos noches«, sagte Chino zu den Mexikanern, die es kaum erwarten konnten, einen Chinesen Spanisch sprechen zu hören wie einen *Capitalino.* »Noches«, sagten sie. Mit dicht gedrängten Knien saßen sie zu viert auf dem Rücksitz, und doch nahm niemand von den Gewehrkolben unter Chinos Taschen Notiz oder spürte den Knüppel an seiner Wade. Ein Schwall von Vorstellungen ging durch die Sitze. »Hermano Reyes«, sagte Chino, der bei Mexikanern seinen christlichen Taufnamen nannte. Er sah Coen böse an und trat ihm auf den Fuß, weil er bis jetzt geschwiegen hatte. »Noches«, sagte Coen. Chino stellte ihn als »un gran Hombre«, Detektiv Manfredo Coen, vor. Die Mexikaner sahen ihn ehrfürchtig an, als sie hörten, daß Coen in New York bei der Mordkommission war. Sie wollten mehr über den Chinesen wissen. Er erzählte ihnen, er sei Kaufmann, handele mit Pferdefleisch und anderen leicht verderblichen Eßwaren und sei Spezialist für Taxis. Der gespannte Ausdruck auf ihren Gesichtern und die Aufmerksamkeit, die sie dem Chinesen schenkten, zeigte, daß ihnen Pferdefleisch und Taxis wesentlich interessanter erschienen als die Aufklärung von Mordfällen. Als sie ausstiegen, schüttelten sie Coen die Hand und versicherten dem Chinesen, ihre Stadt sei *su casa* (sein Haus). Der Chinese wollte Bonbons kaufen, ehe sie das Mädchen holten. Sie traten in einen Drugstore aus Glas und Kacheln. Coen sah eine Horde von blonden Knaben und Mädchen schwatzend in ausgebleichten Klamotten an einer Theke lehnen. Er konnte ihre Stimmen, ihren Akzent und ihre steifen Oberkörper nicht einordnen. Mit ungebrochenem Rückgrat und den Händen in den Taschen schienen sie in Positur zu stehen. Coen sagte nichts, bis sich der Chinese für saure Drops entschieden hatte. Dann flüsterte er: »Wer sind die da? Bleiche Freaks?«
»Die kommen aus der amerikanischen Kolonie«, sagte Chino.
»Können sie sich nicht vorbeugen? Haben sie keine Taille?«
»Mach dir um die keine Sorgen. Die treiben's schon lange nicht mehr. Die Gringobabys. Sie leben von Schallplattenhüllen. Scheißen Technicolor. Trinken mit einem Strohhalm. Wie Jerónimo. Die sind noch schlimmer als die Schweinefleischfresser. Mordeckay bleibt wenigstens zu Hause.« Dann ließ er sich für

sie erweichen. »Es ist nicht ihre Schuld, Pole. Sie haben ihre Papas nicht nach Mexiko geschickt. Was glaubst du, wie ich ausgesehen habe, als mein Papa mich nach New York gebracht hat? Ich habe im Sommer und im Winter Ohrenschützer getragen. Ich habe Zucker auf das Corned Beef gestreut. Meinen Hut hab' ich in der Kloschüssel verloren. Jetzt komm schon, Pole. Den Kerlen könnte der Zeitpunkt nicht passen, den wir uns ausgesucht haben, um ihre kleine Gringa zu holen.«

Er führte Coen zu einem Wohnhaus mit rosa Stuck in der Darwin Street, einer Nebenstraße der Shakespeare. Coen fiel es schwer, schmierige Gauner und ein entführtes Mädchen mit den gestreiften Markisen über den Fenstern zu assoziieren, mit dem goldenen Türklopfer an der Haustür. In einem winzigen Aufzug mit Einlegearbeiten an der Decke und ziselierten Metallwänden fuhren sie in den fünften Stock. Coen kratzte sich die Knöchel, doch der Chinese wirkte nicht die Spur nervös. Er hob seine Rockschöße, um die Kolben seiner Pistolen greifbar zu haben. Er trat auf den Treppenabsatz, öffnete eine Tür und trat ohne Ankündigung in die Wohnung. Im Wohnzimmer saßen vier Mexikaner. Keiner rührte sich, als der Chinese eintrat. Alle trugen Krawatten und frischgewaschene weiße Hemden. Coen nahm an, es handele sich um Brüder; sie hatten alle das gleiche pausbäckige Gesicht und Augenbrauen in verschiedener Höhe, die sie aussehen ließen, als seien ihre Stirnen ständig gerunzelt; nur einer der vier hatte einen Schnurrbart. Sie beschimpften den Chinesen, nannten ihn bei seinem christlichen Namen und erwähnten die Guzmanns und Zorro. Sie spotteten über die Automatik des Chinesen und zeigten ihm eine Art Quittung.

Der Chinese wandte sich an Coen, der noch im Flur stand. »Pole, sie sagen, sie seien mit der Gringa verheiratet. Und sie haben Papiere, mit denen sie es beweisen können. Stell dir das mal vor, ein legales Verhältnis, eine geviertelte Ehe.« Er schob Coen ins Wohnzimmer. Die Mexikaner wichen zurück. »El Polonés«, flüsterten sie und deuteten auf Coen. Sie packten ihre Habe, flitzten an Coen vorbei und drängten sich in den schicken Aufzug.

»Was zum Teufel ...«, sagte Coen.

»Pole, jetzt hast du deinen Ruf weg. Mexiko gehört dir. Die kommen eine Woche lang nicht mehr nach Hause.« Er zerbrach einen Drops und steckte sich die Hälften unter die Zunge.

Coen kochte. »Du widerwärtiger Chinese, bist du den ganzen Nachmittag durch die Stadt gerannt und hast Geschichten über mich verbreitet? Was hast du rumerzählt? Hält man mich für Zorros neusten Killer? Den größten Würger aller Zeiten? Reiße ich Leuten den Kopf ab?«

Ein Mädchen in einem hochgeschlossenen olivgrünen Bademantel kam aus dem Schlafzimmer. Ihre Augen waren schlafverklebt. »Wo ist Miguel? Wo ist Jacobo der Rote?«

Der Chinese tat die Frage mit einem Achselzucken ab. »Das kann ich dir nicht sagen, Schätzchen. Sie sind überstürzt aufgebrochen. Jacobo hat gesagt, ›kümmer dich um meine Frau‹.«

Noch immer benommen, stieß sich das Mädchen die Zehen an einem dicken Couchbein an. Sie hielt sich den Fuß und kam dem Chinesen nah, um Coen auszuweichen; beinah wäre sie auf ihn gefallen. Das Hopsen mußte ihrer Schläfrigkeit ein Ende bereitet haben. Als sie Coens Abzeichen sah, fauchte sie ihn an. »Sie sind also der Heini, der für meinen Vater arbeitet. Odette hat mich vor Ihnen gewarnt. Der jiddische Bulle, der sich für Millionäre prostituiert.« Dann untersuchte sie das Abzeichen genauer und stellte fest, daß Coen den Stern eines Feuerwehrmannes aus Acapulco trug. Sie ignorierte ihn und lachte dem Chinesen ins Gesicht. Sie mußte sich auf den Boden setzen, um sich den Bauch zu halten.

Coen kauerte sich vor sie hin. »Carrie«, sagte er. »Caroline. Bitte, steh auf.« Der Chinese fand, Coen sei zu nett zu ihr. Er hätte sie einfach an den Haaren gepackt und ihr gezeigt, wo's langgeht. Er hielt nichts von reichen kleinen Mädchen, von denen, die einen anspucken und sich dann zwischen den Knien ihres Papis verstecken. Doch er mußte sich zusammenreißen. Er durfte Señor Blue Eyes nicht beleidigen.

»Lassen Sie sich nicht von dem Stern auf seinem Hemd täuschen, Miß Child. Der Kerl ist echt. Detektiv Coen. Ich und er, wir können es nicht mitansehen, daß du mit Kanaken lebst.«

Caroline zog ihre vier Eheringe ab und warf zwei nach dem Chinesen, zwei nach Coen. »Ich gehe nicht mit euch weg. Wo ist Miguel?«

Um sich nicht mit Coen zu verkrachen, packte er sie behutsam an den Ellbogen und führte sie ins Schlafzimmer. Sie weinte jetzt. »Wo ist Miguel?«

»Chino«, sagte Coen, »was tust du da?«
»Laß mich mit ihr reden, Pole. Da drinnen. Ich werde sie überzeugen. Ganz vorsichtig.«
Coen horchte an der Schlafzimmertür. Er hörte sie sagen: »Daddy hat mit schrecklichen Leuten zu tun.« In einem einfachen Leinenkleid kam sie mit Chino aus dem Schlafzimmer, eine Siebzehnjährige mit ungeschmückten Händen und einem kantigen Gesicht, nicht länger die Mätresse und Ehefrau der Darwin Street. Coen hatte Mitleid mit ihr und verabscheute seine eigene Rolle als Hirtenhund ihres Vaters. Der Chinese versuchte, ihn aufzuheitern. »Pole, sie wollte sich erst umziehen, als ich die Augen zugemacht habe.« Er hielt Coen ihre Arme hin. »Sieh dir die Stiche an. Die Kerle haben ihr Heroin gefixt.«
»Er ist verrückt«, sagte Caroline. »Man hat mir Allergiespritzen verpaßt. Ohne Injektion ist mir dauernd die Nase gelaufen.«
»Heroin«, sagte der Chinese.
Sie schmuggelten sie im Hotel an der Rezeption vorbei. Coen ging im Bad auf und ab. »Wie kriegen wir sie raus? Sie braucht ein Ticket für den Rückflug, irgend etwas, womit sie ihre Staatsbürgerschaft beweisen kann.«
Der Chinese lächelte. »Keine Sorge, das hat Zorro arrangiert.« Er holte zerknitterte Papiere aus seiner Brieftasche, eine Rückflugkarte und eine Geburtsurkunde auf den Namen Inez Silverstein, Mordeckays nordamerikanische Nichte.
Caroline schlief auf Coens Bett. Coen setzte sich neben sie. »Caroline«, flüsterte er, »wer hat dich in die Darwin Street gebracht?«
Der Chinese schimpfte ihn. »Herr im Himmel, du wirst sie noch aufwecken.« Am Fußende der Betten richtete er Schlafgelegenheiten für Coen und sich. Coen zog sich im Bad aus. Der Chinese murmelte: »Noches«, und begann augenblicklich zu schnarchen. Coen ließ die Unterhose im Bett an.
Caroline zog das gleichmäßige Schnarchen des Chinesen Coens tiefem Atem vor. Sie wünschte, sie könnte bei Jacobo dem Roten sein. Jacobo hätte sich nicht auf den Fußboden gelegt und nur seine Zehen aus der Decke schauen lassen. Wenn sie die Wahl gehabt hätte, hätte sie den Chinesen zu sich ins Bett geholt. Coens Ohren waren zu spitz. Er war so scharf wie ein Bluthund. Außerdem hatte sie etwas gegen Bullen mit spitzen Schuhen. Die

Augen des Chinesen waren ihr lieber; er stellte keine Vaterfigur dar wie Coen. Sie war dem Chinesen eine gewisse Treue schuldig; gemeinsam mit einem grauhaarigen Jungen, einem Schwachsinnigen, der im Flugzeug Erektionen hatte, hatte er sie nach Mexiko gebracht. Der Chinese hatte sie mit Jacobo, Chepe, Dieguito und Miguel bekannt gemacht, die Eheringe von einem alten Juden in einem anderen Stadtteil ausgeliehen, einem gewissen Mordeckay, und jetzt gehörte er zu der Verschwörung, die sie zurückbringen sollte. Dieser Bulle schien ihn in seiner Macht zu haben.

Caroline war nicht gerade verwöhnt. Die Carbonderry Schule hatte sie nicht so bösartig gemacht wie Odile. Über ihre Qualitäten als Verführerin machte sie sich wenig Illusionen. Jacobo hatte sie umsonst bekommen; aus Rücksicht gegenüber seinen Cousins teilte er sie mit ihnen. Diese Regelung war Caroline recht. Sie haßte die Liebe, mit der ihr Vater den Künsten ergeben war, sein selbstgefälliges Dasein als Mäzen, die Überlegenheit, die er gegenüber allem Amerikanischen empfand, seine Pinter-Festspiele, seine Beckett-Wochen, seine Artaud-Happenings (kleine Veranstaltungen, bei denen Bänke kaputtgeschlagen wurden und Mädchen im Publikum Stücke aus ihren Blusen verloren, wenn auch niemals Caroline), seinen englischen Tee, seine Croissants, die Rokokospiele in seinem Tischtennisraum, an denen Caroline nie teilnehmen durfte. So von den Vergnügungen ihres Vaters ausgeschlossen, zahlte Caroline ihrer Cousine Odile dreihundert Dollar, die sie sich von ihrem Taschengeld von dreißig monatlich zusammengespart hatte, um sich durch sie aus dem Land schmuggeln zu lassen. Wenn er es wenigstens über sich gebracht hätte, ihr ins Gesicht zu sehen, wäre sie vielleicht trotz allem bei ihrem Vater geblieben. Vander sammelte Schönheiten; er umgab sich mit Odile und den hyperempfindlichen Geschöpfen seines Bernard-Shaw-Revivals (Mädchen mit flachen Nasen und großartigem Kinn). Als sie sich ihres eigenen hausbackenen Äußeren bewußt geworden war, hatte Caroline ihrem Daddy beweisen müssen, daß ein Mann sie begehren konnte, selbst wenn es nur Jacobo der Rote war.

Ihre Blicke ruhten auf dem Chinesen. Sie wollte mehr von ihm als das Pfeifen, das zu ihrem Bett herauftönte. Daher ließ sie ein Bein aus dem Bett fallen und kratzte mit einem lackierten Fußnagel

über seinen Arm. Der Chinese erwachte steif wie ein Messer. Er nahm den Fuß zur Kenntnis, der über ihm schwebte.
»Missy, zieh deine Zehen wieder ein, und behalt sie oben.«
»Nein«, sagte sie und bemühte sich, zu flüstern. »Bist du müde, Chino? Wenn du nicht raufkommen kannst, komme ich zu dir runter.«
»Bist du verrückt?« sagte er. »Was ist mit dem Polen unter dem anderen Bett? Das ist ein Bulle, ein gewissenhafter Mensch. Mach keinen Unsinn. Er wüßte, wenn wir dieselbe Zahnbürste benutzen würden.«
Caroline schmollte; das Nachthemd, das Chino ihr gegeben hatte, blieb an ihren Kniekehlen hängen, und sie konnte den Saum nicht heben. »Ach, zum Teufel mit ihm. Das ist doch nur ein blöder Bulle. Der ist mir gleich.«
»Mir nicht, Missy.« Der Chinese kroch tief unter das Bett; er mußte an Odile denken; dieses Mädchen hatte erreicht, daß er sich selbst benäßt hatte. Er hätte sich an Césars Maxime halten sollen; werde niemals bei einer *Prostituta* schwach. Doch es juckte ihm jetzt noch in den Fingern, daß er auf das Bein einer Angorahose geklettert war, um seidige Haare auf einem verschrammten Knie zu berühren. Mit einer Caroline, die über ihm rumturnte und die Matratze in Erschütterung brachte, fürchtete der Chinese, er werde um alle Wohltaten eines Schläfchens gebracht.

Der *Chueta*, Mordeckay Cristóbal da Silva Gabirol, war aus Peru nach Mexiko gekommen. Seine Vorfahren waren größtenteils Portugiesen, Krypto-Juden, die zum Katholizismus übergetreten waren, um ihre Haut zu retten. Sie wurden Priester, Seeleute und Minister des Königs von Portugal, bis die Inquisition über sie hereinbrach und sie nach Holland und in die beiden Amerikas trieb. Die da Silvas mußten fünf kleinere Inquisitionen über sich ergehen lassen, ehe sie nach Peru kamen. Die wenigen, die noch übrig waren, hatten keinen Pfennig mehr; sie gingen in die Kirche (die sie *El Synagoga* nannten) und murmelten zu Hause ihre geheimen Gebete, und sie kochten Unmengen Schweinefleisch im Freien vor ihren Häusern, um ihre christlichen Nachbarn irrezuführen und sich gegen zukünftige Inquisitionen zu schützen. So hatte Mordeckay seine Rolle als Schweinekoch und Schweineesser geerbt. Es bestand kein äußerlicher Anlaß mehr, die Christen an der Nase herumzuführen (seit 1721 war kein da Silva mehr verbrannt worden), doch die Chuetas konnten ihre Geheimniskrämerei nicht aufgeben. Wie sein Vater, so hatte auch er eine Anlage zur Schwermut. Da er seine *Colonia* (oder seinen Bereich) nie verließ, wußte er nichts über Mexiko City. Er lebte zwischen Mauern, nahm die Leitungsrohre und *Galerías* in der Belisario Dominquez hin und haßte den Straßenlärm und das brutale Licht auf offener Straße.

Er leistete seinen Cousins in der Bronx einige ganz spezielle Dienste, für die er entsprechend bezahlt wurde. Er suchte sich keine andere Anstellung und verbrachte seine Zeit betend über seinen Töpfen mit kochendem Schweinefleisch. Mordeckay sprach Gebete für die da Silvas, ob tot oder am Leben, für seine Cousins in der Bronx und für die *Chuetas* in aller Welt, für *El Dia del Pardon* (den Tag der Sühne), für die Schweine, die geschlachtet wurden, damit die da Silvas überleben konnten, für die Dunkelheit, die die *Chuetas* schützte, für die portugiesische Sprache, die ihnen beigestanden hatte, für das Spanisch, das sie in Amerika sprachen, für seine eigene Abtrünnigkeit, seine erzwungene Abkehr von den Gesetzen Mosis. Er verehrte Cristóbal Colon (Christoph Kolumbus), den er für einen *Chueta* aus Portugal hielt, und Königin Esther, die einen persischen König geheiratet hatte, um die Juden zu erretten und somit die erste Marranin der Geschichte geworden war. Die *Chuetas* fühlten sich der Heiligen Esther verpflichtet; an dem Tag, der ihr zu Ehren gefeiert wurde, durften sie nicht ausspucken, nicht urinieren und kein Schweinefleisch verzehren. An Esthers Feiertag aß Mordeckay nur Spinat. Und ganz gleich, wie sehr seine Nieren rebellierten, ließ er bis Sonnenuntergang kein Wasser.

Mordeckay war unbeschnitten. Vor Jahrhunderten hatten es sich die *Chuetas* nicht leisten können, die Vorhaut entfernen zu lassen, weil sie die Inquisitoren fürchten mußten, die sie augenblicklich als Juden identifiziert hätten; im Eingedenken an jene Inquisitoren früherer Zeiten hatten die *Chuetas* auf dieser Sitte beharrt. Sie konnten keine fünf Jahrhunderte alte Überlieferung brechen. Daher behielten sie ihre Vorhaut und beteten, *El Señor Adonai* möge ihnen vergeben, bekreuzigten sich und spuckten in die Richtung des Teufels. »Vergib mir, Adonai«, rezitierte Mordeckay allmorgendlich in modernem Portugiesisch, »vergib mir, daß ich deine Gesetze mit Füßen trete, daß ich mich nicht an die vorgeschriebene Beschneidung gehalten habe. Ich bin unrein, Vater Adonai. Aus der Verdammnis bin ich geworden, und mein Samen ist unrein. Aus diesem Grunde, Adonai, habe ich das Los gewählt, nie zu heiraten. Letztes Jahr, Adonai, ist ein Rabbi mit einem besonderen Mann aus Nordamerika gekommen, um die Konvertiten dieser Gegend zu beschneiden. Ich habe mich geweigert, Herr. Ich konnte den Glauben meiner Familie nicht verraten. Mit dreizehn, Adonai, enthüllten uns unsere Väter die Wahrheit unseres Erbes und schworen, daß ein jeder unter uns, der sich dem Ritual unterzog, nicht länger ein da Silva bleiben konnte. So habe ich denn meine Beine vor dem Messer des Rabbis verschlossen. Was ich tat, Adonai, haben schon meine Vorfahren getan. Anders könnte ich nicht leben. Vergib mir, Adonai, und sende mir Bücher über deine Gesetze auf Spanisch und Portugiesisch. Meine Hoffnung und mein Gebet gehen dahin, daß die Spione des heutigen Nachmittags nicht herausfinden werden, wo ich wohne, und daß nur deine Engel, Herr, die Engel Adonais, mir in mein sicheres, dunkles Heim folgen.«

Als Teil seiner Verpflichtungen gegenüber dem Familienzweig in der Bronx hatte Mordeckay Jerónimo geerbt. Nachdem er das Baby am Flughafen abgeholt hatte (für die Guzmanns, aber auch nur für die Guzmanns, verließ Mordeckay seine *Colonia,* und auch das nur in einem Wagen mit Chauffeur und Sonnenblenden vor den Scheiben), brachte Mordeckay Jerónimo zu Belisario Dominquez. Doch das Baby konnte nicht stillsitzen. Daher mußte Mordeckay ihn bis zum Zócalo und den gedrängten *Librerías* (Buchhandlungen) am Alameda-Park begleiten. Mit Jerónimos unglaublichem Tempo konnte er nicht Schritt halten, und wenn er sein *Piso* (seine Wohnung) mit einer betriebsfähigen Lunge erreichen wollte, war er gezwungen, sich auf eine Parkbank zu setzen und Luft zwischen seine Rippen zu pumpen. Dennoch erhielt er seine Loyalität aufrecht und schwieg mit einer Feinfühligkeit, die selbst unter den *Chuetas* in diesem Maße selten war. Nie fragte er seine Cousins, warum sie ihm einen *Subnormalen* aufgebürdet hatten, der einen Karamellklumpen im Mund brauchte, um zu überleben. Dabei spielte es keine Rolle, daß auch er den Jungen liebte. Er hätte ihn mit ebensolcher inbrünstiger Hingabe umgeben, wenn er sich vor diesen klebrigen Karamellbacken geekelt hätte.

Nur einmal hatte er sich in die Angelegenheit seiner Cousins gemischt. Das war vor achtzehn Jahren gewesen, als er auf Moisés Guzmanns Ersuchen in die Bronx gekommen war. Mordeckay fuhr mit dem Schiff. Sein Frachter brachte ihn über den Wendekreis des Krebses in den Golf von Mexiko, um die Key-Inseln zum holprigen Atlantik bis zum Hafen von New York. Die Guzmanns hatten ihn in dicken Pullovern und mit Ohrenschützern an der Anlegestelle abgeholt; Eiszapfen bildeten sich an ihren mit Sirup befleckten Hosen. Mordeckay trug ein Madrashemd, das dem mexikanischen Winter angemessen war. Sie hüllten ihn in Pullover und Ohrenschützer und geleiteten ihn mit einem Nachbarn, Boris Telfin, am Steuer des Familienwagens, einer 49er Chrysler-Limousine, aus Manhattan heraus (keiner der Guzmanns wollte das Fahren lernen). Mordeckay bewunderte die Geräumigkeit des Fahrzeugs.

»Moisés«, rief er in einer Mischung aus Spanisch und Portugiesisch, damit Guzmanns Söhne nicht jedes Wort verstanden, »fahren wir zu deiner *Judería?*«

Papa lachte. Er erzählte Mordeckay, daß die *Judería* (das Judenviertel) der Bronx von einem Ende des Stadtteils zum anderen reichte.

Mordeckay war ob dieses Wunders vom Donner gerührt. Noch nie hatte er von einer *Judería* gehört, die so groß war, daß sie ganze Stadtteile verschlang; nicht einmal die große *Judería* von Lissabon (vor der Vertreibung der Juden) hätte es mit der Bronx aufnehmen können. Er war betäubt vor Erstaunen, bis ihn die fünf Guzmanns vom Chrysler in den Süßwarenladen verfrachteten. Sie stellten ihn als »Primo Mordeckay«, ihren mexikanischen Cousin, vor. Er hatte kein eigenes Lager und zog im Hinterzimmer des Ladens von Bett zu Bett, schlief einen Tag bei Jerónimo und am nächsten bei Topal. Man gab ihm eine lange Unterhose, eine wurmstichige Zahnbürste (die früher Alejandro gehört hatte) und einen Topf für seine Fäkalien für den Fall, daß die Toilette besetzt sein sollte (Jerónimo hatte auf dem gemeinschaftlichen Klositz der Guzmanns seine schönsten Träume).

Mordeckay und Papa lebten nicht nach dem exakt gleichen Kalender, und als Mordeckay im Mittwinter verkündete, er müsse sein *Pão santo* backen (sein heiliges Brot), brauste Papa auf. »Cousin, das ist nicht die rechte Zeit für *Pascua*. Warte auf uns. Wir backen im Juli Brot.«

Primo Mordeckay widersetzte sich, und Papa mußte für die spröden Fladen *Pão santo* (Brotscheiben, die nicht aufgingen) auf seinen Ofen verzichten; das Brot lag bitter auf seiner Zunge und verursachte ihm Sodbrennen. Nichtsdestoweniger zwang er seine Söhne, Mordeckays Brot zu verdauen. Doch er wollte nicht zulassen, daß Mordeckay ihn mit dem Tag der Heiligen Esther schikanierte und weigerte sich, ihn zu begehen.

»Cousin, hier werden keine Frauen verehrt.«

»Moisés«, sagte der Cousin, und sein Gesicht lief schamrot an, »nicht einmal die Limios« – Christen reinsten Blutes – »würden Santa Esthers Tugenden in Zweifel ziehen. Ich kann nicht in deinem Hause bleiben.«

Und Papa, der einem Mann mit zwei Knöcheln die Nase zerquetschen konnte, entschloß sich, sanft mit Primo Mordeckay umzugehen. Er wollte nicht, daß dieser Cousin in den schwarzen Staub der Belisario Dominquez zurückkehrte, ohne Geschmack an der Bronx gefunden zu haben. Also hielt er am Tage Esther seine Pisse zurück, bis ihm das Blut gegen die Stirn hämmerte und er doppelt sah (die Guzmanns pflegten gewöhnlich einmal stündlich zu pinkeln, weil sie Unmengen von Soda tranken). Er verweigerte seinen Jungen Schweinefleisch und setzte ihnen auf Mordeckays Anweisung hin Spinat vor. So ehrte er seinen Cousin, den Primo, der langatmige Gebete an Adonai aufsagte und mit weiblichen Heiligen verkehrte (in Papas Augen eine entsetzliche Handlung).

Dafür respektierte Mordeckay *los Negocios de Moisés* (Papas Zeitvertreib). Er ließ sich in die Guzmannsche Maschinerie integrieren, eine Verschwörung von Kundenfängern, Geldeintreibern und Bankiers, die mit kleinen Scheinen zu tun hatten. Mordeckay bekam kein nordamerikanisches Papiergeld im Wert von mehr als *cinco Dolares* (fünf) zu Gesicht, solange er bei Papa war; *Chuetas* aus Bogotá, Lima und Palästina, geistig Zurückgebliebene, in Ungnade gefallene Polizisten und heimatlose *Portorriqueños* erledigten Papas Aufträge, ließen Silbermünzen fallen und hoben andere auf und spielten ein Spiel, bei dem man Wörter auf Klopapier kritzelte; Mordeckay kam nie wirklich hinter

die Spielregeln. Er war häufig mit einem von Papas Geldeintreibern zusammen, einem Cousin aus Palästina. (Die *Chuetas,* die ihr Leben in verschiedenen Stadien der Diaspora verbrachten, die nur in einer fremden Kultur frei atmen konnten, die ebenso sehr Moslems und Christen wie Juden waren, waren nicht bereit, die Souveränität eines weltlichen jüdischen Staates zu akzeptieren, der von ungewisser Dauer war, und daher mieden sie die Namensnennung des modernen Israels, da es sich bei ihrem »Israel« um eine Geistesverfassung handelte, einen verschwommenen Ort ohne feststehende Grenzen, einen Ort, den Santa Esther im Bett ihres persischen Königs ausgeheckt haben könnte.) Dieser *Palestino* war von Bogotá nach Tel Aviv gegangen, weil er sich kurze Zeit von der Unbill der Diaspora erholen wollte und neugierig auf eine Stadt war, die von Juden regiert wurde, doch er war aus *La Palestina* geflohen, um einem Chefrabbi zu entgehen, der ihn beschneiden lassen und in den Schoß der Synagoge zurückführen wollte. Die *Chuetas* betraten keine Synagoge; sie beteten zu Hause oder in einer ordentlichen Kirche.
Mordeckay hatte dem *Palestino* aus dem Leinenhandtuch eines Friseurs in der Boston Road einen Gebetsschal gemacht; um die Mittagszeit krochen die beiden unter den gestreiften Schal und kamen nicht vor sechs wieder heraus, nachdem sie Santa Esther gehuldigt hatten, Santa Teresa von Spanien, den Märtyrern der Christen und der Türken, die einst die Juden geliebt hatten, jedem einzelnen der Söhne Moisés' und der Engel Adonais. Neben seiner Heiligkeit war der *Palestino* ein Dieb. Über langsam schwindende Einkünfte hätte Papa vielleicht hinweggesehen, doch der *Palestino* (er hieß Raphael) raubte ihn mit beiden Händen aus. Ehe er sich für die Grabstelle des *Palestino* entschied, konsultierte Papa Mordeckay.
»Cousin, dieser Raphael nimmt mich aus. Wenn ich es ihm nicht heimzahle, werden andere sich an ihm ein Beispiel nehmen. Er muß fort, Mordeckay. Ich kann ihn in Queens bei den *Católicos* begraben, oder auf meiner Farm. Die Wahl triffst du. Mach dir keine Sorgen, ich stelle Kreuze auf seinen Grabstein.«
Mordeckay zitterte um den *Palestino,* und angesichts von Moisés' Barbarei traten blaue und rote Flecken auf seine Backen.
»Gib ihm einen Verweis, Moisés. Ich erbitte keine Gnade für einen Dieb – aber willst du das Blut deiner eigenen Familie töten?

Er ist dein Cousin, Moisés, da sei Gott vor.« Da er gegen Papas Hartnäckigkeit nichts auszurichten vermochte, wandte sich Mordeckay dem Gebet zu. Er bekreuzigte sich, kniete vor Moisés nieder und rief seine Lieblingsheilige an. »Königin Esther, greife ein. Beschütze deine Söhne, die *Chuetas*. Zeig meinem Cousin, welchen Schaden er anrichtet, wenn er einen der Deinen richtet.«

Die Parzen waren auf Papas Seite. Der *Palestino,* der die Gattinnen von Papas Schiebern verführt hatte, wurde von einem erzürnten Ehemann ermordet. Papa ließ die Leiche auf seine Kosten in ein puertoricanisches Beerdigungsinstitut bringen. Dann trommelte er Mordeckay und seine fünf Söhne zusammen.

»Kinder, die *Norteamericanos* werden uns verspotten, wenn wir nicht gleich etwas unternehmen. Moisés Guzmann läßt nicht zu, daß seine Arbeit von Hahnreien verrichtet wird. Wenn ich Raphael nicht lebendig eine reinhauen konnte, tue ich das, wenn er tot ist.«

Mordeckay murmelte etwas über den Unterschied zwischen heiliger und ungeheiligter Rache, doch er mußte mitgehen; sich der Familie, die ihn beherbergte, zu widersetzen, wäre ein Akt der Unverschämtheit gewesen. Jorges und Alejandros starke Schultern schleiften ihn jedenfalls zur Tür des Beerdigungsinstituts. Mordeckay setzte seine Ohrenschützer ab und nahm den Hut in die Hand. Die Guzmanns sahen überall nach; als sie die richtige Kapelle gefunden hatten, unterbrachen sie die Messe, die für Raphael gelesen wurde. Nur vereinzelte Menschen hielten sich in diesem speziellen Raum auf; hier und dort ein *Chueta,* die Frau des wütenden Ehemanns, der Küster und eine Art Priester in Soutane und Wollpullover. Papa näherte sich dem Sarg. Er hob den Kopf des *Palestino* (ein geschickter Bestatter hatte ihn geschminkt und eingewachst, damit Raphael ein schwaches Lächeln aufrechterhalten konnte), küßte ihm die Augen, beklagte mit zwei Klageschreien, die einem das Trommelfell zerspringen ließen, den Verlust eines Cousins und schlug ihn auf beide Wangen. Jorge, Alejandro, Topal, César und Jerónimo wiederholten dieselbe Prozedur und klagten ebenso laut wie Papa. Mordeckay weinte, als er an die Totenbahre trat; das Gesicht des *Palestino* hatte unter den vielen Schlägen seine Farbe verloren, und eine Wange war bereits nach unten gefallen. »Adonai, vergib mir,

daß ich einen deiner Engel schände. Ich gelobe, deine Gesetze zu erlernen; am nächsten Tage der Königin Esther werde ich länger und inbrünstiger beten.«
Er schlug zu.
Mordeckay zog seine Finger blau gepudert zurück; die Wange (die noch nicht eingefallene) schwabbelte unter seinem Hieb. Er rannte aus der Kapelle.
»Papa«, flüsterte Alejandro, »soll ich ihn nach Hause bringen?«
»Laß ihn in Ruhe«, knurrte Papa.
Als Papa und die Jungen in den Süßwarenladen zurückkehrten, trug Mordeckay sein Madrashemd. Er bat Papa, ihn von seinen Verpflichtungen zu befreien. Papa konnte einen Cousin nicht zwingen, zu bleiben; ein Mann sovieler Gebete war in der Boston Road fehl am Platz. Er küßte Mordeckay auf die Stirn. Mordeckay dankte den Jungen dafür, daß sie ihn in ihren Betten geduldet hatten, und mit Ohrenschützern in der Tasche bestieg er einen mexikanischen Frachter.

Zweiter Teil

9 Die Gelegenheitsgäste, die nur einmal wöchentlich in Schillers Ping-Pong-Club kamen, amüsierten sich über den Bullen, der beim Spielen sein Abzeichen und seine Waffe trug. Sie genossen den Anblick eines Halfters auf blauen Shorts. Sie schlossen Wetten miteinander ab, auf Ehre, nicht um Geld, daß der Bulle in dieser Montur keine Schmetterbälle schlagen konnte. Schiller mißbilligte diese Wetten. Er wollte nicht, daß sein Club zu einem Zirkus entartete. Daher hielt er die Gäste, die nur gelegentlich kamen, von Coen fern. Doch er war nicht scheinheilig. Selbst Schiller konnte nicht leugnen, daß Coens Uniform aus dem Rahmen fiel: das gelbe Stirnband, die Handgelenkschützer, die Dienstwaffe, das blaue Hemd und die Shorts, die goldene Medaille und die marokkanischen Stoffschuhe verliehen Coen die Aura eines Mannes mit vorzüglichem Konzentrationsvermögen, die Aura eines Tischtennis-Freaks.
Chino hatte Coen die Waffe aufgezwungen. Solange der Chinese frei herumlief, Taxis plünderte, Coens Namen im Second Detective District mißbrauchte und ihn später mit einer roten Perücke verfolgte, konnte er es sich nicht leisten, seine Waffe bei Schiller abzulegen. Erst hatte Schiller selbst oder Knoblauch-Arnold den Halfter gehalten, und Coen hatte an dem Tischende gespielt, von dem aus er alle Ausgänge im Auge hatte; doch es verdroß ihn, Schiller und Arnold zu seinen Wachhunden zu machen. Warum sollte er es ihnen aufhalsen, dem Chinesen die Waffe unter die Nase zu halten? Also legte Coen den Halfter an. Und da er in Turnhosen selbstbewußt auftrat und sichergehen wollte, daß ihn kein Neuling für einen Gangster von der Columbus Avenue hielt, trug er außerdem das Abzeichen. Schiller schien in dieser Sache zwei widerstreitende Ansichten zu vertreten. Zwar haßte er einerseits die Vorstellung von Schießeisen in seinem Club (er war ein pazifistischer, vegetarischer, österreichischer Jude), doch andererseits fühlte er sich wesentlich sicherer, wenn Coen da war. Keiner der Flegel vom Broadway würde es wagen, zu ihm zu kommen und seine Bänke, seine Tische und seine Kaffeekanne zu zerschlagen.

Nach der Rückkehr aus Mexiko machte sich Coen keine Sorgen mehr wegen Chino Reyes, doch er vergaß, seine Uniform zu ändern. Er hatte sich an die Waffe gewöhnt und brauchte für seine besten Schläge das Gewicht auf seiner Hüfte. Immer wenn er einen Ball, der leicht zu kriegen war, nicht erwischte oder wenn er nicht schnell genug zur Vorhand überwechselte, rieb er die Medaille. Er spielte wieder regelmäßig, sechsmal wöchentlich. Er hatte sich selbst Urlaub auferlegt. Das Mädchen lieferte er nicht bei Child, sondern bei Pimloes Chauffeur ab (Isaac hatte ihm vor Jahren beigebracht, wie man dem Ego seiner Vorgesetzten schmeichelt), doch Coen hatte sich noch nicht bei seiner Abteilung zurückgemeldet. Er hatte es satt, sich in der Gegend rumzutreiben. Daher wusch er sporadisch sein Stirnband und spielte mit seinem Mark V bei Schiller.

Mit zehn, elf und zwölf Jahren hatte Coen in Loch Sheldrake mit den Guzmanns Tischtennis gespielt. Dort, auf dem Land, war er der Champion gewesen und hatte Bauern, Brotlieferanten, Männer aus der Bungalowkolonie, Jorge, César und Jerónimo mit einem geliehenen Sandpapierschläger oder Césars schickerem Noppenschläger geschlagen. Niemand wurde mit seinen Ballangaben und seinen linkischen, jedoch tödlich angeschnittenen Bällen fertig. Als im Freien geübter Spieler konnte er den Ball so mit dem Wind schlagen, daß er auf der anderen Seite des Netzes liegenblieb. Die Guzmanns fletschten die Zähne und schworen, Manfred treibe es mit dem Wind. Jerónimo spielte nur an sonnigeren Tagen mit ihm. César lernte, an Coen zu verdienen. Er verhöhnte die Bauern und Hausbesitzer und forderte sie hämisch dazu heraus, für fünf bis zwölf Cents, je nach ihren Fähigkeiten und Coens Laune, gegen Coen anzutreten. Kurz vor Coens dreizehntem Geburtstag hörte sein Vater auf, Sheb, seine Mutter und ihn ins Sommerhaus der Guzmanns zu schicken. Er vergaß das Tischtennis und konzentrierte sich auf eine Mappe für die Kunstschule; er fertigte Kohleskizzen von Jerónimo und auch von den Eiern seines Vaters an. Im darauffolgenden Sommer kümmerte er sich mit Sheb um den Laden und dachte an die Vogelscheuche von Loch Sheldrake. Als César vom Land nach Hause kam, war er seit acht Wochen in der Schule für Musik und Bildende Künste. Den Guzmanns in einem halben Jahr entfremdet (Papa nahm César im Mai aus der Schule und brachte ihn erst im Oktober wieder zurück), spazierte Coen in einem Hemd mit seinen Schulfarben durch die Boston Road und hielt sich Papas Laden fern.

Als ihn seine Frau verlassen hatte, um den Zahnarzt zu heiraten, war Coen zu Schiller gekommen. Mit seinem dunklen, spießigen Mantel und den Hochwasserhosen war Coen eindeutig ein Bulle. Doch Schiller schloß ihn ins Herz. Er respektierte die Primitivität von Coens Bedürfnissen. Ob goldenes Abzeichen oder nicht, zu einem Tischtennisclub fühlte sich nur ein einsamer Mann hingezogen. Schiller hatte eine Theorie aufgestellt. Ping-Pong war ein »heimisches« Spiel. Es holte Zartheit und andere Tugenden hervor. So drückte er Coen einen Schläger in die Hand, Schwamm und Weichgummi, seinen besten, einen Mark V. Und Coen spielte. Mit Schiller persönlich. Einen solchen Schläger hatte er noch nie in der Hand gehabt. Der Ball sank in das weiche Polster ein und hüpfte in die verrücktesten Richtungen davon. Er hörte weder den vertrauten dumpfen Aufschlag am Hartgummi, noch das schrillere Geräusch des Sandpapiers. Der Ball schien zu stöhnen und wie Mus zu quatschen. Doch schon bald konnte er nicht mehr ohne dieses Geräusch leben. Wenn er ohne die Vorteile des Windes und der Sonne in den Augen drinnen spielte, mußte er seine alten Angewohnheiten ändern und lernen, sich mit dem Schläger zu mäßigen. Schiller konnte ihn mit tiefen, sachten Schlägen austricksen, die Coen nicht über das Netz bekam. Schiller war nicht bereit, ihn zu verhätscheln. Eine Woche lang sah Coen finster drein. Dann beobachtete er die Flugbahn des Balles. Seine Ausfälle waren nicht ihm, sondern Schiller von Nutzen. Wenn es ihm gelang, den Schläger unter den Ball zu bringen, ohne sein Handgelenk zu verdrehen, konnte er das Drehmoment von Schillers Bällen ablenken und den Ball hoch über das Netz schlagen. Er entwickelte neue Techniken, schnitt an, zielte auf Ecken und ließ den armen Schiller springen. »Emmanuel, warum hat es keine solchen Schläger gegeben, als ich klein war?« sagte Coen, als er den Schläger hinlegte und zum Handtuch griff. »Es war nicht fair, daß ich mit einem Sandpapierschläger spielen mußte. Mit einem Mark V wäre ich phänomenal gewesen, ein Spitzenspieler.«

»Bestimmt«, sagte Schiller und mäßigte Coens Euphorie. »Damals gab es in den Vereinigten Staaten noch keine weichen Schläger. Das haben wir von den Japanern übernommen. Wir haben sie die Atombombe schmecken lassen, und sie haben uns den Sandwich-Schläger gebracht. Was von beidem die ärgere Waffe ist, kann ich nicht sagen.«

Weil der erschöpfte und leicht gereizte Schiller sich nur ungern so schnell von einem Schüler einholen ließ, wechselte Coen zu einer anderen Gruppe von Stammgästen, zu jenen Ping-Pong-Freaks, die mit Hartgummi aufgewachsen waren und nur widerwillig zu den Sandwich-Schlägern konvertiert waren. Coen brachte sie mit seinen auf verschiedenste Weise angeschnittenen Bällen in Verlegenheit. Seine Stärke lag in der Mittelklasse; er gewann und verlor, diskutierte die Eigenschaften der verschiedenen Schläger und Holzgriffe. Doch die Superfreaks, die beim Anblick eines Splitters den Schläger wechselten, die nur Bälle vom chinesischen Festland benutzten und auf leeren Tischen bestimmte Arten von Schlägen übten, lebten in einer anderen Hemisphäre als Coen. Sie konnten den Ball so anschneiden, daß er in Form zweier Kamelhöcker über den Tisch hüpfte und einem in die Faust fiel oder vom Schläger abprallte. An diesen Superfreaks verdiente Schiller, aber er war nicht gern in ihrer Gesellschaft. Sie waren zu überheblich und entrückt, schwächeren Spielern gegenüber herablassend und neidisch auf die Schläge Gleichwertiger. Schiller stellte ihnen die beiden vordersten Tische zur Verfügung und sorgte dafür, daß sie seiner Kaffeekanne nicht zu nah kamen. Sie waren freundlicher zu Coen als zu den anderen, weil er sein Dienstabzeichen trug, doch keiner brachte ihm etwas bei. Und jedesmal, wenn sie zu dritt oder zu viert zusammenstanden, kicherten sie insgeheim über seine Aufmachung und fragten sich, wie es mit der Polizei bestellt sein mochte, wenn es dort Coens geben konnte.

Er spielte jetzt so häufig und mit solcher Konzentration, daß er den Schläger an der Tischkante abschabte; gleich am Griff bröckelten Gummistückchen ab. Coen behandelte die kahlen Stellen mit rotem Nagellack, um weiteren Wunden vorzubeugen, doch bald würde er die Gummiauflage abschälen und den Schläger neu beziehen müssen. Die Empfindsamkeit des Schlägers stieß ihn ab, seine totale Kurzlebigkeit, und das sagte er zu Schiller. »Dann spiel mit Genoppten«, sagte Schiller, und Coen verstummte.

Er sah Vander Child in einer Leinenhose und Turnschuhen mit einer Einkaufstüte unter dem Arm auf sich zukommen. »Buenos días«, sagte Child, um auf Coens mexikanische Erfahrungen anzuspielen. Schiller hatte von Anfang an etwas gegen ihn; nur ein Mann ohne Grundsätze kam mit weißen Hosen in einen Tischtennisclub. Er verzog sich in sein Kämmerchen hinter den Tischen, um Spargelauflauf zu kochen. Schillers kühle Ablehnung ernüchterte Child. »Es tut mir leid. Sie haben nicht bei mir vorbeigeschaut. Ich wollte mich bei Ihnen bedanken – und da habe ich mir gedacht, wir könnten ein kleines Match hinlegen. Einverstanden? Ich will nicht als Eindringling erscheinen. Soll ich gehen?«

»Spielen wir«, sagte Coen, und Child wickelte seinen Butterfly aus.

»Ich habe ein Internat in Vermont für Caroline gefunden. Dort hat sie wenig Auslauf. Sie kann den Mädchen großartige Geschichten erzählen. Ich bezweifle, daß sich auch nur eines der anderen Mädchen jemals häuslich in Mexiko City niedergelassen hat. Ich bin Ihnen dankbar, Manfred. Ohne Sie wäre Pimloe noch keinen Schritt weiter.«

»Da bin ich mir nicht so sicher«, sagte Coen und machte eine hohe Angabe, die Child so sehr überraschte, daß seine Fußspitzen in die dem Ball entgegengesetzte Richtung zeigten. Er gratulierte Coen.

»Sie sind trickreicher geworden, seit wir in meiner Bude gespielt haben.«

»Das bin nicht ich«, sagte Coen. »Es ist der Schläger.« Er ließ eine Angabe in die andere Ecke folgen. Child machte eine tapsige Bewegung, hielt den Butterfly wie eine Kralle in der Hand, und der Ball traf auf seine Knöchel. Coen gefiel Childs Unbeholfenheit nicht. Er wußte, wieviel ihm seine Angaben einbringen konnten. Sie hätten Child nicht derartige Schwierigkeiten bereiten dürfen. Beim nächsten Mal ging er ohne jeden Trick vor. Wieder traf der Ball Childs Knöchel. Er machte zwei weitere Angaben, die Child nicht erwischte, und verlor jegliches Interesse an ihm.

»Einen Mann, der mir einen Gefallen getan hat, vergesse ich nicht. Ich habe Pimloe ganz genau gesagt, was ich empfinde. ›Sie halten zu wenig von diesem Mann, Pimloe. Er gehört höher nach oben.‹ Manfred, allzu weit kann Ihre Pensionierung nicht ausstehen. Wenn diese Schurken Sie schlecht behandeln, können Sie jederzeit zu mir kommen.«

»Spielen Sie weiter, Mr. Child.«

Zwischen den Angaben warb Child um Coen. »Bei einem Mann mit Ihrer Umsicht wäre ich nicht geizig. Sie könnten Caroline vor Schlaglöchern beschützen, sie dem Morast fernhalten. Hören Sie mir eigentlich zu, Manfred?«

»Sie sind mir nichts schuldig, Mr. Child. César Guzmann sind Sie etwas schuldig. Er hat Ihre Tochter gefunden, er und ein Taxiräuber, Chino Reyes. Ich war nur zufällig dabei.«

»Pah«, sagte Child. »Mit diesen Blindgängern wäre Carrie nicht nach Hause gegangen. Dazu waren Sie nötig.«

»Sie war nicht gerade begierig darauf, mitzukommen. Der Chinese hat sie beschwatzt. Was ist zwischen Ihnen und Guzmann, Mr. Child? Ich stehe nicht darauf, daß man mich anschmiert. Sie haben geschworen, noch nie von César gehört zu haben.«

»Geschäftsethik, Manfred. Sonst nichts. Ich erwähne ungern einen Rivalen. Erst recht nicht, wenn er ein solches Ekel ist. Außerdem ist dadurch niemandem Schaden entstanden. Carrie ist wieder da, und Sie haben bei Inspektor Pimloe einen Stein im Brett. Er ist Ihr Rabbi. Ist das nicht die übliche Bezeichnung bei der Polizei? Für jemanden, der einem unter die Arme greift.«

»Mein Rabbi ist fort«, sagte Coen. »Er lungert in der Bronx rum.«

Als Coen sich nicht einwickeln ließ, spielte Child auf das Abzeichen und die Waffe an. »In voller Rüstung heute, was Manfred?« Coen weigerte sich immer noch, für Child eine Show abzuziehen.

»Macht der Gewohnheit«, sagte er. »Ohne Halfter kann ich nicht mal mehr pissen.«

Ein derart sturer Bulle war Child unzugänglich. Jetzt wollte er Coen mit seinem Butterfly schlagen, ihm im Tischtennis eins auswischen, ihn von einer Ecke in die andere hopsen lassen, ihn für seine Unversöhnlichkeit strafen, dafür, daß er seine Chance bei Vander Child verpaßt hatte, doch Coen bemühte sich nicht mehr, und Child konnte nicht gegen einen Scheintoten spielen. Daher bewegte sich der Ball in dumpfem Flug ohne jede Abwechslung zwischen ihnen hin und her. Hartnäckig verbargen sie ihren Unwillen hinter einer Serie von hübscheren und immer hübscheren Bällen. Sie drehten sich aus der Hüfte, warfen ihre Schultern in einem perfekten Bogen vor und schmollten höflich, ohne die Fluglinie des Balles zu verändern. Arnold glaubte, er habe es mit zwei *Maniacos* zu tun. Er wollte Coens Match nicht unterbrechen, aber sein Gesicht wurde kreidebleich, während er den Ball beobachtete, aber der First Deputy verlangte nach Coen. Er bewegte einen Finger vor Coens Augen. Er stellte pantomimisch die neandertalerartige Haltung des Chauffeurs dar. Er spuckte sich in die Hände. Coen achtete nicht auf ihn. Arnold murmelte: »Der spinnt.« Der *Maniaco* würde auf den Ball einschlagen, bis Schiller die Tischtennisplatte abbaute. Arnold war verstimmt. Er wartete Coens nächsten Schlag ab, sprang vor und flüsterte ihm zu: »Brodsky erwartet dich.«

Der Ball überquerte noch zweimal das Netz, ehe Coen sagte: »Scheißdreck.«

»Er steht draußen, Manfred.«

Coen vertraute Arnold seinen Schläger an, entschuldigte sich höflich bei Child und passierte auf dem Weg ins Freie Schillers Kämmerchen. Der Chauffeur verfluchte ihn und ärgerte sich über seine Aufmachung. »Wenn du dich schon in einer Höhle vergräbst, kannst du dann nicht wenigstens anrufen? Pimloe sucht dich. Komm schon.«

Coen hatte mit Pimloes Verlies im Präsidium gerechnet, doch Brodsky brachte ihn zu einem Supermarkt in Washington Heights. Pimloes Mundpartie wurde angespannt, als er Coen sah. Er stand mit einem Einkaufswagen in einem dunklen Gang. »Deinetwegen wird man uns alle verhaften«, fauchte er Coen an. Dann wandte er sich an Brodsky. »Hättest du ihn nicht anständiger hier abliefern können? Leih ihm um Gottes willen deinen Mantel.« Coen belächelte die Lebensmittel in Pimloes Einkaufswagen; riesengroße Packungen Mehl, verschiedene Sorten Zahnpasta, Grapefruitsäcke, die so hoch aufgetürmt waren, daß er nicht mehr zu sehen war. Die Arbeit mit Isaac hatte seine Harvard-Erziehung verkrüppelt, und er konnte nicht mehr ohne Isaacs Manierismen und Unflätigkeiten reden. »Coen, jetzt ist Schluß mit den Miezen. Zeig dich kooperativ, sonst kannst du in der Bushwick Avenue Niggeraugen anschauen.«

»Damit tätest du mir einen Gefallen. Die Second Division kann

meine Fresse nicht ausstehen. Die halten mich für deinen Privatspitzel.«
»Kümmer dich um meinen Laden, Coen. Dann brauchst du keine Morde mehr mit diesen Saftsäcken zu lösen.«
»Wen soll ich für dich drankriegen, Herbert?«
»Niemanden. Ich will nur, daß du César und sämtlichen anderen Guzmanns auf der Pelle bleibst.«
»Brodsky«, sagte Coen, »sag ihm, daß er komisch ist.«
»Er weiß, daß du mit der Sippe aufgewachsen bist, Manfred. Er erwartet nicht von dir, daß du sie ans Messer lieferst, sondern nur, daß du dich eine Weile bei ihnen rumtreibst.«
»Ich nehme an, César wird mich küssen und mir eine Liste der Bordellkette, die er zu eröffnen beabsichtigt, in die Hand drükken. Vielleicht kann ich dir Nutten und Spieler aufs Revier schleppen.«
»Um Bordelle geht es nicht«, sagte Pimloe. »Da muß etwas ganz anderes laufen. Außerdem stehst du nicht in ihrer Schuld.«
»Wie kannst du dir da so sicher sein, Herbert?«
»Sie haben deine Mutter und deinen Vater umgebracht.«
Die Löcher zwischen den Grapefruitsäcken blitzten grün vor Coen Augen auf. Davon abgesehen war er ruhig. Die Aufschrift der Mehlpackungen blieb deutlich lesbar. Pimloe blieb hinter dem Einkaufswagen stehen. Vor seinem Aufstieg in einen führenden Posten hatte er Coens Nutzen für die Polizei hinterfragt, die Brauchbarkeit dieses schönen Jungen mit den zarten Wangen, der als Frau ebenso leicht durchging wie als Mann und doch kalt und dickschädlig war und jede Art von Vorschriften mißachtete. Er wandte sich ab und überließ Coen dem Chauffeur.
»Der Inspektor hat recht, Manfred. Die Supermärkte haben den kleinen Läden den Todesstoß versetzt. Dein Vater hat von den Guzmanns Kredit angenommen, um zu überleben, und als du zum Militär gegangen bist und die Uniform angezogen hast, um Papas Bronx vor den Roten zu verteidigen, hat Guzmann deinen Vater in die Zange genommen; er hat unsinnige Forderungen gestellt, sein Geld auf einen Schlag zurückhaben wollen, und ehe er seinen Laden verloren hätte, hat dein Papi den Gasherd angestellt.«
Coen stieß die Mehlpakete vor Pimloes Kopf um. »Wer hat dir das erzählt?«

Pimloe versuchte, den Wagen in einen anderen Gang zu schieben, doch Coen verstellte ihm mit einem Fuß den Weg. »Wer hat dir das erzählt?«

Der Chauffeur antwortete: »Isaac.«

Pimloe biß die Zähne zusammen. »Ich schwöre es dir, es war Isaac.« Er fürchtete um sein Leben. Nackte Knie und ein blaues Unterhemd mochten in einem Supermarkt albern wirken, doch Coen war der Bewaffnete.

»Manfred«, sagte der Chauffeur. »Wir wissen es seit Jahren. Das mit deinem Vater und den Guzmanns.«

Über Coens Beine lief eine Gänsehaut. Die Kaltluft fraß sich durch seine Wollsocken. Er mußte leise reden. »Brodsky, bring mich zu Schiller.«

Brodsky sah Pimloe fragend an.

»Bring ihn hin«, sagte Pimloe. »Hol mich anschließend ab.« Coen war so betäubt, daß Pimloe sich eine gewisse Gutmütigkeit leisten konnte. Er stellte die Mehlpakete hochkant und polierte seine Pläne mit Coen auf. »Denk daran, Coen, denk daran, bleib César auf den Fersen.« Hinter dem Wagen in Sicherheit konnte er wieder schreien. »Bestätige es ihm, Brodsky. Mach ihm klar, daß ich nicht sein Feind bin. Sag ihm, daß es uns um das gleiche geht. Guzmann in Dosen.«

Brodsky brachte ihn zum Wagen. Coen rieb sich die fröstelnden Knöchel. Er zog die Handgelenkschützer und das Stirnband aus und stopfte sie in die Tasche. Brodsky war nicht sicher, auf wen die Revanche niedergehen würde. Er spannte Schultern und Nacken an.

»Manfred, ich weiß, daß es beschissen ist, dir das jetzt zu erzählen, aber der Inspektor braucht solche Hebelwirkung. Er ist nicht so charmant wie Isaac. Manfred, es war meine Idee, dir die Geschichte auf die Nase zu binden. Vergiß die Huren. César leitet ein Heiratsbüro, einen Club der Einsamen Herzen für den mexikanischen Mittelstand. Er liefert alles, was man will. Verpackt und mit Rücknahmegarantie. Wenn sie dir nicht gefällt, tauscht er die Braut anstandslos um. Wie er sie rüberschmuggelt, interessiert keinen Menschen. Was ich wissen will, ist, wo er das Rohmaterial aufgabelt. Er hat sich auf junges Kroppzeug spezialisiert.«

»Am Busbahnhof«, sagte Coen freiwillig.

»Was?«

Er machte den Mund nicht mehr auf, bis ihn der Chauffeur vor Schillers Kellertreppe absetzte. »Pimloe strengt sich an der falschen Ecke an. Isaac hätte einen Club der Einsamen Herzen in einer Woche hochgehen lassen. Sie schnappen sich streunende Mädchen vor dem Busbahnhof. Ausreißerinnen. Dort machen sie die Hauptausbeute. Jetzt sagst du mir, was in Pimloes Kopf vorgeht. Warum will er Jerónimo etwas anhaben?«

Der Chauffeur zuckte die Achseln. »Wer ist Jéronimo?«

Coen lief neben dem Wagen her und trat gegen die Schutzbleche des Wagens des First Deputy.

»Manfred, bitte, hör auf – ich kann dir nichts über Jerónimo sagen.«

Die Obstverkäufer an der Columbus mochten Coen. Sie winkten ihm zu, während er auf den Wagen eintrat.

»Manfred, ich habe in meinem ganzen Leben noch nicht mit Jerónimo geredet. Frag Pimloe selbst. Pimloe lügt dir nichts vor.«

Er ging zu Schiller. Arnold war noch mit Vander Child an Coens Tisch. Sie sahen die bleichen Flecken auf seinen Wangen, seine geschwollenen blauen Ringe unter den Augen. »Was fehlt dir, Manfred?« Mit Arnold alleine gefiel Child Coens Unterschlupf viel besser. Er äußerte kein abfälliges Wort über den Lumpen, den sich Arnold um den Fuß geknotet hatte. (Arnold war nicht bereit, sich der unwürdigen Behandlung zu unterziehen, die ihn beim Anpassen eines neuen orthopädischen Schuhs erwartete; er wollte warten, bis Coen seinen alten Schuh von Chino Reyes zurückerobert hatte.) Child verwirrte die Hingabe, die Coen dem Hinkenden entlocken konnte. »Was fehlt dir, Manfred?«

»Ich bin müde, Arnold. Ich ruhe mich in Schillers Zimmer aus.«

Child packte seinen Butterfly ein. »Manfred, ich hatte gehofft, wir könnten alle Unklarheiten beseitigen – anständig spielen – nicht so tun als ob, keine Täuschungsmanöver – ohne diesen César.«

»Später, Mr. Child. Vielleicht später.«

Er packte seine Einkaufstüte und verließ in seiner weißen Hose den Raum. Schiller verabschiedete ihn nicht. Arnold holte Coen ein Kissen.

Als sich Coen, am Boden zerstört, in seiner Turnhose in Schillers winziges Kämmerchen zurückgezogen hatte, ging Arnold nach oben in sein Zimmer. Schillers Treppe machte ihm Schwierigkeiten, weil er beide Hände brauchte, um sich am Geländer festzuklammern; er hüpfte mit dem schlimmen Fuß in der Luft. Die Lumpen wickelten sich ab, und Arnold mußte sich aus Zeitungspapier und Schnur aus Schillers Keller einen neuen provisorischen Schuh basteln. Mit dieser neuen Konstruktion hoppelte er in den zweiten Stock des Hotels, und die verlausten Hunde und Babys, die sich in den Gängen zusammengerottet hatten, bewunderten seinen Papierstiefel. Arnolds Mitbewohner wußten, daß er eine gemeine Petze war, Coens Spitzel; aufgrund seiner Handschellen und der abgelaufenen Detektivlizenz (Coens) genoß er dennoch gewisse Privilegien.

Arnold war der unbezahlte Sheriff des Hotels. Er patrouillierte auf den Gängen, hielt Dealer fern, garantierte die Sicherheit der Prostituierten innerhalb und außerhalb ihrer Zimmer, besorgte pensionierten älteren Herren, die der Gier ihrer jüngeren Mitbewohner ausgesetzt waren, gestohlene Essensmarken und Schecks vom Fürsorgeamt wieder. Seine einzige Macht bestand in der Sichtbarkeit seiner Handschellen. Jeder einzelne der jüngeren Gauner hätte ihm die Füße brechen können, den heilen und den kaputten, doch jedem war bewußt, wie Arnold an die Handschellen gekommen war, und mit Coen wollte sich niemand anlegen. Sie hatten von der »Isaac-Maschinerie« in der Abteilung des First Deputy gehört, Männer mit blaueren Augen als Coen, die einem mit dem Daumen die Nase zerquetschen und mit einer Dienstwaffe Kerben ins Ohr schießen konnten. Dennoch behinderte der Verlust seines Schuhs Arnold bei der Arbeit.

Er besuchte die Säufer, die sich mit ihrer kalorienarmen Limo auf den Treppenabsätzen versammelten, und brachte sie durch Drohungen dazu, die leeren Flaschen von den Treppen zu entfernen.

»Amigos, mit dem Glas verkrüppelt ihr die Hunde. Ihr könnt Jesus danken, daß noch kein Kind an euren Glassplittern erstickt ist.«

Der älteste Alkoholiker, Piss, ein früherer Varietékünstler mit tiefen Furchen im Schädel von all den Kopfständen, die er auf der Bühne vorgeführt hatte, antwortete. »Spanier, wir brauchen keinen Rat von einem Mann, der sich seinen Schuh vom Fuß stehlen läßt.« Er hetzte seine Saufkumpane auf; sie umringten Arnold und drängten ihn gegen die Wand. »Wie wär's mit ein bißchen Schutzgeld, Spanier. Wenn du nicht gleich zahlst, fliegst du mit dem Kopf nach vorn die Treppe runter.«

Arnold zitterte nicht; die Säufer hatte er schon öfter ausgetrickst. Er hatte sich mit ihren Eigenarten befassen müssen, da er andernfalls nicht als Sheriff überlebt hätte.

»Piss, ich kehre als Toter zurück und klettere dir auf die Schultern. Ich sauge dir das Blut aus dem Nacken. Ich mache deine Augäpfel weiß.«

Piss entließ die anderen aus ihren Verpflichtungen ihm gegenüber; von einem Totengeist wollte er kein Geld annehmen.

Arnold ging zu Betty, der Nutte, die neben ihm wohnte. Sie kaufte normalerweise für ihn auf ihren Sozialamtsformularen ein und gab ihn als Ehemann aus; ohne den Anschein einer Familie zu erwecken, hätte sie keine Essensmarken bekommen.

»Arnold, heute morgen gab es besonders schöne braune Eier. Ich hab uns drei Dutzend gekauft.«

»Du weißt doch, daß ich einen Ausschlag kriege, wenn ich mehr als ein Ei in der Woche esse, Betty.«

»Das macht nichts, Liebling. Die Eier halten sich.«

Arnold brachte Rebecca und George seinen Anteil der Eier. Das alte Paar mußte in zwei gegenüberliegenden Zimmern wohnen, da in den Hotelvorschriften festgelegt war, daß jedes Zimmer nur von einer Person bewohnt werden durfte. George hätte diese Vorschrift umgehen können, wenn er genügend Bargeld besessen hätte, um den Wachposten zu bestechen. Babys waren hier ebenfalls »illegal«, doch das Hotel war voll mit unverheirateten Müttern, von denen jede einzelne Alfred (dem Wachposten) einen Dollar wöchentlich zahlte und sich somit das Recht auf ihr Kind erwarb. Derselbe Preis galt auch für Hunde, doch wenn ein Hund nach seiner Hand schnappte, ihn ankläffte oder unter seinen Stuhl schiß, strich Alfred diese Privilegien.

Um Alfred zu ärgern, hatte Knoblauch-Arnold ein Sofa für Rebecca und George in den Flur gestellt. Das Paar verbrachte die meiste Zeit auf dieser Couch und verließ sie nur, um ein Ei zu kochen oder der Hausordnung zu folgen, die den Bewohnern vorschrieb, sich ab Mitternacht in ihren eigenen Räumen aufzu-

halten. Sie dankten Arnold für die Eier. Er konnte nicht mit ihnen plaudern, da er noch etliche Aufgaben zu erledigen hatte.
Er ging an der Gruppe von Schauspielern ohne festes Engagement vorbei (Männer, die seit fünfzehn Jahren arbeitslos waren); sie spielten mit den abgebrannten Streichhölzern und einzelnen Knöpfen, von denen Arnold ihnen so viele wie irgend möglich beschaffte, Monopoly. Heute hatte er keine Knöpfe. »Ihr müßt warten, Amigos. Schiller vom Keller unten hat mir einen frischen Schub versprochen. Adios.« Er unterschrieb Geldempfangsbescheinigungen für Cookie, den Blinden in Nummer 305. Er fütterte Miß Watsons Baby, Delilah, ein zweijähriges Mädchen. Den Puppenmacher hob er sich für den Schluß auf.
Ernesto hatte Puppenspiele für die Söhne und Töchter eines Zuckerrohrmagnaten in Santiago de Cuba aufgeführt. In den Vereinigten Staaten konnte er keine Arbeit finden. Die *Norteamericanos* brachten Ernestos Puppen keine Liebe entgegen; es waren Geschöpfe mit riesigen Händen und einem Schielen in ihren knolligen Gesichtern; manche hatten auch Schwänze. Der *Cubano* gab seinen Puppen keine Namen. Wenn sie eine festumrissene Persönlichkeit annahmen, konnte er ihre Kostüme nicht mehr ändern. Er besaß ein Sortiment an Lippenstiften und Rouge, das er den Puppen ins Gesicht schmierte und wieder abwischte. Arnold bedauerte Ernestos Erwerbslosigkeit; der *Cubano* hatte keine Freunde unter seinen Mitbewohnern. Er spuckte die Hunde an, weil er glaubte, sie hätten sich verschworen, seine Puppen anzunagen. Das Geschwätz der Prostituierten, der Alkoholiker und der unverheirateten Mütter interessierte ihn nicht. Gelegentlich streifte er durch die Gegend und kam mit Teer am Ärmel oder mit Schlamm an den Schuhen zurück. Von den Kindern des Zuckerrohrfabrikanten hatte der *Cubano* englische Brocken aufgeschnappt, doch im Hotel sprach er diese Sprache nicht. Puertoricaner konnte er nicht ausstehen. Am Anfang machte er Arnold das Leben schwer. Aber der Spanier sah über die Reizbarkeit des *Cubano* hinweg. Er brachte Ernesto Drops und spanische Comics; hauptsächlich kam er, um die Puppen zu besuchen.
Ernestos Art, einen Knöchel darzustellen, bereitete ihm Vergnügen; Arnold empfand diese Gelenke als erschreckend echt. Es machte wenig Sinn, sich zu ausführlich mit dem Gesicht einer

Puppe zu befassen. Bei seinem nächsten Besuch konnte das Gesicht verschwunden sein und Arnold erst im Schlaf wiedererscheinen. Er pickte sich losgelöste Züge heraus, Rouge auf einer flachen Nase, Nähte über einem Auge, und wandte sich dann einer neuen Puppe zu. Arnold hätte schwören können, daß er als kleiner Junge identische Puppen gesehen hatte, bei Hexenbeschwörungen außerhalb von San Juan. Er blieb fünf Minuten bei Ernesto, länger nicht.

Im Gang sprach ihn einer der Sicherheitsleute an. Er hielt seinen Knüppel hoch und wollte Arnold nicht an seinem Stuhl vorbeigehen lassen. Er saß mit einem Schirm über den Augen unter einer Glühbirne.

»Du bist mir was schuldig, Bruder. Du hast auf allen Stockwerken einkassiert. Der Blinde gibt dir einen Vierteldollar dafür, daß du seine Unterschrift nachmachst. Wieviel sackst du dafür ein, daß du Betty Kundschaft bringst?«

»Schau nochmal hin, Alfred. Du verwechselst mich mit einem deiner Kunden, die dir einen Dollar wöchentlich zahlen. Ich verstecke keine Babys in meiner Hose.«

Arnold wäre gröber geworden, aber er besaß keinen Mietvertrag, und Alfred hatte Direktkontakt zu den Besitzern des Hotels.

»Du machst mir Konkurrenz, Arnold. Hier ist kein Platz für zwei Sheriffs. Paß auf der Treppe auf, verstanden? Wenn dir jemand einen Stock in den Arsch steckt und dich nach China schickt, müßte ich einen Bericht schreiben.«

»Ich danke dir für deine rührende Besorgtheit, Alfred. Morgen kommt ein Mann des First Deputy, um Nachforschungen darüber anzustellen, welches Schwein den mit Methylalkohol versetzten Fusel verkauft.«

Alfred rutschte tiefer, sein Rumpf sackte an der Stuhllehne herunter; der Knüppel hing schlaff in seiner Hand.

»Ich habe einen Dienstausweis in der Tasche. Ich brauche mich vor dem besten Bullen nicht zu fürchten.«

Arnold nutzte den günstigen Augenblick, um über den Knüppel zu hüpfen, ehe ihm ein Bein gestellt werden konnte. Alfred stürzte sich auf die Handschellen. Arnold erreichte sein Zimmer. Das Zeitungspapier auf seinem Fuß war zerfetzt. Er holte noch mehr Socken aus seinem Kleiderschrank (Geschenke von Betty) und bastelte sich einen weiteren provisorischen Schuh.

10 Er konnte in Schillers Hinterzimmer nicht einschlafen. Es lag nicht an dem Spargelgeruch, daß er wachblieb. Coen hatte schon bei ganz anderen Back- und Bratgerüchen geschnarcht. Arnold hatte ihm einmal gezeigt, wie man einen Feind exorziert, indem man an die Wand spuckt, bis man kaum noch Luft bekommt und einem das Gesicht dunkel anläuft, und Coen hätte es mit etwas Derartigem probieren können, doch er hatte heute keine Mordgelüste. Seine Gedanken drehten sich nicht um die Guzmanns. Er dachte an Onkel Sheb und stellte sich die Frage, die ihn jetzt schon seit dreizehn Jahren quälte. Wie kam es, daß Shebby am Leben geblieben war? Coen verstand die beschränkte Logik seines Vaters. Er war kein nachlässiger Bruder. Ganz gleich, wie wahnsinnig er gewesen sein mochte, ganz gleich, wie viele Guzmanns ihn gepeinigt hatten oder wie viele Eier er zu verlieren hatte – wenn er schon diesen ganzen Aufwand betrieben hatte, diese Welt zu verlassen, dann hätte er sicher auch an Sheb gedacht und ihn mitgenommen. Die Coens waren penibel. Mit frischgestärkten Kleidern waren sie in den Ofen gegangen. Was hatte Sheb an, als er auf die Feuerleiter stieg, um Alberts (und Jessicas) Tod zu verkünden? Eine Nachbarin hatte ihn in Alberts altem Arbeitskittel vorgefunden, mit Blutklümpchen an den Ärmeln und dem Geruch nach Eiern. Ein solches Kleidungsstück hätte Jessica nicht in ihrem Haus geduldet. Ihr oblag Shebs Pflege insofern, als sie die löchrigen Schals und Unterhosen aus seiner Kommode entfernte, damit er die Witwen und streunenden Ehefrauen anlächeln konnte. Albert und Jessica warfen Sheb den Kunden nicht an den Hals. Die Erfolge des Onkels waren ihm allein zuzuschreiben. Sie wollten nur sein seltsames Benehmen überspielen, der Boston Road ins Gedächtnis rufen, wie gut Sheb aussehen konnte, obwohl er sich schlecht hielt und Blasen mit den Zähnen machte. Und was war aus einem Onkel geworden, dem man Alberts Eier genommen hatte? Sheb war kein Ärger daraus entstanden, daß er um den Ofen herumgekommen war. Coen bekam Falten, seine Wangen zerfurchten sich, bei schlechtem Wetter schmerzten seine Gelenke, das Blond wich aus seinem Haar, doch Sheb war in den letzten dreizehn Jahren nicht gealtert.

Sollte er sich in das Asyl begeben und Onkel Sheb aushorchen?

Das wäre sinnlos gewesen. Sollte er Isaacs Techniken an seinem Onkel ausprobieren? Ihn mit Fragen in die Enge treiben? Ihn schikanieren? Ihn zum Weinen bringen? Was konnte Sheb zu Geldangelegenheiten sagen? Albert hatte ihm nie mehr als einen Dollar anvertraut. Sheb konnte auch nicht zwischen Albert und Papa Guzmann geraten sein. An der Boston Road wurden gewisse Ritterlichkeiten gepflegt. Papa, der Jerónimo allein großgezogen hatte und wußte, was es bedeutete, einen begriffsstutzigen Jungen zu haben, hätte Sheb nicht benutzt, um Albert mit Drohungen aus seinem Eierladen zu vertreiben. Coen war nicht danach zumute, in die Bronx zu ziehen und sich auf Papas Schwelle niederzulassen. Was würden die Guzmanns zugeben? Er zog sich Straßenkleidung an und schrieb den Schlaf ab. Er würde Isaacs Wege beschreiten, Umwege.

Arnold bemerkte Coens konzentrierte Anspannung und winkte ihm nicht. Er hatte seine Fühler ausgestreckt; der Bulle war in eine Privatangelegenheit vertieft. Coen nahm den Bus Nummer 10 zur Lesbenbar, dem »Dwarf«, um Odile zu wecken. Er hätte nicht sagen können, warum. Vielleicht war er einfach dazu aufgelegt, durch die Innenstadt zu ziehen. Er glaubte auch, unter Odiles Röcken César zu finden und von dort aus zu Papa zu gelangen. Vielleicht gelüstete es ihn auch nur, Mädchen beim Tanzen zuzusehen. Doch diesmal arbeitete Coen nicht kostümiert für den First Deputy. Und die Lesben an der Tür, stämmiger und breitschultriger als er, warfen finstere Blicke auf seine Männlichkeit und fragten ihn nach seinem Mitgliedsausweis.

»Ich bin Gast«, murmelte Coen in die Biesen ihrer zweireihigen Anzüge.

Die Mädchen, die Cousinen Janice und Sweeney, ließen sich von einem Coen nicht zum Narren halten. »Wer würde sowas wie dich einladen?«

»Odette. Odette Leonhardy«, sagte Coen, dem Odiles offizieller Name gerade noch rechtzeitig eingefallen war.

Doch auch das kauften ihm die Cousinen nicht ab. »Odile kennt die Hausordnung. Sie weiß, daß hier niemand belästigt wird.«

Coen entschloß sich, seine Ausdauer auf steifen Tischtennisknien gegen die Mädchen zu erproben, als Odile ihre Nase durch den Vorhang steckte. Sie erkannte Coen und versuchte, die Cousinen zu beschwichtigen. »Überlaß den mir, Sweeney. Der gehört meinem Onkel Vander. Ein echter Knallfrosch. Er holt Mädchen aus Argentinien. Geht mit Filmsternchen ins Kino. Das ist ein ganz spezieller Bulle.«

Die Meinungen der Cousinen über Coen gingen auseinander. Sweeney hätte ihn hereingelassen, wenn er versprach, nicht mit Odile zu tanzen, doch Janice, deren Stimme im »Dwarf« ausschlaggebend war, weigerte sich, ihn einzulassen. Daher ging Odile mit ihm in die Jane Street. Sie saßen in ihren eineinhalb Zimmern, Odile in einem einfachen Leinenkleid, ein Mädchen mit knochigem Gesicht, fantastischen Fingern und einem derben Profil, und sie fragte ihn, was er von ihr wolle. »Offen reden«, sagte er.

»Oh, der ehrgeizige kleine Bulle. Erst herzerweichendes Gerede, Odettes Geständnisse, dann eine Verführungsnummer, bei der Sie Ihre Hose auf meinen Stuhl legen. Mister, ich bin in der Saison nicht allzu scharf auf Männer.«

»Sei nicht so angespannt, Odette. Das ist bei mir nicht nötig. Ich habe nicht mehr viel mit Mädchen im Sinn. Das meiste werde ich an der Tischtennisplatte los.«

»Odile«, sagte sie. »Ich heiße Odile. Odette bin ich nur für geile Männer. Tischtennis. Ich erinnere mich. Sie haben ohne Krawatte gegen Vander gespielt. Warum sind Sie gekommen?«

»Weil ich von allen Seiten nur noch Scheiße erzählt bekomme, und vielleicht wollen dieselben Leute, die mich für blöd verkaufen wollen, dich auch für blöd verkaufen.«

Sie entschied, daß er als Bulle nichts Besonderes war, und sogleich erwärmte sie sich beträchtlich für ihn. Sie preßte zwei Zitronen aus und machte ihm einen heißen Rumgrog. Sie öffnete ihren Kühlschrank für ihn, gönnte ihm die dreieckigen Schnitten, die sie männlichen Kunden und Vanders Freunden vorsetzte, und bereitete ihm mit primitiven Küchengeräten und ihrer ganz persönlichen Unbeholfenheit einen riesigen, unnatürlichen Pfannkuchen zu. Der Pfannkuchen war es, gefüllt mit kleinen, rohen Bläschen aus Eiermasse und mit Zuckerklümpchen, der Coens Zuneigung zu ihr hervorrief, ihn mit Odile verband. Jetzt würde es ihm schwer fallen, sie auszufragen. Und Odile, die als die behende Odette Akrobatik auf einer Couch gewohnt war, die seit ihrem zweiten Jahr im Gymnasium die Nymphe für die Filmgesellschaft ihres Onkels Vander spielte, sich vor Childs Kameramännern und Kulissenschiebern mit Gelee beschmierte, war in Coens Anwesenheit nervös. Er sah sie nicht lüstern an, zwinkerte nicht und versuchte auch nicht, ihr den Duft seines Eau de Cologne aufzuzwingen. Er sagte nicht *Baby* zu ihr und leckte nicht mit seiner Zunge rum wie die anderen Bullen, die sie kannte. Hinter einen derart seriösen Mann kam sie nicht. Er war ihr unergründlich. Sie setzte ihm einen zweiten Pfannkuchen vor. Ihr Arm war schon lahm vom Schütteln der Pfanne. Sie wollte ihn abwimmeln, ihm raten, es woanders zu probieren. Unter einem Auge hatte er eine Ader von der Dicke einer Narbe. Die Ader verzweigte sich auf seiner Wange, breitete widerborstige blaue Linien um sich aus. Sie wünschte, sie hätte ihn zudecken, ihn in den Schlaf lullen und die Furchen auf dieser Gesichtshälfte massieren können. Einen Coen, der nicht schlief, hätte sie nicht anzurühren gewagt. Mit offenem Mund war er noch hübscher.

»Arbeitest du für Vander oder für César Guzmann, Odile?«

»Für beide.«

Die Ader auf seiner Wange zuckte wie ein Finger unter der Haut. Sie wußte nicht, was sie sagen sollte. Doch sie hätte ihn gerne noch länger gequält, wenn dadurch mehr solche Adern entstanden wären. »Ich bin eine Weile mit César gegangen.«

»Wie hast du ihn kennengelernt?«

»Durch Onkel Vander.«

»Schurken«, sagte Coen und sein Gesicht wurde von innen heraus blau. »In was haben sie dich alles reingezogen, Odile?«

»In Pornostreifen«, sagte sie. »Onkel ist der Produzent. César der Verteiler, und ich bin einer der Stars.« Durch ihre eigenen Bekenntnisse erschöpft, wurde sie zum Kätzchen. »Sie haben Onkels Studio gesehen, Mr. Coen.«

»Wo?«

»Sein Tischtennisraum. Der Tisch ist nur zum Spaß da. Die Beleuchtung steht in den Abstellkammern.«

»Das geht auf«, sagte Coen. »Was ist mit Césars Heiratsvermittlung?«

»Ach so, das.« Odile stieß Mißbilligung durch die Nase aus. »Den Brautscheiß meinen Sie. Die kleinen Novizinnen.«

»Wie werden die Bräute nach Mexiko gebracht? César sieht zu haarig aus, um sie selbst rüberzubringen. Und sein Killer, Chino Reyes, ist nicht direkt eine Anstandsdame.«

»Vander ist mitgeflogen. Sechzehn pro Flugzeug. Er hat sie in eine Schultracht eingekleidet und vorgegeben, sie seien auf einer archäologischen Exkursion. Er würde junge Damen zu den Pyramiden bringen. Am Flughafen hat sie ein Jude mit den Ringen abgeholt. César hat das halbseidene Ehezeremoniell arrangiert.«

»Mordeckay«, murmelte Coen. »Der Kuppler heißt Mordekkay.«

»César hat keinen Namen genannt. Vander hat die Bräutigams abkassiert und ist zurückgeflogen. Aber die Geschichte ist ihm zu heiß geworden, und er wollte aussteigen.«

»Und dann hat César ihm Caroline geraubt, damit Child nicht aus der Reihe tanzt.«

»Nein. Das war meine Idee. César hat mir einen Gefallen getan. Sein Chinese hat sie ins Flugzeug gesetzt.«

»Du hast Carrie an die Mexikaner verkauft? Wieso?«

»Das war nur vorübergehend. Ich mußte schnell etwas unternehmen, Mr. Coen. Sie brannte darauf, in den Filmen ihres Vaters mitzuspielen. Und Vander hätte ihr den Gefallen getan.«

»So eine Sau von einem Vater«, sagte Coen.

»Vander ist gar nicht übel. Er hat Carrie und mich verwöhnt. Ich bin die, die ihn verführt hat, ihm eine Ahnung von Inzest vermittelt hat.«

Coen saß auf seiner Faust, in Gedanken versunken. Seine Eltern mochten es mit den Öfen gehabt haben, sein Onkel mochte unter einem dreckigen Arbeitsmantel Geheimnisse aufbewahrt haben, und dennoch waren die Coens simpler als die Childs. »Odile, wenn dein Onkel bis zu den Ohren in Césars Ehevermittlung steckt, warum biedert er sich dann bei Polizeiinspektoren an?«

»Weil er seine eigene Haut retten will, wenn César dran ist.«

»Arbeitet Vander für Inspektor Pimloe?«

»Nicht für Pimloe. Da gibt es noch einen anderen.«

»Isaac?« fragte Coen. »Chef Isaac Sidel? Ein kleiner Mann mit Koteletten?«

»Ich weiß es nicht.«

Coen streckte sich auf Odiles Stuhl aus; seine Nasenflügel blähten sich vor Frust, und Odile riskierte es, sein Gesicht zu berühren, ehe er sich erholen konnte. Als sie ihre Finger auf seine Wange legte, erwartete sie, er werde losschreien und den Stuhl umstoßen. Er rührte sich nicht. Sie fuhr den Bogen seiner Augenbraue nach, pirschte sich von seinem Ohr zu seinen Lippen und begehrte ihn, einen Bullen mit wellenförmigem Gesicht. Und Coen ließ sie forschen. Nie hatte er sich unter der Berührung von Fingern so passiv verhalten. Er kam sich vor wie ein dankbarer alter Hund. Als sie sah, daß sie mit ihm machen konnte, was sie wollte, wurde sie leichtsinnig und biß in alle Einkerbungen seiner Wange. Aneinandergeschmiegt sanken sie auf den Stuhl zurück. Sie schwammen in Unterwäsche. Da sie ihre Unzucht hauptsächlich im Studio trieb, während ihr Kameras ins Ohr surrten, hatte sie einen Argwohn gegen jede Art von Vorspiel entwickelt. Daher nahm sie ein Präservativ aus einer Kiste und sagte Coen, er solle es überziehen. Die kalte Hand ließ ihn zusammenzucken. Gemeinsam kämpften sie mit dem Ding. Coen hatte seit achtzehn Jahren keinen Gummi mehr benutzt, seit seinen ersten Fummeleien auf der Hochschule für Musik und bildende Kunst. »Blödes Sauding«, sagte er. Und Odile, die ihre Karriere als Schauspielerin nonchalant anging und beschwor, sie könne keinen Mann in sich ertragen, sie spüre nichts dabei (keine ihrer Freundinnen im »Dwarf« war jemals unter ihre Gürtellinie gelangt), bebte und spürte Daumen in ihrem Bauch, als Coen seinen Orgasmus hatte und Spucke auf ihren Hals tröpfelte. Sie wußte nicht, was sie mit seinem Geschrei anfangen sollte. Ihre Studioliebhaber hatten einmal gegrunzt und waren abgestiegen. »Coen«, sagte sie. »Ich habe dich vorhin belogen. César bedeutet mir nichts. Der Chinese hat mich gebeten, seine Freundin zu werden. Ich habe nein gesagt. César hat ihm gesagt, daß er nicht schnüffeln soll.«

Sie fand ihr Höschen in Coens Stapel und zog sich schneller an als er. Nacktheit außerhalb des Betts war nicht Odiles Fall. Gelegentlich nahm sie Kunden von César an und setzte die obere Grenze auf eine halbe Stunde fest (Odile lieferte die Präservative, die kleinen Happen und Herzlichkeiten), doch mit keinem dieser Männer hatte sie die Nacht verbracht, und diese Sitte würde sie nicht für Coen brechen. Sie schlief mit einem Felltier, einem alten Bär mit abgewetzten Tatzen und Knopfaugen, den ihr Vander geschenkt hatte. Sie kratzte nervös an dem Stuhl und hatte nicht die leiseste Ahnung, wie sie Coen rauswerfen sollte. Sie verzog ihren Mund zu einem Gähnen. Er mußte gehen.

»César will, daß ich alleinbleibe«, sagte sie schmollend. »Er kümmert sich um meine Interessen.«
Coen fummelte mit seinem Schuh herum und suchte nach der Lasche. »Odile, hat César mich jemals erwähnt?«
»Fast nie.«
»Hast du Papa Guzmann je gesehen?«
»Ein- oder zweimal.«
»Was ist mit Jéronimo?«
»Das Baby? Er war eine Woche lang hier. Der Chinese hat ihn mit Caroline nach Mexiko gebracht. Sie hat ihm im Flugzeug das Essen bestellt. Viele zusätzliche Sodas.«
»Hast du von Papa oder von César den Namen Albert gehört? Albert und Jessica?«
»Nein. Aber Jerónimo hat gesagt: »Sheb Coen, Sheb Coen.«
»Was noch, Odile? Bitte.«
»Ich kann mich nicht erinnern. Irgendwas mit einem Kopf im Feuer.«
Seine zerknitterten Wangen machten es Odile schwer, und sie nahm ihn mit ins Bett. Coen starrte die Wand an. Sheb war dem Feuer entkommen. Hatte Jerónimo ihn gefunden, ihn in den Süßwarenladen gebracht? Hatten die Guzmanns ihn ausgezogen, seinen Sonntagsstaat versteckt, ihn in Lumpen wieder nach oben geschickt und auf die Feuerleiter gedeutet, damit er sein Totenlied für die Boston Road singen konnte? Odile mußte ihren Kopf unter seine Achsel kuscheln, um ein Stück Coen zu finden. Mit einem so widersprüchlichen Mann konnte sie sich nicht behaglich fühlen. Sie schlief an seinem Schulterblatt und horchte nach dem Herzschlag an Coens Rippen. Sie sehnte sich nach dem Bär.

Sweeny, die zweite Rausschmeißerin, wohnte über einer Kleiderfabrik in SoHo (in einer Seitenstraße der Broome Street), wenn sie im »Dwarf« dienstfrei hatte. Sie bewohnte drei erbärmlich beleuchtete Zimmer, in denen man sich vorkam wie in einem Kaninchenbau; winzig, mit dünnen Wänden, holprigen Fußböden und tiefen, tiefen Decken. Durch die Wände dampfte Heißluft von den Bügelmaschinen, und alles Holz verzog sich. Da es an Arbeitskräften fehlte, stellte die Fabrik zurückgebliebene Mädchen ein, die busweise von einem Heim bei White Plains nach SoHo gekarrt wurden. Die Mädchen trugen blaue Leinenkittel und klobige Schuhe in einem neutralen Braun; wie Affen mit blau gesprenkelter Haut beugten sie sich über ihre Nähmaschinen. Sweeney stand auf diese Mädchen, und in der halben Stunde, die sie frei hatten, saß sie oft mit ihnen in einem Imbiß an der Green Street und erzählte ihnen Geschichten von den Eisenbauten SoHos und den Ratten, die in diesen Gebäuden lebten und Metall verdauen konnten, bis sie an dem Rost starben, der ihnen die Ohren verstopfte. Sweeney mußte die Begleiterin der Mädchen mit in Kauf nehmen, eine abscheuliche Frau, die sie bei ihren Geschichten unterbrach, sie finster ansah und die Mädchen zurück zur Arbeit trieb. Im übrigen spielte sich Sweeneys Existenz im »Dwarf« ab.

Sie war in Odile verliebt. Die Barkeeperinnen wußten es. Mädchen, die regelmäßig im »Dwarf« tanzten, lachten sich in die Ärmel ihrer Jeansjacken, wenn sie Sweeney beobachteten, die über Odile wachte. Sweeney war von einer Ernsthaftigkeit, die Odiles Partner nicht verstehen konnten. Sie betatschte nicht im Hinterzimmer Odiles Busen wie Dorotea und Nicole, und sie spielte auch nicht mit ihrer Zunge hinter Odiles Ohr wie Mauricette. Nicole und Mauricette kamen in das »Dwarf«, um Odile zu kriegen, nicht um zu glotzen. Wenn Odile nicht da war, zogen sie paarweise mit frischen »Schwestern« ab. Dorotea brachte Odile noch am ehesten eine Art von Hingabe entgegen, doch selbst Dorotea hatte Odiles Fixiertheit auf Männer langsam satt. Sweeney war es, die sich nicht von Odiles wankelmütigem Verhalten abschrecken ließ, von ihrer Befleckung durch männliche Kunden, ihrer Zurückhaltung im »Dwarf«. Odile war für alle Schwestern noch »Neuland«. Diese schweinischen Männer zählten nicht. Vielleicht entblößte sich Odile für einen Schwung kleiner Gangster aus der Bronx, doch mit Dorotea, Nicole oder Mauricette hatte sie nicht geschlafen. Die Schwestern waren vorsichtiger als Sweeney.

Mit Taufnamen hieß sie Abigal, Abigal Ruth McBean, und die ersten elf Jahre ihres Lebens war sie Abigal gewesen; dann hatte sie in einer Schenke in Providence, Rhode Island, in der ihr Vater als Kellner und Klavierspieler arbeitete, den Namen Sweeney bekommen und beibehalten. Außer Odile kam keiner der Stammgäste des »Dwarf« aus Manhattan. Ihre Cousine Janice war aus Montauk geflohen; Nicole und Mauricette waren Mädchen aus

Connecticut. In einem Monat würde Sweeney dreißig werden. Sie hatte vor, ihren Geburtstag mit einem Geschenk an Odile zu feiern. Doch sie sah gewisse Schwierigkeiten auf sich zukommen. Odile würde keine Kleidung von Spike oder einem der entsprechenden Ledergeschäfte tragen. Sweeney würde zu Bergdorf oder zu Henri Bendel gehen müssen; dort waren die Verkaufskräfte zu hochmütig, um sich als einfache Kassierer zu empfinden, und Geld berührten sie gerade nur lange genug, um es einer unsichtbaren Kassenhilfskraft durch den Schlitz ihrer Zelle zu stecken (bei Henri Bendel wurden Schecks lieber gesehen als Bargeld). Sweeney, die selten in die Fünfundsiebzigste Straße kam, fürchtete sich vor diesem Laden. Sie würde in einer Armeejacke, der Sorte für die kalte Jahreszeit, die man bis über die Ohren knöpfen konnte, zu Bendel gehen müssen; einen anderen Mantel besaß sie nicht (sie konnte sich höchstens Janices Einreiher borgen).

Am Mittwoch, ihrem freien Tag, grübelte sie bis vier Uhr nachts und bereitete sich auf das Trauma Modegeschäft vor. Sie konnte achtzig Dollar ausgeben, die jährliche Dividende einer Versicherung, die ihr Vater im Alter von sieben Jahren für sie abgeschlossen hatte und die nicht vor Sweeneys fünfundvierzigstem Geburtstag ausbezahlt würde. Es läutete an der Tür. Sie wollte sich von keinem Besucher in ihren Gedankengängen unterbrechen lassen. »Geh weg«, sagte sie. »Schiff jemand anderem an die Tür. Ich abonniere keine Groschenromane. Wenn du für wohltätige Zwecke sammelst, bin ich auch nicht zu Hause.«

Sweeney war angesäuselt; der Irish Coffee, den sie getrunken hatte, um sich mit Henri Bendel zu befassen, löste Halluzinationen bei ihr aus. Sie ging nicht an die Tür.

Dann riß sie an der Klinke; sie erkannte Odiles Quieken. »Baby«, sagte sie, »wieso treibst du dich so spät noch rum?«

Odile klopfte Staub von den Kreppgummiabsätzen ihrer Schuhe mit Plateausohlen. »In meiner Wohnung ist ein Mann, Sweeney. Ein lockiger Mann.«

»Der Bulle, der vorhin da war? Der kleine Blonde? Odile, du bist ganz schön versumpft heute.«

»Er ist nicht gegangen, Sweeney. Der Bulle ist nicht gegangen. Er ist auf mir eingeschlafen. Ich konnte nicht mehr atmen. Ich mußte Janice umgehen. Du weißt, mit welcher Musik sie uns zu dieser Nachtzeit plagt. Foxtrotts und Nicoles Hand auf meinen Titten. Nicht in meinem Zustand. Ich habe noch nicht einmal seinen Geruch abgewaschen. Ich weiß nicht, wohin, Sweeney. Deshalb bin ich zu dir gekommen.«

»Du mußt mir nichts erklären.« Und der Gedanke an Henri Bendel, Kassiererzellen, die vollgestopft mit Privatschecks durch die Decke flogen, verging Sweeney. Jetzt konnte sie Geschenke vergessen, Ziffern auf einer Versicherungspolice, die Kleiderfabrik im Erdgeschoß. »Ich mache dir ein Bett, Baby.«

Sie wollte nicht zulassen, daß Odile im Gästebett schlief, einem Klappbett in der Küche mit kaputten Sprungfedern und anderen Haken. Odile mußte Sweeneys Bett annehmen. Um den Geschmack des Bullen zu vertreiben, machte Sweeney ihr Kakao. Sie trug Sweeneys Kordsamtpyjama. Und Sweeney nahm das Küchenbett hin wie ein glücklicher Hund. Sie überhörte das Dröhnen des Kühlschranks und die Mäuschen im Waschzuber. Ehe Odile erwachte, würde sie die kleinen Kügelchen Mäusedreck zusammenkehren. Sie würde nicht mit den zurückgebliebenen Mädchen in der Imbißstube essen müssen. Sie würde ein SoHo-Frühstück zubereiten, Würstchen und symmetrische Pfannkuchen in Zuckerrübensyrup für sie beide. Weißes Mehl kam nicht in Frage. Sie wollte Odile nicht den Dreck aus der Imbißstube vorsetzen, der nach Pappdeckel schmeckte. Mit ihrer eigenen Faust würde sie die Orangen auspressen.

Die Federn des Klappbetts krallten sich in ihren Rücken. Sie spürte ein Reißen in einer Niere. Die ganze Nacht würde sie wachliegen und glauben, sie müsse pinkeln. Das war ihr schon öfter passiert. Wenn sie dann auf dem Topf saß, kam nichts. Außerdem hätte sie Odile stören können. Sie hatte schon zu viele Kämpfe im »Dwarf« ausgestanden, sich mit zu vielen Cousinen angelegt, zu viele gackernde Hennen rausgeworfen, zu viele Betrunkene mit einem Haß auf Frauen in Männerkleidung erlebt, zu viele Schläge in die Lenden, zu viele Finger in die Augen. Immer wieder bereitete sie in ihrer Vorstellung das Frühstück zu, um diese Niere zu betäuben, bis das erste Licht durch die Ritzen der Küchenjalousie dringen würde und sie anfangen könnte, für Odile zu kochen.

11

Nach einem trostlosen Schlaf ohne Odile stand Coen auf. Sie ist in ihren Club geflohen, stellte er sich vor. Césars Mädchen. Sie hatte ihm ein süßes Brötchen und eine Kanne übelriechenden Tee auf den Tisch gestellt. Coen ging zu Fuß und dachte an Feuertreppen. Er hörte seinen Onkel den Tod verkünden, und ihm wurde so eng in der Brust, daß er an der Sechsten Avenue verschnaufen mußte. Er setzte sich so roh über Kreuzungen hinweg, daß ihm frühmorgendliche Spaziergänger aus dem Weg gingen. Er ging durch den Park und traf mit finsteren Malen im Gesicht bei Schiller ein. Für Schiller waren das die Voodoo-Stunden, zu denen die meisten Tischtennis-Freaks im Bett lagen und Entsprungene aus den Sporteinrichtungen gewisser New Yorker Nervenheilanstalten mit Sandpapierschlägern seinen Keller stürmten, gegeneinander antraten und mit einer Präzision auf eine bestimmte Stelle der Platte zielten, die Schiller aus der Fassung brachte und ihn in sein Kämmerchen vertrieb. Er mußte seine Augen verschließen oder seine Unternehmerlaufbahn aufgeben. Sie konnten nirgends anders hingehen und spielten bei Schiller umsonst. Doch er ließ nicht zu, daß sie dem hintersten Tisch zu nahe kamen, der in Coens Abwesenheit als Schwarzes Brett für wichtige Nachrichten diente. Coen fand einen Notizzettel, der ins Netz gesteckt war. Arnold wollte ihn sprechen. Also ging er nach oben. Im Gang mußte er über Matratzen klettern. Er schnappte einen Streit zwischen einem alten Alkoholiker mit Furchen im Schädel und einem der jungen Maulhelden auf, einem breitgebauten Jungen in einem Manchesterunterhemd, der einen Kopf größer war als Coen. Der Junge spielte sich vor seinen Bewunderern auf, die ähnliche Unterhemden trugen und ihn drängten, den alten Mann zu ohrfeigen. »Piss«, sagte er, »zahl mir einen Dollar.« Bei der ersten Ohrfeige fielen dem alten Mann die Zähne aus dem Kopf. Coen packte den Jungen am Hemd. »Finger weg«, meckerte der Junge, der nicht begriff, wie jemand, der so klein wie Coen war, es wagen konnte, ihn anzurühren. Doch der Junge besaß einen Instinkt für Bullen, sogar für blonde, und er zog es vor, seine Bewunderer zu enttäuschen, statt sich mit Coen anzulegen. »Mister, was bedeutet Ihnen Piss?«

»Er ist mein Vater!« sagte Coen. Er mochte die Furchen und

Beulen auf dem Schädel des Alkoholikers. Ohne seinen Retter aus den Augen zu lassen, bückte sich der alte Mann nach seinen Zähnen. Er war sicher, daß aus Coen ein Dollar rauszuholen war.
»Mist«, sagte er und schmatzte mit dem Zahnfleisch. »Für ein paar kleine Münzen könnte ich mir Schinken und Käse kaufen.«
Dann spazierte er auf den Händen an Coen vorbei und versetzte mit seiner Taktik, den Hungerleider zu spielen, die Jungen in den Manchesterhemden in Erstaunen; während er kroch, ließ er seinen Magen knurren und Schleim aus seinem Kiefer laufen.
Diese Verrenkungen machten Coen krank. Er wandte sich ab und ging, solange der alte Mann noch auf dem Boden kroch.
»He«, sagte Piss, dem klar wurde, daß er ohne Coen zwischen den Manchesterhemden verratzt war. »Lassen Sie mich nicht allein.« Doch Coen stand schon fast vor Arnolds Zimmer. Er machte Piss die Tür vor der Nase zu.
Arnold stellte stolz seinen orthopädischen Schuh zur Schau. Wenn Coen es zugelassen hätte, hätte Arnold ihn angebetet.
»Manfred, das warst du, nur du. Du hast ihn dazu gebracht, ihn zurückzugeben.«
Coen lehnte an der Tür und musterte prüfend die Schuhcreme auf Arnolds klobigem Schuh.
»Er war hier, Manfred. Der Chinese.«
»Wann?«
»Vor etwa zwei Stunden. Sein Glück, daß er Frieden schließen wollte. Ich hatte mein Schwert im Freßkorb.«
»Was hat er gesagt?«
»Sieh, er hat ihn geputzt und poliert. Mit einem edlen Lappen.«
»Was hat er gesagt, Arnold?«
»Nichts. Ein paar verrückte Worte. Er lächelt, er stellt den Schuh hin, und dann sagt er: »Grüß Blue Eyes von César und mir.«
Coen hatte sich bereits gedacht, daß César etwas mit der Rückgabe des Schuhs zu tun hatte. So leicht gab der Chinese seine Trophäen nicht her. Coen kannte die Art der Guzmanns. Papa umarmte einen, verpflegte einen, stellte einem seine Farm und seinen Süßwarenladen zur Verfügung, lieh Jorge oder Alejandro einen Tag lang aus, doch er warf niemals unbedacht mit Geschenken um sich. Vielleicht hatten die Marranen, die man in

Spanien und Portugal ihrer Habe beraubt hatte, eine eigene Sprache für das Geben und Nehmen weltlicher Güter entwickelt. Coen wußte es nicht genau. Doch wenn Papa einen mit etwas anderem als seiner natürlichen Zuneigung bedachte, mußte eine böse Absicht dahinterstecken. César war genauso. Coen mußte herausfinden, was er getan hatte, um den Schuh zu verdienen. Hatte er im Alameda-Park Jéronimo korrumpiert? Hatte er sich bei Mordeckay falsch verhalten? Bei Odile? Odile mußte bei César gepetzt und ihm von seinem Besuch in der Jane Street erzählt haben.

»Soll ich den Schuh ausziehen, Manfred?«

»Nein«, sagte Coen. »Aber behalte dein Schwert in der Nähe.«

»Manfred, schiebt der Chinese immer noch einen Haß auf dich?«

»Nicht allzu schlimm. Aber vielleicht César Guzmann. Oder sein Papa. Oder beide.«

Sie aßen Käse von Arnolds Fensterbrett; Coen feuchtete die dikken Scheiben mit Traubensaft an, den Arnold unter dem Waschbecken aufbewahrte. Bald würde der Blonde wieder in sein Schweigen verfallen, und Arnold würde den Raum nach Käsekrümeln absuchen müssen. Arnold hatte seinen Ehrgeiz. Er wollte nicht für den Rest seines Lebens ein kleiner Polizeispitzel in einem Fürsorgeheim bleiben, der Tischtennisbälle aufhob und den ewig gleichen Käse verschlang. Zwar sprach er es Coen gegenüber nicht aus, doch Arnold bewunderte die Unverfrorenheit und die schicke Kleidung des Chinesen. Wenn er aufgrund seines Fußes schon kein Bulle werden konnte (er war zudem kurzsichtig und kleiner als Coen), spielte Arnold mit dem Gedanken, César oder einem anderen Guzmann zu dienen. Wie die meisten Bullenspitzel hatte er ein feines Gespür für den eigentümlichen Rhythmus, der auf das Umkippen der Wippe zwischen den Bullen und den Gaunern eines Viertels hinwies. Mit gewöhnlichen Bürgern konnte er nichts mehr anfangen, den »Zivilisten«, die keine Bullen mochten und sich gleichzeitig von den Gangstern und den Sozialhilfeempfängern absonderten. Seit er damals seine Liebe zum Dasein als Gefangenenaufseher entdeckt hatte, konnte er sich nicht mehr auf neutralem Boden wohlfühlen. Die *Civilanos* waren seine Feinde, und er wollte für die Guzmanns,

für den Chinesen oder für die Bullen arbeiten, und im Notfall auch allein.
Coen ließ ihn mit ausgestreckten Beinen und seinen Träumen vom Hemd des Chinesen allein. »Ich komme später noch mal vorbei, Arnold. Auf Wiedersehen.«
Er fand den Alkoholiker stöhnend auf der Treppe vor. Der alte Mann hatte neue Beulen am Schädel und Blutsprenkel im Schleim auf seinem Kinn. Doch er war nicht untröstlich genug, um keine Pose einzunehmen. Er lief mit den Armen am Geländer und dem Steiß in der Luft herum. Seines Publikums von Knaben in Unterhemden beraubt, erschienen Coen seine Kunststücke nur noch erbärmlicher. »Einen Dollar für Verbände und Kaffee«, sagte der Alkoholiker. Coen gab ihm den Dollar und zog seinen Rumpf dorthin, wo er hingehörte, auf die Treppe zurück.
Vor dem Hotel geriet er in Panik, gab sich die Schuld am Tode seiner Eltern. Er hatte Albert und Jessica im Stich gelassen (und Sheb), hatte zugelassen, daß die Armee ihn ausgerechnet nach Deutschland verfrachtete. Wenn er in der Bronx gewesen wäre, hätten sie sich nicht für den Ofen entschieden. Ihm als einzigem Kind hätte die verschlossene Natur seines Vaters klar sein müssen, die Unausgeglichenheit hinter dem ruhigen Äußeren. Coens mußten sich auf Coens stützen.
Er ging zur Central Park West, zu dem Spielplatz gegenüber dem Haus, in dem Stephanie wohnte; dort, fern von den reichen Nachbarn und der Aura der Zahnklinik ihres Gatten, verbrachte sie ihre Vormittage mit Judith und Alice. Sie saß immer hinter einem ganz bestimmten Baum, alles über ihren Hüften in tiefem Schatten und Judith und Alice waren mit dem Sand beschäftigt. Coen wollte die Mädchen sehen. Albert und Jessica lagen ihm schwer auf der Seele, und Arnolds Schuh raubte ihm fast den Verstand; er brauchte die wärmende Nähe der Familie einer früheren Gattin, wollte Töchter für sich beanspruchen. Wenn Stephanie es vorgezogen hätte, um neun Uhr morgens ungestört zu sein (sie hatte Milchflaschen für sich und die Mädchen dabei), so zeigte sie es zumindest nicht. Schon am anderen Ende des Spielplatzes erkannte sie Coen an seinem gebeugten Gang. Seine rohen Bullenschritte irritierten sie, doch seine ungeschliffene Schönheit, der Schneid in seinem Gesicht, konnte ihre Erinnerungen an den bösen Coen auslöschen, an seine Unterwürfigkeit

gegenüber Isaac, an sein stummes Dasein neben ihr, an die Verwirrtheit in seinem Kopf. Coen blieb auf ihrer Fährte; er setzte seine brutale, zusammenhanglose Werbung um sie fort. Er brach in ihre Wohnung ein, preßte sie brunftig gegen die Badewanne, aß verdrossen mit Charles zu Abend und war dann wieder für Wochen verschwunden. Dennoch war sie, die mit den nassen Milchflaschen im Schoß hinter dem Baum hockte, froh, daß er gekommen war. Die Mädchen kletterten aus der Sandkiste. »Daddy Fred. Daddy Fred.« Er warf sie sich über die Schultern, hielt sie mit festem Griff am Hintern und murmelte vor sich hin: »Scheiße.« Wieder kam er mit leeren Händen, besuchte sie zur falschen Tageszeit; die Geschäfte für Nüsse und Krimskrams waren geschlossen. Stephanie mußte lächeln. Er hielt die Mädchen mit solcher Hingabe im Arm, daß sie ihn nicht ausschließen konnte. »Ein Glas Milch, Freddy?«

So kam er zu seinem zweiten Frühstück, Plätzchen in Tierform und blutwarme Milch; Arnolds Käse steckte ihm noch in der Kehle. Er war nervös, und ihm fiel nichts anderes ein, als sie nach Charles zu fragen. Sie wollte ihn nicht mit Geschichten aus der Klinik unterhalten. »Er blüht und gedeiht«, sagte sie. »Er kommt mehrfach wöchentlich aus der Bronx zu uns, um seine Töchter anzuschauen und mich liebzubehalten. Freddy, wer ist dein langhaariger Freund?«

Coen mampfte auf einem Plätzchen. »Wie meinst du das?«

»Der Mann, der mir seit einigen Tagen jeden Morgen folgt und Seifenblasen für die Mädchen macht. Er nennt mich ›Mrs. Manfred‹.«

»Steffie, hast du ihn heute schon gesehen?«

»Ja. Eine halbe Stunde, ehe du gekommen bist.«

»Ist es eine Art Chinese mit einer roten Perücke?«

»Ich glaube schon. Zumindest hat er einen chinesischen Einschlag.«

Coen setzte die Mädchen ab. »Dieser Schurke.« Er sprach mit einem Knöchel im Mund. Er trat mit den Füßen um sich. »Verfluchter César.«

Judith legte ihre Hand auf Stephanies Schenkel. Alice hielt sich an Coen fest. »Was hast du, Freddy?«

»Nichts«, sagte Coen. Er kniete sich vor Alice hin. »Nimm keine Süßigkeiten von dem Chinesen an.« Er packte Judith am Handgelenk; der Babyspeck rührte ihn. »Wer dich und deine Mutter ärgert, Schätzchen, der muß ein ganz gemeiner Mann sein. Ich weiß, wie ich ihn finde.« Mit Milch auf den Lippen eilte er vom Spielplatz und rief über seine hochgezogene Schulter zurück: »Mach dir deshalb keine Sorgen, Steffie. Dir kann nichts passieren. Allzu lange hat der Chinese seine Seifenblasen nicht mehr. Ich mache ihn und seinen Boß zu Kleinholz.« Stephanie wollte ihn zurückrufen und ihm versichern, daß sie sich nicht vor Chino Reyes fürchtete; der Chinese war nett zu den Mädchen gewesen, hatte Judith den Sand zwischen den Zehen entfernt, und ihr gegenüber hatte er sich höflich verhalten und ihr seine Bewunderung für »Ehemann Coen« ausgedrückt. Doch sie war zu langsam gewesen; jetzt konnte sie ihn nicht mehr zurückrufen.

Coen war schon nicht mehr im Park. Er war viel zu besorgt, um mit einem Bus in die Stadt zu zockeln und nahm ein Taxi direkt zu Bummy. Bummy Gilman war im Revier als angenehmer Zeitgenosse bekannt; er belieferte die Wachtmeister mit seinen »Flöten« (Colaflaschen, die mit Roggenwhiskey gefüllt waren), und er rechnete nicht damit, daß Schurken wie Coen sein Lokal betraten, Schnüffler, die seine Kunden verärgerten und alle Anwesenden unglücklich machten, ob Zivilisten oder normale Bullen.

»Mister, einen Schnaps auf Kosten des Hauses, und dann gehen Sie wieder. Genippt wird nicht. Mehr als drei Schlucke sind nicht drin.«

Coen ging nicht darauf ein. Er ging an Bummys Barhockern entlang und suchte nach einem versteckten Chinesen. Bummy besaß Verstand genug, Coen nicht am Ärmel zu packen.

»Ich könnte im Revier anrufen, Coen. Hinter wen sie sich wohl stellen? Hinter mich oder hinter dich?«

Endlich krächzte Coen: »Laß mich in Ruhe, Bummy.«

Mit einem Verrückten konnte Bummy nicht verhandeln; er ließ Coen herumlaufen und schwor, er werde eine Beschwerde im Revier einreichen. Für nichts lieferte er keine Flöten. Bummy sah Chino Reyes als Kapitalanlage an; Chino versorgte ihn mit den Filmen, die er seinen Neffen und befreundeten Bullen samstag abends in der Küche zeigte, und arrangierte seine halbstündigen Treffs mit Odette Leonhardy, die mit einem ihrer kälteren Blicke seine Mandeln prickeln ließ. Er liebte es, sich von diesem Mädchen beschwindeln zu lassen. Fünf Minuten lang bekam er Odettes Haut und zwanzig Minuten lang Sandwichs und Stirnrunzeln. Davon abgesehen war er finanziell an den Filmen und an Césars mexikanischen Geschäften beteiligt. Daher versorgte er den Chinesen mit Lebensmitteln, gestattete ihm, sich bei ihm aufzuhalten, solange er die rote Perücke trug und sich nicht mit den Bullen abgab.

Der Chinese hatte Coen schon in der Tür bemerkt. Er war nicht besorgt. Er trank seinen zweiten irischen Whiskey dieses Vormittags aus und sah zu, wie Bummy sich mit Coen stritt. Er konnte sich Bummys angeschwollenes Gesicht nicht erklären. Er hatte Coen in Mexiko ins Herz geschlossen (wegen seiner Anhänglichkeit an Jéronimo und seiner ruhigen polnischen Art), und diese Vorliebe war ihm geblieben. Der Chinese grübelte darüber nach, was er bei Odette falsch gemacht hatte; er fand die Pornokönigin nirgends. Er führte Coen an den Tisch. »Was ist denn los mit dir?«

Coen warf sich auf den Chinesen und drückte seine Nase an die Wand, bis der Chinese keine Luft mehr bekam.

»Ich bring' dich um, wenn du noch einmal meiner Frau und ihren Babys zu nahe kommst.«

Coen zog seine Hand zurück. Der Chinese japste, aber er stand nicht auf, um auf Coen loszugehen.

»Pole, du hast mein Gesicht zum zweitenmal berührt.«

Beide holten tief Atem und schmollten sich gegenseitig an. Sowie er einen Plan entwickelt hatte, kehrte dem Chinesen die normale Gesichtsfarbe zurück. Er würde jetzt lächeln und sich dann auf die Lauer legen, sich Coen am Nacken schnappen. Er konnte es sich nicht leisten, sich an einem öffentlichen Ort zu schlagen. Das hätte ihn seinen Status bei Bummy gekostet und die Bullen ins Lokal gelockt. Daher ballte er versteckt die Fäuste, schlug die Beine übereinander und unterhielt sich mit Coen.

»Das war ein Anstandsbesuch, Pole. Ich habe deine Frau nicht erschreckt. Sie hat bezaubernde Kinder.« Er sah Coens Hände zucken und brachte seine Nase außer Reichweite. »Habe ich etwa Arnold nicht belohnt? Wenn ich nicht wäre, würde er mit wundgescheuertem Fuß rumhumpeln. Ich habe dafür gesorgt, daß er wieder laufen kann, Pole, vergiß das nicht.«

»Halt Arnold aus der Sache raus, Chino. Er braucht deine Geschenke nicht. Und wenn César mir ein Zeichen geben will, soll er das selbst tun.«

Der Chinese hatte selbst etwas mit César zu regeln. Vielleicht versteckte Zorro die Pornokönigin. Oder hatte er ihr ihre üblichen Aufenthaltsorte verboten? Es war ihm weder in der Jane Street, noch im »Dwarf« gelungen, Odile zu erwischen.
Coen war ruhiger, nachdem er Fleisch in der Hand gehabt hatte, den Chinesen an die Wand gepreßt hatte. Jetzt konnte er sich in einen Bus setzen. Er stieg vor dem vegetarischen Restaurant an der Dreiundsiebzigsten aus und erwartete Boris den Lotsen, den Mann mit der dreiknöpfigen Weste. Coen hielt sich den Spielern fern, die Mandelcreme von ihren Hefestückchen schleckten und ihre Ansteckssträußchen ins Fenster schnippten. Er wußte nicht, ob der Fahrer eine Morgenrunde machte und wollte keine Blume kaufen. Mit einer Feder im Hut ging der Lotse an ihm vorbei.
»Boris?« zischte Coen.
Der Lotse sah ihn stirnrunzelnd an und ging etwas schneller. Coen holte ihn ein und packte ihn am Rockschoß. Der Lotse taumelte.
»Boris, richte César etwas aus, und zwar deutlich. Keine Streiche mit meinen Leuten mehr. Manfred Coen spricht mit dir. Ich kann euch alle hochgehen lassen. Ich kann dich verhören lassen. Ich kann jeden einzelnen dieser alten Ficker mit den Blumen im Mantelaufschlag vor den Richter bringen. Zorro soll also lieber sehen, daß er bald zu mir kommt.«
Jemand hatte sich direkt vor dem Restaurant Freiheiten mit seinen Kleidern herausgenommen. Etwas Schlimmeres hätte dem Lotsen kaum passieren können. Er nutzte die erste Gelegenheit, um seine Rockschöße zu glätten. Dann warf er seinen Kopf zurück und sah auf die Ansteckssträußchen im Fenster, um zu beweisen, daß er im Dienst war. »Mr. Coen, nur Zorro weiß, wo Zorro ist«, sagte er, biß sich insgeheim auf die Lippen und eilte ins Restaurant. Doch er verlor seinen Hut auf dem Bürgersteig, und Coen mußte ihm die Feder zurechtrücken. »Diese Sau ist nicht rein genug für meinen Boß«, flüsterte er den Blumensträußen zu. »Er hat eine unkoschere Gattin gehabt.«
Fünf Minuten später saß Coen auf seinem Bett; seine Handgelenke schmerzten von den Zusammenstößen, die er hinter sich hatte. Als das Telefon klingelte, lächelte er. César beschimpfte ihn als schwanzlos und hirnlos. »Manfred, wenn du mich suchst, brauchst du dich nicht an Boris zu hängen. Warum einen Mann

in seinem Herrschaftsbereich beschämen? Seine Blintzes werden ihm nicht mehr schmecken.«

»Zorro, du hättest den Chinesen nicht dazu bringen sollen, daß er Arnold seinen Klumpschuh wiedergibt.«

»Bist du verrückt? Mische ich mich etwa in die persönlichen Angelegenheiten des Chinesen? Er hat selbst ein Hirn. Und seit wann bin ich für dich Zorro?«

»Du bist doch derjenige, der mich zum Feind haben will. Warum schleichst du hinter meiner Frau her? Eins verspreche ich dir, César: Wenn der Chinese sich noch einmal auf dem Spielplatz blicken läßt, hast du es mit mir zu tun. Was ist los mit dir? Geht es dir gegen den Strich, daß ich mich mit Odile verbrüdert habe? Keine Sorge, ich habe ihre Sandwiches nicht probiert.«

»Sieh mal an, wer Amerika entdeckt hat«, murmelte César ins Telefon. »Da ist genug Platz für alle.«

»Was?«

»Ich sagte, da sei genug Platz für alle. Die jungfräuliche Pornokönigin. Sie spielt mit dir und rennt zu Vander Child. Wieviel du von Odette bekommst, geht mich einen kalten Kehricht an. Schmock, sie arbeitet für mich.«

»Was wurmt dich denn, César?«

»Das weißt du genau, du elender Mistkerl. Papa hat dir die Farm gegeben. Er hat dich auf seiner eigenen Klobrille sitzen lassen. Du hast sein Essen gegessen. An den Feiertagen hast du seine Kerzen angezündet. Er hat dir Jerónimo anvertraut. Er hat dich neben ihn gesetzt, auf die linke Seite. Er hat dir verziehen, daß du ein Coen bist. Ich habe beobachtet, wie du dich verändert hast. Manfred mit dem Skizzenblock. Der Junge, der in Manhattan in die Schule geht. Mit seinen edlen Zeugnissen. Ich habe zu Papa gesagt, daß er dir Schokoladensirup in die Augen schütten soll. Doch Papa mochte dich, und deshalb hat er statt dessen seine Augen zugedrückt.«

»Das ist zwanzig Jahre her. Was hat das damit zu tun, daß du den Chinesen auf meine Ehefrau ansetzt?«

»Frag deinen Freund, den alten Chef.«

»Isaac? Isaac arbeitet für deinen Papa.«

»Blödsinn. Die ganze Boston Road ist ein einziges großes Kabel mit Stöpseln, die von unseren Mündern in den Arsch des Chefs führen. Isaac entgeht kein Wort.«

»Warum hat Papa ihn dann genommen?«
»Wenn man von einer Ratte beschnüffelt wird, ist es besser, man weiß, wo sie sich rumtreibt, sonst knabbert sie einem im Dunkeln das Gehirn an.«
»César, als ich letztes Mal in der Bronx war, hat Isaac kein Wort mit mir geredet. Er hat mir die Klotür vor der Nase zugeschlagen.«
»Wir haben dir Jéronimo gezeigt, wir haben dir Mordeckay gezeigt, wir haben dir Vanders Tochter besorgt, und du hast dich umgedreht und bist zum Chef gegangen.«
»Seit ich wieder zu Hause bin, habe ich mich um nichts anderes als einen Tischtennisschläger gekümmert.«
»Isaac erzählt die Geschichte anders. Er verhöhnt Papa mit deinem Namen. Du bist sein ›Hauptköder‹. Du hast dich auf Isaac eingeschworen. Manfred, du mußt viel Schlechtes von deiner Mutter mitbekommen haben. Sie hat Sonnenbäder in Papas Obstgarten genommen, und sie hat immer darauf geachtet, daß Jerónimo sie von den Nippeln abwärts sehen konnte, und dann hat sie geklagt, das Baby spioniere ihr nach.«
Coen erinnerte sich an den Tisch im Obstgarten, an Papas knorplige Bäume, an Jerónimo, der mit einem Bogen spielte, daran, daß Albert und Sheb nicht auf der Farm waren, weil sie nach Landeiern suchten, nach Rieseneiern, die sie in die Bronx mitnehmen wollten; Coen saß mit seiner Mutter am Tisch, bat sie, sich ein Tuch umzuwickeln, lief wie eine Vogelscheuche mit ausgebreiteten Armen um den Tisch herum, wenn Jerónimo in der Nähe vorbeistolperte, um die Pfeile einzusammeln, die sich von seinem viel zu schwachen Bogen lösten.
»Meine Mutter ist nicht hier, César. Frag Papa, wieviel mein Vater ihm vor seinem Tod geschuldet hat. Sag mir, warum es so lange gedauert hat, meine Adresse in Deutschland herauszufinden. Habt ihr alle Schulden meines Vaters auf den Penny zusammengerechnet? Wie hoch stand der Eierladen in der Kreide?«
»Wach auf, Manfred. Papa hätte den Eierladen mit einem Finger heben können. Wozu hätte er die paar Mäuse von deinem Vater brauchen sollen?« César hängte ein; Coen konnte den Duft der Erdbeeren nicht loswerden und auch das Bild seiner Mutter nicht, die gebückt durch die Felder lief und Erdbeeren in das bunte Halstuch einsammelte, das besser ihren Ausschnitt be-

deckt hätte. Hatte sie sich in Alberts Gegenwart genauso entblößt? Trotzte sie den Guzmanns, oder gab sie an? Wer hatte sonst noch unter ihr Halstuch geschaut? War das der Grund dafür, daß Albert sie nicht mehr auf die Farm geschickt hatte? Coen preßte sich ein Kissen aufs Gesicht und kaute das Ganze noch einmal durch.

Boris Telfin, *der* Boris Telfin mit den Kirschblintzes und den Vierteldollar-Zigarren, war Lotse und Chauffeur und kein Botenjunge. Es war schon schlimm genug, daß er für Marranen arbeitete, eine Familie von Schweinefleisch essenden Juden, für die Guzmanns aus Portugal, Lima und der Bronx, die Vaterunser in ihre Hühnersuppe nuschelten, die Kreuze auf ihren Gräbern aufstellten, die achtzig Prozent aller Zeit Christen waren; doch die Liaison zwischen Zorro (dem wandelbarsten seiner Herren) und einem Chinesen war gewiß nicht dauerhaft, allerdings war César nicht allein daran schuld. Die Männer des First Deputy zwangen ihn, zu Hause zu bleiben; in grünen Wagen fuhren sie vor seinen Spielhöhlen (Privatwohnungen, in denen die Spiele stattfanden) auf und ab, und César konnte es nicht wagen, sich selbst in die Territorien des Chinesen zu begeben. Daher mußte Boris vermitteln.

Er traf den Chinesen auf einem freien Grundstück in der Prince Street. Der Narr trug Hosenträger, mit denen er auf eine Meile zu erkennen war. Mit einer solchen Person konnte Boris nicht vertraut werden (zumindest hatten die Marranen eine Abneigung gegen Gewalttätigkeiten und offene Kriegsführung). Er kannte die Laufbahn des Chinesen, wußte von seinen skalpierten Taxifahrern und sonstigen Chauffeuren. Kein Fahrer fühlte sich in der Nähe dieses Irren sicher.

»Schätzchen, sag Zorro, daß ich den Schuh loswerden wollte. Aus freiem Entschluß. Er war verhext. Er hat mir Unglück gebracht.«

»Mister, das sind alte Kamellen. Ich meine nicht den Schuh. Zorro bittet Sie um einen Gefallen. Es geht um diesen Gentleman. Coen. Genug ist genug. Ich persönlich hätte nichts gegen einen kleinen Gehirnschaden. Sein Kopf könnte ein paar Löcher mehr gebrauchen. Aber das ist nicht Césars Wunsch. Er will, daß Sie Ihre Arbeit niederlegen. Madam Coen soll unbelästigt im Park sitzen und ihren christlichen Gedanken nachhängen.«

»Boris, er hat mein Gesicht berührt. Zweimal. Einmal im Revier, einmal bei Bummy. Dafür wird er umgelegt, aber ich suche mir einen geeigneten Zeitpunkt aus.«

»Mich hat er auch angefaßt. Er hat an meiner Jacke gezogen. Stellen Sie sich das vor, er belästigt einen auf der Straße, dieser Blechbulle. Meine sämtlichen Schwager haben zugeschaut.«

»Boris, ich werde zu gegebener Zeit an dich denken. Das verspreche ich dir.«

Der Lotse fing an, den Chinesen zu mögen. »Chino, meine Zustimmung haben Sie, aber erwähnen Sie es bitte nicht Zorro gegenüber. Er würde mich nach Queens zurückschicken. In einer Kiste.«

»Ich bin keine Petze«, sagte der Chinese.

»Was kann ich für Sie tun, Chino? Sagen Sie es nur.«

»Es gibt einen Mann, Boris, Solomon Wong; er hat in Kuba für meinen Vater Teller gewaschen, ein alter Mann, und ich will wissen, daß es ihm nicht schlecht geht. Von mir nimmt er kein Geld an.«

»Wieviel?« fragte Boris, der praktisch veranlagt war.

»Vielleicht zehn wöchentlich.« Der Chinese wühlte nach seinem Geldclip. Boris schüttelte den Kopf.

»Zehn wöchentlich? Das zahlt César.«

»Nein. Es muß von mir kommen; sonst hat es keinen Sinn.«

Boris nahm das Geld des Chinesen an. Er wollte abfahren. Der Chinese hielt sich an der Limousine fest.

»Willst du denn nicht wissen, wo du ihn findest?«

»Wen?«

»Den Tellerwäscher. Versuch es auf anderen Baustellen. Oder in Obdachlosenheimen.«

»Mister, was glauben Sie, wie viele Solomon Wongs es gibt?«

Chino ließ den Wagen los. Er sehnte sich nach einer Waffe. Die Rausschmeißerinnen im »Dwarf« hatten seinen Colt. Sie hatten ihn in einen Putzeimer fallen gelassen, als er wegen Odile die Spelunke eingerannt hatte. Wenn er mit Coen fertig war, würde er diese beiden Mannweiber zusammenschlagen. Von einem der üblichen Händler konnte er keine Waffe kaufen. Wenn sich überall Polizeibeamte rumtrieben, trocknete der Markt aus; nur die Nigger verkauften jetzt noch Knarren, aber bis nach Harlem konnte er nicht laufen. Er vermißte seinen Schuh, dieses höckrige

Stück Leder. Doch in letzter Zeit hatten ihn immer, wenn er den Schuh trug, ergreifende Bilder von seinem Vater bestürmt. Der Chinese war gläubig; er hatte keine Bedenken, was die Glaubwürdigkeit von Geistern anging. Sie zogen ihn bestimmt zur Verantwortung. Sein Vater hatte Schlamm im Schädel (ein Zeichen von Ruhelosigkeit). Um den Geist zu beschwichtigen, wollte Chino Vorkehrungen für Solomon Wong treffen. Vielleicht war es das Schicksal seines alten Vaters, mit schlammigem Kopf herumzulaufen, bis Solomon, der lebendig auf dieser Welt lebte, von seinem niederen Status als Tellerwäscher und *Vagabundo* erlöst werden konnte und auf Lebzeiten ein Einkommen hatte, ganz gleich, wie gering. Doch im Moment konnte er Solomon nicht suchen. Und der Geist mußte gefüttert werden. Daher sah er zu, daß er den Schuh loswurde. Um etwas gegen sein Magenknurren zu unternehmen, ging er zur Grand Street, um Pinienkernhörnchen zu essen und Mandelmilch zu trinken. Blue Eyes kam schon noch dran, aber nicht heute nachmittag.

12

Sein Ringelreihen mit César und dem Chinesen mußte ihm zu Herzen gegangen sein. Coen, der beeidete, noch nie geträumt zu haben, hatte drei Träume in einer Nacht. In seinen Träumen kamen keine Guzmanns vor, kein Eierladen, keine Farm. Die meisten drehten sich um seine Ehe, seine Kräche mit Stephanie, ihre unter Tränen ausgestoßenen Verwünschungen und seine zusammengepreßten Lippen und nichts Dauerhafterem dahinter als Spucke, Spucke zum Liebemachen; Coen war von der Vorstellung besessen, daß sich ihre Schwierigkeiten in Nichts auflösen würden, wenn er seine Frau nur lange genug bespringen würde. Doch der letzte Traum schweifte von seiner Ehe ab und spielte im Polizeirevier. Coen, Coen als Junggeselle, wurde in den langen, schmalen Hof neben dem Revier gerufen (einen Hof, der für Frischluftsport und Appelle gedacht war und zeitweise als Leichenaufbewahrungsstätte diente), um zwei Leichen zu identifizieren, die auf dem Rasen des Reviers aufgefunden worden waren. Die Leichen waren in behelfsmäßigen Särgen untergebracht (Weidenkörben aus der Wäscherei des Krankenhauses, die mit alten Pferdedecken zugedeckt waren). Coen erkannte den Babyspeck von Stephanies Töchtern durch das Weidengeflecht. Die Mädchen hatten verunstaltete blaue Hühnerhälse und geschwollene Zungen. Das Korbmuster schnitt in ihre Haut ein und ließ sie runzlig erscheinen. Die Augen der Kinder traten als braune Knollen aus den Köpfen. Aus den Zähnen lief Blut. Die Wachtmeister mußten ihnen die Hände gefaltet und die Knie zusammengebogen haben; in einer derart würdigen Haltung konnten sie nicht gestorben sein. Zuerst berührte Coen Judith. Er wollte sein Mädchen nicht unter einer schäbigen Pferdedecke liegen lassen. In den Körben krabbelten Käfer herum. Coen zerquetschte sie mit seinem Daumen, doch die Käfer drehten sich nur auf den Rücken und gaben ekelhafte Geräusche von sich. Coen zog sich im Hof aus. Er legte seinen Mantel unter Alice und stopfte Judiths Sarg mit Hosenbeinen aus. Leise surrend fuhr der Leichenwagen vor. Coen war immer noch nicht dahintergekommen, wer ihn in den Hof gerufen hatte. Der Truppenführer? Brodsky? Pimloe? Coens zeitweiliger Partner, der Kriminalbeamte Brown?

Beim Erwachen fauchte er Isaacs Namen. Seine Nase war rotzverklebt. Auf seiner Uhr war es drei Uhr morgens. Mit Knien, auf die kein Verlaß war, stand er zitternd auf. Er hatte Stephanie in seinen eigenen Dreck hineingezogen. Doch wegen eines miesen Albtraums konnte er den Chinesen nicht schon wieder schlagen. Er zog seine Detektivkluft an (Fischgrät, grau in grau), rasierte sich die lästigen Haare unter der Nase und machte sich auf den Weg zu Stephanie. Er rüttelte den Nachtwächter wach und stach ihm sein goldenes Dienstabzeichen in die Rippen. »Mrs. Nerval braucht mich. Ich bin mit ihr verwandt. Außerdem bin ich Bulle.« Der Pförtner konnte es nicht leiden, wenn Bullen nach Mitternacht in sein Gebäude kamen. Mit nervöser Faust verhedderte er die Stöpsel der Haussprechanlage. Er erwischte Charles. »Dr. Nerval, entschuldigen Sie, Dr. Nerval, hier ist ein Herr, der sagt, er hat was mit Ihrer Gattin zu tun. Er hält mir ein Abzeichen unter die Nase.«

Coen hörte Charles durch die Stöpsel lossprudeln. Er steckte sein Abzeichen ein. »Ich will Mrs. Nerval, nicht ihn.«

»Dr. Nerval, der Herr will Ihre Gattin sprechen.«

Coen beugte sich zur Sprechanlage vor. »Charlie, sei nicht so dämlich. Es ist wichtig; laß mich rein.«

»Es ist vier Uhr, Coen. Glaubst du, Zahnärzte schlafen nie? Ich habe zwei kleine Kinder im Nebenzimmer.«

Charles zog seine Hausschuhe für den Bullen an. Er wünschte, Coen würde seiner Frau zu anständigen Tageszeiten nachlaufen. Er war in seine beiden Zahnarztgehilfinnen verliebt, puertoricanische Mädchen mit zarten Schnurrbärten und schmalen Taillen. Doch Charles war zu gerissen, als daß er das Gleichgewicht in seiner Klinik aufs Spiel gesetzt hätte. Er würde sowohl Rita als auch Beatriz erst dann nachstellen, wenn sie ihn um einer besseren Stellung willen verließen. Bis dahin beschränkte er sich auf eine flüchtige Hand auf einem Oberschenkel, sobald seine Patienten, größtenteils alte Männer, im Zahnarztstuhl einschliefen.

Stephanie kam in einem flüchtig übergeworfenen Umhang aus dem Schlafzimmer und zeigte eine ganze Menge Haut. Sie besaß Verstand genug, keine Spielchen mit Coen zu spielen. »Setz dich, Freddy.« Charles warf einen Blick auf eine Krampfader an Stephanies Schenkel und schätzte sich glücklich, eine Rita und eine Beatriz zu haben.

»Weck bitte Judith und Alice auf, Steffie.«

Charles krallte seine Nägel in seinen Schlafanzug. »Der Wachtmeister erteilt Anweisungen. Stephanie, triff dich in Zukunft mit deinen Männerbekanntschaften außer Haus. Der Typ von unten wird demnächst rumerzählen, daß wir Gruppensex treiben.«

»Laß ihn ausreden, Charlie. Mach uns einen Toast, oder geh ins Bett.«

Coen bemühte sich, seine frühere Frau nicht anzustarren; die lässigen Falten ihres weiten Umhangs erregten ihn, nicht die bloße Haut. »Bring die Mädchen zu Charlies Mutter. Schick sie nach Connecticut. Jetzt sofort.«

»Er ist ein armer Irrer«, sagte Charles. »Völlig übergeschnappt, genau, das ist es. Er glaubt, wir organisieren einen Pendelverkehr für kleine Mädchen. Stephanie, sag ihm, er soll jemand anderen um diese Nachtzeit belästigen.«

»Fred, hat es etwas mit diesem chinesischen Jungen zu tun?«

»Chino Reyes ist für eine kitzlige Angelegenheit engagiert worden. Ich habe seinen Herrn beleidigt. Die Guzmanns halten mich für einen Spion.«

»Geht das alles von Isaac aus?« fragte Stephanie. Sie grollte immer noch gegen den Chef; Isaac war schuld an allem. Er war in ihre Ehe eingetreten, hatte Coen manipuliert und sich geniale Züge ausgedacht, um ihn von ihr fernzuhalten.

»Wer ist der chinesische Junge?« fragte Charles. »Warum können die Mädchen nicht in ihren eigenen Betten schlafen?«

»Der Chinese geht nach komischen Gesichtspunkten vor. Er will jedem, der mir nahesteht, etwas antun. Er hat Judith und Alice im Park nachgeschnüffelt.«

Charles ging mit grimmigem Gesicht im Wohnzimmer auf und ab; ihm war nicht mehr zum Spaßen zumute. »Coen ist schuld; ein Bulle, der sich mit Verbrechern einläßt. Stephanie, warum hast du dich von ihm scheiden lassen, wenn du vorhattest, ihn wieder hier anzuschleppen? Er treibt es noch so weit, daß die Babys umgebracht werden. Ich werde jetzt die Polizei anrufen.«

»Charlie, du stehst der Polizei gegenüber.«

»Du? Du bist kein Bulle. Ich weiß von Isaac Sidel. Er hat dich eingekleidet, er hat dich zu dem gemacht, was du bist, und dann hat er dich mit dem Finger im Arsch sitzen gelassen. Ohne Isaac kannst du nicht über die Straße gehen. Das höre ich häufig von Bullen in der Bronx. Du seist perfekt dazu geeignet, mit dem Schwanz eines Chefs zu wedeln. Stephanie, pack die Mädchen zusammen. Ich fahre sie zu Mama. Coen, tu mir einen Gefallen. Komm nie wieder.«

»Sie brauchen nur ein paar Tage in Connecticut zu bleiben«, murmelte Coen. Er schämte sich, Stephanie zu erzählen, daß sein gesamter Argwohn nur aus einem Traum entsprungen war. Doch das Bild von Judith und Alice in Strohsärgen hatte für Coen absolute Gültigkeit. In den Weidenkörben war so viel blutiger Brei gewesen, daß er es nicht aus dem Kopf bekommen konnte. Charles hatte Alice schon fertig angezogen, doch Stephanie trödelte mit Judiths Socken herum, um mit Coen reden zu können. »Paß auf dich auf, Freddy. Schließ Frieden mit den Guzmanns, und sieh zu, daß du heil aus der Sache rauskommst.«

Sie umarmte ihn vor Charles und den Mädchen, hielt ihn fest wie eine Ehefrau, ohne ihre Zunge zu bewegen, und Coen spürte, wie seine Nervosität schwand, doch seine Furcht konnte er nicht loswerden; Vater verloren, Mutter verloren, Coen verloren. Stephanie nahm seine animalische Witterung wahr, das Zucken und Zerren in seiner Brust, und sie wünschte, sie hätte zwei Ehemänner haben können und nicht nur einen. Charles fing an, zu motzen. »Coen, sie wird die Massage morgen fortsetzen. Verdammt nochmal, Stephanie, kannst du ihn nicht dafür hassen, wenigstens ein kleines bißchen, daß er deine Töchter in sein stinkiges Leben zieht? Ich bin ja nur der Vater. Ich zähle nicht.«

Coen schlich sich unbemerkt am Pförtner vorbei. Seine Augen lagen tief in ihren Höhlen, und die Taxifahrer an der Central Park West erschraken vor diesem Spuk; sie sahen einen Mann in Fischgrät mit totem Blick. Als er fünf Straßenecken weit gegangen war, wurde ihm bewußt, wie sehr es ihn erleichtert hatte, die Mädchen noch lebendig vorzufinden. Coen wollte keine weiteren Verhextheiten in seinen Traum hinein interpretieren, doch die Strohsärge vor dem Revier hatten ihn auf den Ofen seines Vaters gebracht, ihn in den Herd schauen lassen. Ihm, dem Albert auf dem Magen lag, fiel es leicht, Judith und Alice mit Hühnerhälsen auszustatten. Als er auf die Kreuzung zukam, an der er wohnte, mußte er seine Schritte sorgsam setzen, um eine Schar von älteren Frauen und Männern zu umgehen. Mit den Fäusten schlugen sie einen *Cubano* zu Boden, einen Fürsorgefall, der in Arnolds Hotel wohnte. Coen erkannte die Anführerin, die Witwe Dalkey, seine Nachbarin, die zugleich eine Art Hauswartsstelle einnahm. Die Arme des *Cubano* waren mit Fäusten und Klauen bedeckt. Er hielt etwas gegen seinen Magen gedrückt. Er hatte Kratzer um die Augen herum. Coen drängte sich in die Meute. Er zog Mrs. Dalkeys Faust von der Wange des *Cubano*. Sie kreischte und spuckte, bis sie sah, daß es Coen war. Ein Spitz mit blutender Nase fiel dem *Cubano* zwischen die Beine. Mrs. Dalkeys heißer Atem blies Coen an. »Wir haben ihn geschnappt, Detektiv Coen. Wir haben den elenden Schurken erwischt. Der bringt keinen Hund mehr um.« Sie deutete auf eine gesprungene Schüssel, die neben einem der Bäume stand. »Er hat Mimsy mit vergiftetem Fleisch gefüttert.« Der Spitz konnte den Kopf nicht mehr heben. Seine Zitzen schwollen an.

Coen stand zwischen dem *Cubano* und Mrs. Dalkeys Meute. Er hatte nicht genügend Ehrgeiz, den *Cubano* mit Mrs. Dalkey auf den Fersen zum nächsten Revier abzuführen; sie würde den sterbenden Spitz streicheln und als Indiz hochhalten. Der *Cubano* konnte nicht mehr Englisch als »Yes« und »No«. Zitternd stand er vor Coen auf; sein Profil wandte er lieber ein paar alten Männern als Mrs. Dalkey zu. Er roch nach schalem Parfum. »Vieh«, zischte Mrs. Dalkey. Sie entschied, daß sie durch Coen nicht zufriedenzustellen war und holte einen Streifenbullen vom Broadway hinzu, einen Neuling. Der Neuling tat sich groß mit allem Drum und Dran; Handschellen, Halfter, Knüppel, Patronengürtel, Dienstpapier und Bleistiftmäppchen. Sein Name war Morgenstern. An seiner Jacke steckte die Nadel einer der Bruderschaften für jüdische Bullen. Coen besaß die gleiche Anstecknadel, doch er trug sie nie; zu Zeiten seiner Ehe hatte die Gesellschaft der Hands of Esau ihn informiert, sie könne keine Grabstelle für nicht-jüdische Ehefrauen bereitstellen. Coen und Stephanie würden nach den Statuten der Gesellschaft in verschiedenen Friedhöfen beigesetzt werden. Coen hatte sein zukünftiges Grab einem vermögenslosen jüdischen Bullen vermacht, der seine Beiträge nicht mehr bezahlen konnte und auf dem Friedhof der Gesellschaft begraben werden wollte.

»Sie nehmen die Verhaftung vor«, sagte Coen. »Das ist Ihr Fang. Aber passen Sie auf, daß diese Damen und Herren ihn nicht in Stücke reißen, ehe Sie ihn zum Revier bringen können.«

Der Neuling bestand darauf, Coen die Hand zu schütteln. Dies war erst seine dritte Verhaftung. Die Bullen auf seinem Revier waren wesentlich geiziger als Coen. Sie traten niemandem einen »Fang« ab. Außerdem redeten sie auf der Straße nicht mit ihm.

»Wachtmeister Morgenstern«, sagte Mrs. Dalkey. »Ich wette, das ist der Lippenstift-Freak. Einen Perversen kann ich am Schweiß in den Augen erkennen.«

Der Neuling holte sein Notizbuch heraus. Sein Bleistift brach beim »F« von Freak ab. Mrs. Dalkey gab ihm einen frisch angespitzten Bleistift.

Coen rief ihm seine Telefonnummer zu. »Rufen Sie mich an, wenn er nach oben gebracht wird.«

»Was soll ich mit dem Hund machen, Mr. Coen?«

»Geben Sie ihn Mrs. Dalkey. Und vergessen Sie den Freßnapf nicht.«

Der Neuling mußte sich mit dem zweiten Platz zufriedengeben, hinter Mrs. Dalkey, die ihre Leute, den Hund und den Freßnapf zusammensammelte. Coen mußte die Prozession entlangschreiten, um ins Haus zu kommen. Nach weniger als zwei Stunden rief ihn der Streifenbulle an.

»Er ist weich, Coen, er hat gestanden. Die Dame hat recht gehabt. Er war früher Puppenmacher. Hat seit Jahren nicht mehr gearbeitet. Er hat die Kinder auf die Dächer gelockt. Hat das Messer zum Puppenschnitzen für die Kinder hergenommen. Er hat viele Kostüme zu Hause. Für alte Puppen. Der Freak hat versucht, den Kindern die Kleider anzuziehen. Mit seinen Fettstiften hat er sie angemalt. Er hat jedem ein Paar neue Lippen gegeben. Die Bullen konnte er nicht zum Narren halten.«
Coen drehte sich im Bett um. »Morgenstern, bei euch da drüben muß es kluge Köpfe geben. Dieser *Cubano* konnte noch nicht mal seinen Namen auf Englisch aussprechen. Hat man Puppenkleider bei ihm gefunden? Und warum vergiftet er Hunde?«
»Das weiß ich nicht.«
Coen rechnete damit, daß Morgenstern schon im Laufe des Nachmittags weniger frohlocken würde. Wahrscheinlich würden die Bullen seinen Namen aus ihren Berichten streichen. Wenn ein Neuling den Lippenstift-Freak unter die Finger bekam, konnte das ihrem Prestige schaden.

Irene, alias die Witwe, alias Mrs. Dalkey, konnte nicht zur Witwe gemacht worden sein, denn sie war nie Ehefrau gewesen. Sie war in einem Findelhaus an der Delancey Street geboren worden, und eine Schwester im Krankenhaus hatte ihr den Namen gegeben. Der Klempner Frankensteen und seine Frau, ein mürrisches Weib, das nicht gewillt war, eine Geburt über sich ergehen zu lassen, hatten Irene adoptiert und sie in Frankensteens Kellerladen gebracht, in dem sie gleichzeitig auch wohnten. Sobald Irene der Sprache mächtig war (mit etwa drei oder vier Jahren), hatte Mrs. Frankensteen das kleine Mädchen in tiefe Verwirrung gestürzt, indem sie ihm die Umstände seiner Geburt erzählte; sie sagte Irene, sie sei ein »Elfenkind«, ein Wechselbalg, der von einer reichen Frau aus einem guten Wohnviertel auf den Treppenstufen des Krankenhauses ausgesetzt worden war, weil die Frau die Scherereien nicht haben wollte, die man als Mutter hatte. So wurde sich Irene ihrer Illegitimität bewußt. In der Schule an der Mulberry Street (fünfzig Jahre später sollte der Chinese dieselbe Schule besuchen) hatte Irene begonnen, sich mit ihrem Doppelleben auseinanderzusetzen: einerseits die Tochter einer reichen Dame, andererseits an die Frankensteens abgeschoben. Ihre Noten wurden schlechter, und sie wurde aus der Schule genommen, um als Wäscherin zu arbeiten (Irene war noch unter zwölf). Jungen und ältere Männer befummelten sie in der Wäscherei, zogen ihre Schürzenbändel auf, während sie Damasttischdecken aus einem herrschaftlichen Haus in der Dreiundzwanzigsten Straße einseifte und weiterhin über die Möglichkeiten eines anderen Lebens nachgrübelte.

Mit fünfzehn lief sie mit einem Besenverkäufer davon, der nur einmal in die Wäscherei gekommen war. Der Verkäufer nannte sich Mr. Dalkey. Weil er in Hartsdale, New York, bereits eine Ehefrau und drei Söhne besaß, brachte er Irene in der Columbus Avenue unter, damals eine Ladengegend mit mickrigen Wohnungen für Schreiner und Lebensmittelverkäufer, die sämtliche Herrschaftshäuser in der Nähe des Parks belieferten. Der Verkäufer besuchte seine »Mätresse« etwa zweimal monatlich in der Columbus Avenue. Nach neun Jahren warf sie ihn hinaus und wurde die Witwe Dalkey. Sie war vierundzwanzig und wieder einmal Wäscherin.

Die Witwe hatte der Reihe nach etliche Hunde; Everett, Stanley, Chad, Noah, Raoul und jetzt den Dalmatiner Rickie. Sie nahm sich keine Liebhaber mehr. In den Augen der Witwe waren Männer nur einen Tick zu mickrig, um Ungeheuer zu sein. Der Verkäufer wurde nicht in dieses Schema eingepaßt; er ging nicht einmal in die Vorstellung der Witwe von sich selbst ein. Sie dachte an den Mann, der ihre Mutter ruiniert hatte, die reiche Dame, die er genötigt hatte, ihr eigenes Baby zu einem Findelkind zu machen.

Sie sah zu, wie die Gegend schlechter wurde, wie die Lebensmittelhändler nach mehr Geld schrien und die Herrschaftshäuser sich ihre zahllosen Sklaven nicht mehr leisten konnten. Die Hotels wurden in Sozialamtsasyle umgewandelt, die Lebensmittelläden wichen Haushaltswarengeschäften. Juden krochen von der Bowery herauf, Schwarze zogen ein, dann Puertoricaner und zu allerletzt die *Cubanos*. Mrs. Dalkey widersetzte sich diesen schäbigen Immigranten, so gut sie konnte. Sie kämpfte für hellere Straßenbeleuchtung, regelmäßigen Kirchgang, Platz am Randstein für Hunde, das Anpflanzen von Bäumen und die Rückkehr der weißen Lebensmittelhändler. Bis zu dem Zeitpunkt, als Coen für den *Cubano* Partei ergriff, hatte sie ihm sein

Judentum verzeihen können. Es gefiel ihr, einen Kriminalbeamten im Haus zu haben. Doch von Juden würde sie keine Gefälligkeiten mehr annehmen. Dalkey meinte es ernst. Sie gab Rickie Anweisung, an Coens Tür zu pinkeln.

Am Abend nach der Gefangennahme des *Cubano* sah sie einen Schwarzen durch ihren Türspion. Er hielt ein Polizeiabzeichen in der Hand. Dalkey geriet in Panik. Sie wünschte, Coen hätte sie nicht im Stich gelassen. Vielleicht konnte sie ihn über die Feuertreppe herbeiholen. Sie sah noch einmal durch das Guckloch. Wenn ein Nigger eine Polizeimarke tragen konnte, waren die Zeiten schlecht. Sie antwortete dem Mann erst, als sie Rickie gegen die Tür gedrückt hatte. »In welcher Angelegenheit kommen Sie? Wer sind Sie, und was wollen Sie?«

»Mrs. Dalkey, ich bin ein Detektiv aus dem Fürsorgehotel am anderen Straßenende. Mein Name ist Alfred. Ich bin für die Sicherheit da drüben zuständig.« Die Erwähnung des Hotels ängstigte Dalkey; sie fragte sich, ob der *Cubano* einflußreiche Freunde hatte. »Nun, und was erwarten Sie von mir?«

»Meine Bosse, Bodgen, Smith und Liveright, die Gesellschaft, die das Hotel leitet, hat mich gebeten, Ihnen zu danken, Mrs. Dalkey. Sie bekommen eine Belohnung. Können wir uns unterhalten? Drinnen, Mrs. Dalkey?«

Mrs. Dalkey schob den Riegel zurück und öffnete, Rickie zwischen sich und dem Nigger. Alfred konnte den Hund nicht leiden. Er hätte Rickie mit der Anstecknadel seines Abzeichens die Nase zerstochen, wenn er nicht in offizieller Sache hiergewesen wäre. Dalkey führte ihn ins Wohnzimmer, aber sie bot ihm keinen Stuhl an.

»Mrs. Dalkey, ich habe fünfzig Dollar für Sie, wenn Sie versprechen, nicht auszuposaunen, woher der Freak gekommen ist. Sie kennen diese Stadt, Ma'am. Die Leute, die von der Wohlfahrt leben, werden zu uns abgeschoben, und jetzt haben wir sie auf dem Hals. Andernfalls hätten wir eine erstklassige Kundschaft. Dieser Ernesto ist geistig zurückgeblieben. Wir wußten es. Aber macht das der Regierung etwas aus? Die beschützt alle Waschlappen. Ich habe ihn dabei ertappt, wie er seine Puppen abgeschleckt hat. Voodoo-Zeug. Mit nassen Backen setzt er sie hin. Hätte ihn die Treppe runterschmeißen sollen. Aber die Regierung garantiert ihm seine Rechte, und mein Abzeichen reicht für

sowas nicht. Was sagen Sie jetzt, Mrs. Dalkey? Sind Sie dabei? Halten Sie zu uns und unterstützen die Gesellschaft?«
Die Witwe ließ Rickie auf Alfreds Knie los. »Ich traue keinem Mann von einer Gesellschaft«, sagte sie. »Sie können Ihren Arbeitgebern sagen, daß Irene sich nicht bestechen läßt. Ich nehme Ihr dreckiges Geld nicht an. Hoffentlich fällt Ihr Hotel in sich zusammen.«
»Leck mich doch am Arsch«, sagte Alfred in der Tür. Er setzte seine Sonnenbrille auf und spuckte die Glühbirne im Hausflur an. »Leck mich am Arsch. Leck mich am Arsch.«
Mrs. Dalkey schob die Riegel wieder vor. Zitternd lehnte sie sich gegen die Tür. Rickie wimmerte über ihre seltsame Verfassung. »Maulhalten«, sagte sie. »Warum hast du ihn nicht massakriert?« Sie gab dem Hund nicht zu fressen. Sich selbst betäubte sie mit Honig in schwarzem Tee. Sie faltete die Hände über dem Herzen. Dalkey war vierundsiebzig. Sie gelobte sich, dieses Hotel noch zu ihren Lebzeiten zu vernichten. Doch der Nigger hatte sie brummig gemacht. Sie sah die Umgebung ihrer Kindheit wieder vor sich, ihre Schlafcouch in einem Kellerladen, die beiden Frankensteens, empfand die Schmach, so nah an den mit Scheiße befleckten Stiefeln eines Klempners zu leben. Dalkey fing an zu weinen. Sie hatte keinen Ehemann, der sie beschützte, nur einen sabbernden Hund. Ihre Geschichte schien sich abzuwickeln wie das Küchenpapier auf der Rolle über ihrem Ausguß; sinnloses, zerknittertes Wisch-und-Weg. Warum sollte sie das Entsetzen ihrer gesamten Umgebung in sich aufnehmen, gar etwas ändern? Sollten doch die Hausfrauen den weißen Krämern nachweinen und sie zurücklocken. Dalkey war am Ende; sie hatte es satt. Sie würde ihren Hauswartsposten niederlegen und sich nicht mehr um die öffentlichen Interessen kümmern. Sie wollte ihre rechtmäßige Mutter haben, nicht Mrs. Frankensteen. Sie war es müde, die Witwe zu sein. Rickie begrub seinen Kopf in ihren Unterröcken. Jetzt konnte sie den Hund bemitleiden. »Erinnerst du dich an deinen Papi, Rickie? Wir sind Waisen, mein Liebling. Uns hat der Storch gebracht. Elfenkinder, das war's, was die Frau gesagt hat.« Sie strich über die kahlen Stellen auf Rickies Kopf. Sie wischte ihm Grind aus den Augen. Sie fütterte ihn mit Karotten, Lachs und Leberwurst. Dalkey war wieder sie selbst. Sie würde eine neue Baumkampagne planen.

13

Coen wählte nach seinem Morgentee die Nummer des Büros des First Deputy.

»Geben Sie mir Isaac Sidel.«

Die Telefonistin bat ihn, den Namen zu buchstabieren.

»Wir haben keine Eintragung unter Sidel«, sagte sie.

»Suchen Sie in Herbert Pimloes privaten Unterlagen nach ihm.«

»Wie ist Ihr Name, Sir?«

»Manfred. M wie Montag, A wie Athlet, N wie Nachlaß, F wie Fischköder, R wie Regent, E wie Ende, D wie Dollar.«

Pimloes Chauffeur übernahm das Gespräch. »Was willst du, Coen?«

»Brodsky, sag Pimloe, daß ich mich mit Isaac treffen will. Ich muß mit ihm reden. Von mir aus auf Papas Veranda, in meiner Wohnung, ganz gleich, wo. Isaac soll einen Ort vorschlagen. Wenn er sich nicht mit mir zusammensetzt, Brodsky, werde ich mit den Guzmanns Binokel spielen.«

»Bleib beim Tischtennis, Coen. Pimloe braucht dich nicht mehr. Deine Kumpel bei der Mordkommission haben nach dir gefragt. Du bist wieder bei ihnen eingeteilt, Coen. Ab morgen kannst du wieder Leichen aufsammeln.«

»Wenn Pimloe will, daß ich in den Mannschaftsraum gehe, muß er mich eigenhändig hinschleppen. Ich nehme meine Anweisungen von Isaac entgegen.«

»Wie oft muß ich es dir noch sagen, du Trottel? Isaac arbeitet nicht hier.«

»Dann bin ich vielleicht nicht Coen. Die Guzmanns haben Südamerika nie verlassen, und eine Boston Road existiert nicht auf dem Stadtplan.«

In stinkenden Hosen und einem Hemd, dem die Ärmel fehlten, ging er durch den Park. Childs Pförtner verwechselte ihn mit einem der Anstreicher, die in dem Wohnhaus herumkrabbelten, und sagte ihm, er solle beim nächsten Mal den Lieferanteneingang benutzen. Child saß vor einem Mokka und Croissants. Er bot Coen einen Platz am Tisch an und wollte nicht zulassen, daß er sein Croissant trocken verschlang. Mit einem zierlichen Silbermesser, das in Coens Zeigefinger Platz gehabt hätte, strich er Coen Heidelbeermarmelade auf das Croissant. Child nahm an,

Coen habe es sich anders überlegt und wolle nun doch für ihn arbeiten. Doch Coen lächelte nicht und bewegte sein Kinn nur bis zur Kaffeetasse. »Vander, spitzeln Sie für Pimloe oder für Isaac?«
Child verzehrte beide Schmalseiten seines Croissants. Mit einem Zipfel seiner Serviette wischte er sich Krümel aus dem Gesicht. Als er von seinem Kaffee trinken wollte, legte Coen seine Hand über die Tasse. »Vander, Sie haben mich auf der ganzen Linie mißbraucht. Sie wollten Ihre Tochter loswerden, ins Ausland, damit Sie mehr Platz für Ihre Pornoshows haben. Warum haben Sie Césars Bräute nach Mexiko gebracht? Hat es Sie heiß gemacht, die Mädchen auszuliefern? Sie Saukerl, wieviel haben Sie den Zuhältern an der Bushaltestelle bezahlt? Zwanzig Dollar pro Kopf? Oder haben Sie die Mädchen etwa selbst aus dem Bus geholt, um die Frachtkosten zu verringern? Was immer Sie mit Isaac ausgehandelt haben, geht daneben. Kein Richter in ganz Amerika würde es billigen, daß ein Mann aus der Fifth Avenue minderjährige Bräute aus dem Land schmuggelt.«
Coen hielt Child die Tasse an die Lippen. »Trink, du Schurke!«
»Geld«, sagte Child mit Kaffee im Mund. »Ich war in einer Klemme.«
»Sie gelten als der große Broadway-Mäzen. Wozu sollten Sie Césars Brotkrumen brauchen? Sie wissen, wo sein Vater wohnt? In einem Süßwarenladen. Papa Guzmann mixt Eiscremesodas. Hundert täglich. Er hat zwei Söhne, die nicht ganz dicht sind, und zwei andere, die gerade an der Grenze sind. César ist der Jüngste und der Hellste, aber Sie hätten sich etwas Besseres suchen können.«
»Coen, ich verliere hunderttausend Dollar jährlich an meinen Unterstützungen für Broadway-Aufführungen. Die Wohnung kostet mich weitere tausend monatlich. Ich habe eine Ehefrau in Florida und muß eine Limousine unterhalten. Ohne diese Filme könnte ich keinen Penny investieren. Coen, wer hat Harold Pinter in New York gehalten? Wer hat George Bernard Shaw wieder auferstehen lassen? Wer hat für die Gorki-Übersetzungen bezahlt?«
»Vander, ich war in meinem ganzen Leben noch nicht im Theater, außer, um für das Sonderdezernat die Gattin eines Botschafters zu begleiten. Und das waren immer nur Musicals.«

Coen erkannte Odile an ihrem Kichern. Sie setzte sich in einem Frotteebademantel zu ihnen an den Tisch und stellte sofort ihre nackten Füße auf Coens zweifarbige Schuhe.

»Die klassische Konfrontation«, sagte sie. »Der Kultur-Freak klärt den Höhlenmenschen auf. Ihr seid beide zum Kotzen.«

Coen schleckte sich Marmelade von den Fingern. »Aus meiner Sicht kommst du auch nicht allzu gut weg. Du hast mitgeholfen, Carrie nach Mexiko zu schmuggeln, weil sie dir im Weg war. Keiner von euch ist je auf die Idee gekommen, daß ich nah genug an César rankommen könnte, um sie zurückzuholen. In der Zwischenzeit habt ihr euch in Vanders Wohnung vergnügt, und in der Innenstadt habt ihr auch ein Zimmer. Vielleicht mochte Carrie nicht, daß ihr Vater überall nach dir roch.«

»Onkel, sag ihm, er soll still sein. Er ist ein alter Lügner. Er schleicht sich in Mädchenbars ein, damit er einen nackten Nippel zu sehen bekommt. Er schläft mit einer Pistole auf dem Sofa.«

Vander wusch die Tassen, das Messer und die Kaffeelöffel ab. Odile spielte mit ihren Füßen zwischen Coens Beinen, ohne daran zu denken, was sie getan hatte. Sie haßte den Bullen, sie wollte ihm Marmelade in die Augen schütten. Nachdem sie eine halbe Nacht mit ihm verbracht hatte, hatte sie seinen drahtigen Körper in ihrem Bett vermißt. Sie wollte sich nicht an einen Mann gebunden fühlen. Ihr Onkel parierte, ließ sich von ihr herumschubsen wie ein Stoffteddybär, weil er sich immer noch vor César Guzmann fürchtete und sie eines von Césars Mädchen war. Doch Coen konnte sie nicht verladen. Er glotzte sie nicht so blöd an wie der Chinese. Er zeigte ihr seine Zunge nicht. Er ähnelte eher César, der nicht direkt schwul war, aber für eine Frau nicht öfter als ein- oder zweimal im Monat Verwendung hatte. Sie hatte sogar mit Jerónimo schon geschlafen, ihn verführt, während er sich in der Jane Street versteckt hielt, weil sie glaubte, das würde César gefallen, und auf dem gelben Gesicht des Babys stand derselbe verächtliche Ausdruck, ehe sich sein Samen in sie ergoß, ein Mundvoll Zähne, diese Unabhängigkeit, dieser harte, mutterlose Blick. Sie fragte sich, ob vor ihr jemals eine Frau Jerónimos Eier berührt hatte. Doch sie hatte nicht den Mut, César zu fragen. Und jetzt gab es Coen. Seine Schreie im Bett waren Jerónimos Schreien nicht unähnlich, kurz und trocken. Sie konnte nicht verstehen, was sie an dieser finsteren Sorte Mann anzog. Sie versuchte, vom Tisch aufzustehen, aber sie hing an Coen fest.

»Laß meine Füße los«, sagte sie.

Coen griff unter den Tisch und stieß ihre Knöchel von sich weg. Child bot ihm keinen zweiten Mokka an, und Odile stippte Krümel aus dem Croissantkorb, ohne aufzusehen; Coen verschwand. Er nahm einen gewundenen Seitenweg durch den Park und landete hoch in den Achtzigern. Ein Kopf mit dichtem, grauem Haar kam ihm entgegen, so groß wie ein Kohlkopf, und schoß auf die Columbus zu. Der Kopf bewegte sich mit unglaublicher Geschwindigkeit, tauchte hüpfend über Autodächern auf und verpaßte Laternenpfähle um zwei Zentimeter. Coen brauchte keine Vermutungen anzustellen. Niemand anders als das Baby konnte seinen Kopf mit solcher Zielsicherheit bewegen. Und solange Isaac in der Stadt war, hinter Guzmannschem Blut her war, fürchtete er um das Leben des Babys. »Jerónimo, warum hat César dich so schnell wieder nach Hause geholt? Hat Mordeckay dir alle Süßigkeiten weggegessen?« Coen atmete schwer, doch er konnte nicht mit dem Baby schritthalten. Er war schon eine Straßenecke zurückgefallen. Er wußte, wohin das Baby gehen würde. Zu Onkel Sheb. In der Bronx hatten sie stundenlang zusammengesessen und einander die grauen Haare ausgerissen. Es war gut, daß Coen sein Tempo verlangsamte. Sonst hätte er nicht bemerkt, daß das Baby beschattet wurde. Brodsky folgte ihm in einem Wagen des First Deputy. An der nächsten Ampel stieg Coen unaufgefordert ein. »Brodsky, erzähl' mir bloß nochmal, daß Pimloe und du nicht mit dem Chef verbündet seid. Hast du nicht gesagt, du hättest das Baby noch nie gesehen?«

»Coen, raus mit dir, und zwar schnell, sonst bringe ich dich aufs Revier. In dem Käfig wird es dir nicht gefallen. Sie werden dich mit Erdnüssen bewerfen, Coen. So beliebt bist du bei denen.«

»Laß das Baby in Ruhe, Brodsky. Er kommt wunderbar ohne Schatten zurecht. Fahr woanders rum. Ich schwöre dir, ich lenk dir den Wagen ins Fenster der First National Bank.«

»Du bist ein Tier, Coen. Man sollte dich in den Zoo stecken. Du gehörst nicht auf die Straße.«

Coen drehte Brodskys Schlüssel um und hielt den Wagen an.

»Was hat der First Dep mit Jerónimo vor? Den Lippenstift-Freak haben doch die Idioten von der Fourth Division schon gefunden. Hast du nichts davon gehört? Es ist ein Puppenmacher aus dem Hotel, in dem Arnold wohnt. Hunde vergiftet er auch. Was ist los, Brodsky? Bist du noch nicht dahinter gekommen? Enthält der Chief of Detectives dem First Dep wieder Informationen vor? Dann muß Isaac wieder auf seinem alten Stuhl sitzen.«

Coen wartete vor der Tür des Manhattan Feierabendhauses. Er wollte die andächtige Stille zwischen dem Baby und Sheb nicht durchbrechen. Er kaufte getrocknete Birnen für seinen Onkel und aß sie zur Hälfte auf, während er auf Jerónimo wartete. Das Baby versuchte, ihm auf der Treppe auszuweichen. Er begrüßte Coen nicht. Auf beiden Schläfen bildeten sich Einschnitte, als Coen ihm den Weg verstellte.

»Wo kommst du her, Jerónimo?«

César mußte ihn gewarnt und ihm gesagt haben, daß er nicht mit Coen reden durfte. Hatte er dem Baby eingebleut, daß Coen für Isaac spionierte?

»Jerónimo, bitte, besuch Sheb nicht mehr tagsüber. Die Schwester wird dich abends oder nachts zu ihm bringen. Hier, ich schreibe dir einen Zettel für sie.«

Das Baby zerriß den Zettel und zerkaute die Papierfetzen. Die Adern traten wie Fingergelenke aus seinem Kopf. Coen wollte nicht, daß dem Baby der Schädel platzte. Er mußte ihn gehen lassen.

»Nimm die Seitenstraßen, Jerónimo. Bleib nicht stehen, wenn dich jemand aus einem Wagen anspricht. Ein Mann mit Koteletten sucht nach dir.«

Als Coen seinen Satz schreiend beendet hatte, war das Baby schon eine Straßenecke weiter. Er sah ihm nach, bis der Kohlkopf eine milchige Farbe annahm. Dann ging er zu Sheb.

Im Schlafsaal mampften sie Birnen. Shebby ersah aus Coens Bissen, daß etwas nicht stimmte. Der Neffe machte sich nicht die Mühe, an den Birnen zu nuckeln. Shebby zog seine Decken hoch. Er war froh, daß sich noch andere Männer im Schlafsaal aufhielten und er diesen Bissen nicht ganz allein lauschen mußte. Er bot den anderen die letzte klebrige Birne an. Der Neffe war verrückt; immer brachte er entweder zuviel oder zuwenig mit. Konnte er sich nicht ausrechnen, wieviel Birnen nötig waren, um einen Schlafsaal mit vier verstopften Witwern und Junggesellen zu füttern?

»Wie geht es dem Baby, Onkel Sheb?«

Sheb sah Coen von der Seite an. Er stopfte seine zwei Dollarscheine durch das Loch in seiner Tasche. Der Neffe würde den verpißten Schlafanzug seines Onkels nicht durchsuchen. Dann vergaß er wieder, warum ihm Jerónimo immer zwei einzelne Dollarscheine mitbrachte, die in Toilettenpapier eingewickelt waren.

»Was hat Jerónimo gesagt, Onkel?«

»Er hat gesagt, in Mexiko stinken die Wände. Im Speiseeis ist Stroh. Auf dem Kuchen sitzen Fliegen. Er hatte nicht genügend Centavos, um sich anständige Gummibonbons zu kaufen.«

Die Dollarscheine fielen Sheb aus dem Schlafanzug. Er klatschte darauf, bis die Ränder einrissen. Dann steckte er sie hastig in den Gummizug seiner Schlafanzughose und versuchte, sie flach gegen seinen Magen zu drücken. Ganz gleich, wie sehr Shebby auch rieb, um sie zu glätten – Coen erwähnte das Geld mit keinem Wort.

»Manfred, wieviel ist vierundzwanzig Dollar mal dreizehn Jahre?«

Coen pflückte alte Rosinen vom Kissen seines Onkels. Keinen halben Meter von Shebbys Pyjama entfernt, verlor er die Kraft, ihn zu beschuldigen. Wie viele Onkels konnte ein Bulle haben? Die Guzmanns hatten Verwandte im Überfluß; Papa konnte sie sich wie Haare aus der Nase reißen, konnte einen Cousin gegen einen anderen Cousin eintauschen, doch Sheb und er waren die beiden einzigen Cousins.

»Sheb, ich könnte dir morgen Nüsse vorbeibringen. Die Birnen haben zu lange im Fenster gelegen. Sie schmecken besser, wenn sie nicht so ausgebleicht sind.«

Shebby setzte sich nicht mit den Nachteilen sonnengebleichten Obstes auseinander. Etwa acht- oder neunmal im Jahr kam der Neffe zu ihm. Wenn er sich erbot, morgen wiederzukommen, entsprang das nicht einer plötzlichen Liebe. Daher räumte Sheb den Schlafsaal. »Jungens, setzt euch zu den Fräuleins. Der Neffe und ich müssen was bereden. Morris, heb deinen Arsch hoch. Er schleift am Boden. Sam, wenn du am Schlüsselloch horchst, plombiere ich dir deine großen Ohren mit einer Feige, Irwin, ich

will privat und alleine sein.« Als seine Zimmergenossen draußen waren, fingen Shebs Mandeln an zu schwitzen. Er konnte auch ohne einen Neffen leben. Alles, was er brauchte, waren zwei Dollar monatlich und genügend Klopapier in der Faust. Er nieste.
»Gott segne dich, Onkel Sheb.«
»Wer hat dir das beigebracht? Deine Mutter? Sie hatte Angst vor Schnupfen. Dein Vater hat einen Feiertag ausgesucht, Manfred. Er hat sich in seiner Weste schlafengelegt. Ich mußte ihnen die Haare kämmen.«
Coen hielt Sheb am Knöchel fest.
»Manfred, nur zwei Köpfe haben gleichzeitig reingepaßt.«
»Ich weiß, Onkel. Das brauchst du mir nicht zu erzählen.«
Coen schwankte. Er mußte sich an seinen eigenen Knien festhalten, um nicht mit Onkel Sheb auf die Kissen zurückzufallen. Er wollte nichts über die Ausmaße des Ofens seines Vaters hören. Doch Sheb verschonte ihn nicht.
»Mein Bruder, mein reizender Bruder, er wollte mich mit seiner Frau grillen. Damit er die Knöpfe umdrehen und uns mit dem Daumen prüfen konnte, um zu sehen, wie gar wir sind. Dann wollte er uns behutsam rausholen, ganz behutsam, um Platz für sich selbst zu schaffen. Aber Jessica hat nein gesagt. Sie wollte sich den Herd nicht mit mir teilen. Sie wollte Gas schlucken und dabei Alberts Hand halten.«
Sheb packte Coen an der Wade und zog ihn ins Bett. Da saßen sie zusammengekauert, einen Hausschuh, einen Waschlappen und eine Pillendose zwischen sich.
»Dein Vater, Albert, konnte nicht mehr richtig denken. Er hat mich übriggelassen. Zum Knöpfedrehen.«
Coen steckte seine Hand in Shebbys Hausschuh: Alle Coens hatten kleine Füße.
»Shebby, hat Albert dir gesagt, daß du den Kittel anziehen sollst, den dreckigen Arbeitskittel aus dem Laden?«
»Arbeitskittel?« sagte Shebby. Er konnte nicht denken, ohne mit seiner Zunge zu schnalzen und Spucke durch die Zähne zu quetschen. »Das war nicht Albert. Das war Jessica. Sie wollte nicht, daß ich mir mein Hemd schmutzig mache. Ich sollte mich umziehen, nachdem ich die beiden rausgeholt hatte. Scheiß drauf. Ich hab' meinen Kopf nicht reingesteckt. Ich hatte niemanden, der mir die Hand hält.«

Er grub seine Finger in Coens Arme und schüttelte ihn. »Nennst du das einen Bruder? Er hat geplant und geplant, und zum Schluß bin ich als Heizer übriggeblieben, habe für sie die Knöpfe gedreht.«

»Wo waren die Guzmanns, Onkel? Wer von ihnen hat seine fetten Zehen in den Eierladen gestellt? Wieviel hat sich Albert von Papa geborgt?«

»Ich schütte ihm mein Herz aus, und er erzählt mir was von den Guzmanns. Habe ich Alberts Kleingeld gezählt? Manfred, du hast das Temperament deiner Mutter. Sie konnte einen nicht anschauen, ohne den Mund zu verziehen. Jerónimo bringt mir Geld. Wer erinnert sich schon an die Gründe?«

»Haben Sie dich dafür bezahlt, daß du meine Adresse in Deutschland vergessen hast? Wollten Sie, daß ich nicht im Land bin, bis der Ofen gereinigt war?«

»Und für all das zwei Dollar? Mein Sinn für Geld muß verkommen sein. Warum sollten sie mich nicht weiterhin zahlen? Wir haben erst Alberts zwölften Jahrestag. Kann man in dreizehn Jahren einen neuen Bruder finden? Du bist bekloppt, Manfred. Sie haben mir Geld gegeben, ehe die Coens sich vergast haben. Ich bin kein Fürsorgeempfänger. Papa hat ein Sparkonto für Jorge und mich eröffnet. Aber ich habe das Sparbuch verloren. Ich war nicht auf die Barmherzigkeit deiner Mutter angewiesen, Manfred. Meine drei Hemden hätte ich selbst bügeln können.«

Sheb saß da, hatte den Daumen in der Nase, seine Augen von Coen abgewandt und auf die Pillendose gerichtet und fummelte mit seinen Füßen an dem Hausschuh herum. Coen rief nach Shebs Zimmergenossen. Sein Onkel, dem man zu Hause die Bananen zerdrücken mußte, ehe er einen Bissen nahm, der in abgetragenen Sachen herumlief und nie gelernt hatte, sich einen Scheitel zu ziehen, war der Anführer des Nordflügels vom Manhattan Feierabendhaus. Coen hatte Sheb bagatellisiert. Fern von der Bronx, Alberts Rieseneiern und Jessicas Hand entkommen, blühte der Onkel auf. Er hatte sich selbst beigebracht, wie man mit den Knöpfen eines Herdes umgeht. Coen, der Mann von der Mordkommission, hatte Leichen gesehen, denen die Zunge im Hals steckte, brandnarbige Babys, eine Hure aus Chelsea mit einer Vorhangstange zwischen den Beinen, einen Rabbi aus

Brooklyn mit Läusen dort, wo seine Augen hätten sitzen sollen, einen ertrunkenen Rauschgifthändler mit Kaulquappen in den Schamhaaren; er hatte sich beruflich in den Leichenschauhäusern etlicher Stadtteile rumgetrieben, er hatte Haut berührt, die dicker war als Rinde, er hatte Gerichtsmedizinern beim Absägen von Schädeldecken zugeschaut, aber er hatte nicht den Ofen für seinen Vater angezündet.

Was wußte er über Albert und Jessica? Wie tief konnte man seine Nase in eine Schüssel Gemüsesuppe hängen, ohne sich das Gesicht zu verbrennen? Andere Jungen fanden Präservative in den Kommoden ihrer Väter. Warum nicht Manfred Coen? Wie kam es, daß Jessica nur dann ihren Büstenhalter auszog, wenn Albert in den Laden gegangen war? Küßten sie sich mit offenen Mündern? Wozu lebte man gemeinsam in vier Wänden, wenn man nicht hören konnte, wie ein Vater kam? Sheb hatte er zumindest mit dem Schwanz in der Hand gesehen. Sonst nichts. Die Coens hatten keine ausschweifende Art. Heute mußte er sich fragen, ob sein Vater überhaupt einen Schwanz hatte. Wohin trug seine Mutter ihre prallen Brüste, während Albert Hühnerscheiße von seinen Rieseneiern kratzte? Fiel ihm auch nur ein anderer Vater ein, der sein Leben lang nichts anderes als Eier verkauft hatte?

Er erinnerte sich an losgelöste Einzelheiten, die Farbe von Alberts Portemonnaie mit dem Wechselgeld, an die leichte Mißbildung von Alberts Daumen, den Essiggeruch im Haus, die Furchen im Griff des Salatmessers, die Haube, die Jessica trug, um ihr Haar vor dem Mehl zu schützen, den Höcker auf Jessicas Hals, die Falten, wenn sie lächelte, die Mottenkugeln, die wie in ihre Bestandteile aufgelöste Beeren unten in der Vorratskammer hingen, Alberts Rasierer, Jessicas Kamm, das Muster auf ihrer Bettdecke, ihre Hüte, ihre Schuhe, doch er erinnerte sich an nichts, das ihm das Recht gegeben hätte, sie als seine Eltern zu beanspruchen. Er hätte ebenso gut ein geborener Guzmann wie ein Coen sein können.

Sheb war zu sehr mit Morris, Irwin und Sam beschäftigt, um zu bemerken, daß Coen nicht mehr da war. Er hatte keine Birnen mehr für sie. Er hätte gemeinsam mit den anderen das morgendliche Knöchelknacken beenden können, doch mit zwei Dollar im Schlafanzug hatte er größeren Ehrgeiz. Er forderte den reichsten Kürschner des Südflügels zu einer Partie Halsabschneider-Binokel heraus; Morris und Sam waren die Zeugen und Geldverwalter. Bei einem Blatt verlor er beide Dollarscheine und schuldete dem Kürschner zusätzlich einen weiteren Dollar. Um punkt elf Uhr erinnerte er sich wieder vage an Manfreds Besuch. Er bat Irwin, unter die Betten zu sehen, da er sich nicht daran erinnern konnte, den Neffen nach Hause geschickt zu haben. Den gesamten Nachmittag über war er mürrisch und verstört.

Odile wollte Rache. Sie hätte Sweeney bitten können, dem Bullen das Genick zu brechen oder ein paar Knöchel zu zerquetschen, damit er nie wieder Tischtennis spielen konnte. Doch sie entschied sich, Coen ins Verderben zu stürzen, ohne Sweeney in die Sache hineinzuziehen. Freunde gingen zu rasant vor; übermäßige Hingabe diente ihren Interessen schlecht. Odile zog professionelle Arbeit vor. Der Bulle hatte sie vor Vander gedemütigt, sie einer Verschwörung beschuldigt, mit Vander gemeinsam Carrie aus dem Weg zu schaffen, um ungestört ein bißchen Inzucht zu betreiben. Als ob ihr danach wäre, sich Vander an den Hals zu werfen! Eher würde sie mit dem Chinesen schlafen, seine Mama werden, als, um Himmels willen, es mit diesem komischen Onkel da in der Fünften Avenue zu treiben. Vander ging es um nichts anderes als den Schimmer ihrer Haut unter seinen Lampen. Sie rief ihn aus der Jane Street an.
»Wo finde ich einen Ping-Pong-Profi? Einen käuflichen?«
Vander war kurz angebunden. »Vergiß es, Odile. Dein Teint paßt nicht zu einem grünen Tisch. Versuch es mit einem Federballspieler. Gefesselt im Netz würdest du sehr aufregend aussehen.«
»Ich brauche den Mann nicht für mich, Onkel. Ich möchte Coen eine reinhauen.«
»Warum willst du lange suchen? Coen ist ein schlechter Spieler. Ich könnte ihn dazu bringen, den Ball aufzuessen. Engagier mich.«
»Das geht nicht. Du bist zu sentimental. Dir ist zuzutrauen, daß du dich danach bei Coen ausweinst. Fremde sind mir lieber.«
Sie konnte hören, wie Vander einschnappte; er war stolz auf seine Finesse an der grünen Platte. Er konnte mit einem Ellbogen, einer Hand oder dem Kopf schmettern. Doch für ihre Zwecke war Vander unbrauchbar.

»Geh zu Harley Stone im Kurzentrum an der Christopher Street. Frag nach dem Tischtennisraum. Er wird dort sein. Harley war vor einigen Jahren kanadischer Landesmeister. Er hat die besten Schläge von ganz New York.«

»Du verstehst mich nicht, Onkel. Schläge interessieren mich nicht. Die Turniertypen sind zu hübsch. Ich brauche jemanden, der um Geld spielt, einen Kerl, dem zweihundert Dollar unter dem Tisch nichts anhaben können. Ich will, daß Coen sich ins Hemd macht.«

»Dann wirst du dich an einen Mexikaner halten müssen. Sylvio Neruda. Der kann so spielen, daß Coen den Ball nicht mehr sieht. Aber er ist schrecklich launisch. Wenn du ihn nicht in der richtigen Stimmung erwischst, geht gar nichts.«

»Da geht was«, sagte Odile und rannte ins Heilbad, das nur für Männer offenstand. Als sie Vanders Namen flötete, wurde sie eingelassen. Sie ging durch den Volleyballsaal, den Federballraum, den Raum mit den Wurfspielen und den Anlagen zum Hufeisenwerfen; nackte Männer fauchten sie an, balgten sich um Handtücher oder hopsten mit ihren Genitalien in den Händen herum. »Ach du Scheiße«, entfuhr es Odile. »Das ist ja ein Schwulenhaus.« Vander hätte ihr dazusagen können, daß Sylvio der Pförtner des Tischtennisraums war. Er saß zusammengekauert auf einem Hocker am hinteren Ende des Raums, döste und zuckte mit einer Schulter zum Aufklatschen der Bälle. Die fünf Tische waren belegt, und Odile ging um die Spieler herum, um zu Sylvio zu gelangen. Er hatte Stoppeln auf den Backen. Sie zog an dem Mop, den er zwischen den Beinen hielt, und als er erwacht war, sah er sie schief an. »Mama mia«, sagte er, »was machst du hier? Damen sind nicht zugelassen. Wenn ich Ärger bekomme, mache ich dir die Hölle heiß.«

»Sylvio, ich bin deinetwegen gekommen. Mit einer Empfehlung von meinem Onkel, Vander Child.«

Sylvio, der irgendwo ein Christ war, glaubte an Erscheinungen; im fluoreszierenden Licht konnte er die Konturen von Odiles Gesicht, ihre scharf geschnittene Nase, nicht deutlich erkennen. Er nahm an, sie könne eine der Heiligen aus seinem Katechismus sein, die gekommen war, um ihn zu quälen.

»Vander Child spielt nicht hier. Wie heißt du, Mädel?«

»Odile. Ich brauche dich als Spieler, Sylvio. Ich würde dich gern

für eine Stunde ausborgen. Ich gebe dir hundert Dollar, wenn du einen Vorstadtspieler schlagen kannst.«
Sylvio murmelte die Namen einiger seiner Heiligen vor sich hin. »Lucia, Teresa, Agnes.« Er sah sie starr an. »Wer ist das, dein Hundert-Dollar-Knabe?«
Sie sagte es ihm.
»Ich habe nie von einem Coen gehört. Wo spielt er? Bei Morris oder bei Reisman?«
»Bei Schiller. An der Columbus.« Sie zeigte ihm die Adresse.
Sylvio lachte in seinen Besenstiel. »Mama, da gehen nur Clowns hin. Von Küchenschaben nehme ich kein Geld an. Reisman ist okay. Schiller ist ein Loch. Du raubst mir den Schlaf. Tschüs.«
Odile ließ ihn nicht einnicken.
»Coen ist ein Killer, ein Killer, der von der Stadt New York bezahlt wird. Er gehört zu einer Elitetruppe von Detektiven der Kriminalpolizei. Sie verfolgen Idioten, überfahren sie mit Autos.«
Sylvio zog in Windeseile einen Lederbeutel unter seinem Stuhl hervor. »Ein Ping-Pong-Bulle? Mädel, ich fliege.«
Er zog sie zur U-Bahn, doch Odile wollte in keinen Tunnel gehen; sie war noch nie in ihrem Leben U-Bahn gefahren. Sie stieß ihn in ein Taxi und schloß die Tür. Er schmollte. »Ich stehe nicht auf Frischluft, Mama.« Er drückte ihr seinen Beutel in die Hand; sie konnte den Abdruck eines Schlägers spüren. Er verkroch sich in eine Ecke und ließ das Kinn fallen. Als sie ankamen, mußte Odile ihn aufrütteln. Da er nicht vorausgehen wollte, tauchte sie vor ihm in den Keller. Der Schock durch die abgestandene, miefende Luft, die Lichtstrahlen, die gekrümmt von der Wand kamen (Schiller war für seine dunklen Ecken berühmt), die unregelmäßig aufgestellten Tische (von denen die meisten auf mindestens einem Bein wackelten) und die Fürsorgeempfänger, die von der Galerie herunterschielten, verstörten Odile, die sich an das ruhige Leben und die Herren an den Spieltischen des Kurzentrums gewöhnt hatte. Sylvio dagegen sagten die Hotelbewohner zu; er hatte nicht derart viele *Portorriqueños* in Schillers Club erwartet. »Freunde«, sagte er und sprach absichtlich Englisch, »die Dame hier hat mich für euren Star mitgebracht. Coen der Bulle.«
Die Hotelgäste plapperten jetzt durcheinander, und Sylvio verlor

seine Nervosität; er tastete nach dem Beutel in Odiles Hand. Sie war schon auf halbem Wege zu Coen. Sie hatte ihn in Straßenkleidung am Ende der Galerie neben Schiller sitzen sehen. Für Odile rührte sich Coen nicht von der Stelle; Schiller mußte ihm einen Schubs geben. »Manfred, ich glaube, das Mädchen spricht mit dir.«

Sie schwenkte ihre Hüfte in seine Richtung und präsentierte die Details ihres Profils, doch das grelle, unregelmäßige Licht war nicht gerade vorteilhaft.

»Coen, ich setze hundert Dollar auf meinen Spieler. Ich behaupte, daß er dich fertigmachen kann. Es ist Sylvio Neruda.«

Schiller flüsterte Coen zu: »Manfred, spiel nicht gegen ihn. Er stiehlt dir die Schnürsenkel. So einer ist das. Wenn es um Geld geht, wird er rasend. Sonst hätte er sich seinen Ruf nicht überall verdorben.«

»Leih mir einen Hunderter, Schiller.«

Coen zog sich im Hinterzimmer aus, während Schiller einzelne Dollarscheine und Fünfer aus seiner Geldkiste zählte. Er hätte gern lauter gestöhnt, aber er konnte den Bullen nicht enttäuschen. Er rief in den Umkleideraum: »Manfred, soll ich Arnold holen lassen? Arnold bringt dir Glück.«

»Nein.«

Coen kam in seinem Tischtennisaufzug aus dem Hinterzimmer, den Halfter auf seinen Shorts. Ein Spinner, dachte Sylvio, doch er versagte Coen die Genugtuung eines Lächelns. Sylvio hatte schon öfter mit Irren gespielt; wenn es um ihr Geld ging, hatte er keine Vorurteile. Odile legte ihre hundert Dollar unter den Tisch; der Tradition großer Tischtennisspieler folgend, die ihr Vander einmal erklärt hatte, knüllte sie den Geldschein zusammen. Kein echter Profi war bereit zu spielen, wenn das Geld flach auf dem Boden lag; zerknüllte Geldscheine waren ein gutes Omen; außerdem konnte man leichter den gesamten Einsatz schnappen, falls sich die Bullen entschließen sollten, in die Räumlichkeit einzudringen. Schiller ließ Coens hundert Dollar in eine Kaffeedose fallen, die er so weit unter den Tisch schob, daß sie weder Sylvio noch Coen ablenken konnte. Dann holte er die Bälle.

»Ich habe eine Kiste Nittakus. Ganz neue.«

Doch die Tischtenniskanone wollte nicht mit japanischen Bällen spielen. »Zu schwer«, sagte er. »Auf die Nähte kann man sich nicht verlassen.« Er durchwühlte seine Tasche und holte zwei »Double Happiness«-Bälle heraus, die aus China kamen und in Manhattan schwer zu bekommen waren. Er hauchte die Bälle an und ließ sie in seiner Handfläche kreisen. »Einverstanden?« fragte er Coen.

»Teste sie, Manfred«, sagte Schiller. »Sie könnten auf einer Seite verzogen sein. Dann hast du keine Kontrolle über sie, und er kann sie stärker anschneiden.«

Coen hörte nicht auf ihn. »Wo ist dein Schläger, Sylvio?«

Jetzt konnte sich Sylvio ein Lächeln leisten; er zog den Reißverschluß seines Beutels auf und holte den dicksten Schläger heraus, den Coen je gesehen hatte; es war ein Butterfly mit einer Superauflage, fünf Millimeter Gummi und Schaumgummi auf jeder Seite, mehr, als bei Turnieren erlaubt war. Im Vergleich dazu war Coens Mark V eine mickrige Waffe.

Schiller beschwerte sich. »Manfred, er hat eine Keule in der Hand. Das schaffst du nie.«

»Sylvio, wirf den Ball in die Luft.«

Sie spielten zwei Minute zur Probe; Sylvios Schläge waren schlaff. Wie die meisten Profis zeigte er nicht vor Spielbeginn, was er konnte, doch schon jetzt war klar, daß Coen langsamer war als er.

Sylvio flitzte schnell zu Odile und flüsterte ihr zu: »Du kannst nicht verlieren, Mama. Dieser Bulle kennt keine raffinierten Schläge.«

Er kehrte zum Tisch zurück. »Coen, wir spielen einen Satz um den Hunderter, okay?«

»Keinen Satz«, sagte Coen. »Ein ganzes Spiel.«

Sylvio zwinkerte Odile zu. »Das ist ein Witzbold. Warum sollte ich diesen alten Mann ausrauben? Ich will fair sein. Wie viele Punkte soll ich dir vorgeben, Coen? Du kannst auch mehr haben.«

»Keine Vorgabe.«

Sylvio hielt beide Hände unter den Tisch; wenn er die erste Angabe haben wollte, mußte Coen erraten, in welcher Hand der Ball war. »Links«, sagte er.

Sylvio hielt seine rechte Handfläche mit dem Ball hoch. »Coen, hier und jetzt hat dich dein Glück verlassen.«

Schiller wackelte mit dem Kopf. Kauernd, mit dem Arsch nah

über dem Boden und dem Schläger auf Gürtelhöhe, damit Coen die Richtung nicht feststellen konnte, machte Sylvio fünf hundsgemeine Angaben, alle genau gleich; sie landeten in Coens Faust, weder Holz noch Gummi berührten den Ball; Coen konnte Sylvio nichts Besseres als seine Knöchel anbieten. Der Ball fiel jedesmal wie Senkblei vom Tisch. Sylvio erreichte ein fünf zu null. Mit simplen hohen Angaben kam Coen mit zwei zu drei weg. Einmal verpaßte Sylvio den Ball, weil er Odile ansah, und vier seiner fünf nächsten Angaben gingen an ihn. Coen spielte wieder mit den Knöcheln. Es stand zwölf zu drei für Sylvio.

»Wie wär's mit einem zweiten Hunderter, Coen?«

»Schiller«, sagte Coen, »hol deine Geldkiste.«

Sylvio sah den Bullen interessiert an. »Das war ein Witz. Ich ändere den Einsatz nicht mitten im Spiel.«

Sylvio rechnete damit, Coen schon jetzt endgültig fertigzumachen, doch Coen holte sich drei der nächsten fünf Punkte.

»Coen, du wirst den Halfter und das Abzeichen abnehmen müssen. Das lenkt mich zu sehr ab.«

Schiller legte Protest ein. »Wo steht geschrieben, daß die Waffe weg muß? Hast du einen Vertrag mit ihm gemacht?«

»Quatsch«, sagte Sylvio. »Dieser Mann versucht, meine Augen zu ruinieren. Warum sonst sollte er Gold auf der Brust tragen?«

Odile war noch erbitterter als der Spieler. Coen legte den Halfter und das Abzeichen ab.

Er war ein Mensch, der nichts zu verlieren hatte. Sylvio hätte einundzwanzig Punkte hintereinander machen können, und Coen hätte ohne eine Mucks das Geld in der Kaffeedose abgeschrieben. Odile wurde schmerzlich bewußt, daß Coen im Ping-Pong nicht zu verletzen war. Er hatte keine Eltern, für die er sorgen mußte; die Abteilung des First Deputy konnte ihn verleugnen, doch seine Pension ließ sich so schnell nicht streichen. Schiller hielt seinen Blick, an den Schultern von Odile vorbei, auf die Tür gerichtet. Wenn der Chinese kam, während Schiller den Halfter im Schoß hielt, konnte Coen den Schläger als Brustschild benutzen. Sylvio war in den Ecken angreifbar, und wenn Coen seine Angaben überstanden hatte, konnte er diese Mängel im Spiel seines Gegners nutzen.

»Der Ball springt nicht richtig«, meckerte Sylvio. »Er muß irgendwo einen Sprung haben.«

»Neun zu sechzehn«, sagte Schiller und händigte Coen den anderen Ball aus. Odile brauchte keinen bärtigen Gnom, der den Spielstand wiederholte. Das Spiel war belanglos. Da sie sich nicht auf den Spieler verlassen konnte, schritt sie selbst ein, schleuderte ihre Schuhe von den Füßen und schlüpfte aus ihrem Rock. Sie würde Coen schon dazu bringen, sie anzusehen, ihn zwingen, sich zu ihrer Nacktheit zu äußern, ihn wenn möglich aus dem Konzept bringen. Odile trug an jenem Tag keine Unterwäsche, und Schiller, der die vollendete Form ihres Busens unter einem Hemd von Bendel bewundert hatte, war erstaunt, daß sich ihr Brustansatz ohne Hemd nicht änderte. Als kultivierter Mann, als höflicher Mann, schämte er sich der Erektion in seiner Tasche. Diese Odile hatte den festesten Busen im ganzen Land; zumindest Schiller glaubte das. Er war so sehr von Sinnen, daß ihm ihre seidigen Schamhaare entgingen. Coen war mit dem Ball beschäftigt. Er sah, daß Odile sich ausgezogen hatte, doch das behinderte sein Spiel nicht. Die Fürsorgeempfänger drehten durch. Sie kletterten auf ihre Stühle, schnalzten mit den Zungen und johlten; sie wären weiter gegangen, wenn sie nicht von der Waffe des Bullen auf Schillers Schoß gewußt hätten. Odile zog ihre Schuhe wieder an, um noch ein Stück größer als Coen zu sein.
Die Galerie kreischte: »Schätzchen, Schätzchen.«
Schließlich bekam sogar Sylvio den Lärm mit; er hatte über den Zusammenbruch seines Spiels nachgegrübelt (es stand immer noch achtzehn zu zwölf für ihn). Er drehte sich um und sah Odile. Coen schoß drei Bälle an ihm vorbei. Sylvio hielt den Butterfly mit abgespreiztem Finger in der Hand. Kein Brustansatz und kein Venushügel hätten ihn derart aus der Fassung bringen können. Sylvio reagierte nicht sexuell (es hatten schon andere versucht, ihn während eines Spiels zu verführen und waren daran gescheitert). Das poröse Licht in Schillers Club war die Ursache für Sylvios Untergang; eine religiöse Offenbarung wurde ihm zuteil, eine Erscheinung. Nackt im schwülen Licht mit dunklen Striemen auf der Brust wie unzählige Wunden und einem Profil, das von den Schatten durchstochen wurde, die Coens Schläger warf, wurde das Mädchen für Sylvio eine der großen Märtyrerinnen, *Santa Odile*. Seine Finger wurden taub; er bekam den Ball nicht. Trotzdem hätte er Coen schlagen können; selbst in einer Krise war er besser als jeder Bulle. Doch Odile zog

sich wieder an. Weinend, böse auf Sylvio, böse auf Schiller, böse auf Coen, steckte sie einen bleiernen Arm in das Bendel-Hemd. Ihr Hintern war noch halb zu sehen, als sie an der Galerie vorbeiging. Sylvio folgte ihr auf die Straße; er wandte seinen Kopf ruckartig in Coens Richtung. »Ich komme wieder, Bulle. Nächsten Monat. Ich rasier dir den Arsch, während du auf einem Stuhl sitzt. Ich gebe dir zwanzig vor, Mann. Du spielst wie ein Weib.«

Sylvio vergaß seinen Beutel und seine »Double Happiness«-Bälle; Coen mußte sie ihm nachwerfen. Er wollte das Geld nicht. »Gib es der Wohlfahrt, Emmanuel. Sollen sich die Leute auf der Galerie Eis und Kuchen kaufen. Soll doch das ganze Hotel schlemmen. Aber heb ein paar Dollar für Arnold auf.« Er weidete sich nicht an Sylvios Niederlage wie Schiller, der sich hämisch freute. Schiller rasselte mit der Gelddose.

»Manfred, das ist wieder mal ein Spieler, der es sich zweimal überlegt, ehe er uns belästigt. Er wird es nicht wagen, seinen Schläger noch einmal in der Öffentlichkeit zu zeigen.«

Coen verspürte den Drang, hinter Odile herzulaufen, ein Bedürfnis, das er unterdrückte; sie war mit der Sportskanone gekommen, sollte sie auch mit ihr gehen. Er fragte sich, was sie mit Sylvio ausgehandelt hatte: Bargeld oder Bezahlung im Bett? Der Bulle war eifersüchtig. Er mochte sie trotz all ihrer Unarten. Ihr Gang in den hohen Schuhen mit den dicken Sohlen war gekünstelt. Sobald Schiller außer Hörweite war, murmelte er vor sich hin: »Du hast dich verrechnet, Odile. Ich bin der wahre Spieler, nicht Sylvio. Ich habe für Zorro schon um Geld gespielt, ehe dieses Baby wußte, was ein Schläger ist. Manfred Coen von der Loch Sheldrake Ping-Pong-Schule. Mit Sandpapier war ich phantastisch.«

Odiles Wangen brannten, als sie die Treppe hinauflief. Sie sah sich nicht nach Sylvio um. Ihre Rocknähte saßen schief. Aus dem Keller kam sie halb angezogen; sie war mit ihren Fingern nicht durch den Ärmel gekommen. Sylvio führte ihre Hand in den Ärmel und spürte den Luxus ihrer Knöchel.

»Rühr mich nicht an«, sagte sie. Sie drückte ihm hundert Dollar in die Hand. »Da hast du dein Geld. Verschwinde jetzt.«

Sylvio hielt sich einen Meter hinter Odile; er glich seine Geschwindigkeit jeweils ihren Schritten an. Seine Pupillen waren

geschrumpft, und Odile sah nichts von ihm als das dreckige Weiß seiner Augen. Er erinnerte sie an die Fixer, die im Hauseingang gegenüber vom »Dwarf« rumhingen, blutleere, graue Gesichter ohne richtige Augäpfel; so sehr hatte er nach dem Duell mit Coen die Façon verloren. »Ich hab dir Fahrgeld gegeben«, sagte sie. »Jetzt hau schon ab.« Er fiel einen weiteren Schritt hinter sie zurück. Sie winkte einem Taxi und schlug ihm die Tür vor der Nase zu. Noch auf der Columbus änderte sie ihre Einstellung. Sie forderte den Taxifahrer auf, einmal um das Quadrat zu fahren; als sie Sylvio fanden, hatte sein Taxameter dreißig Cent gefressen. »Steig ein.«
Er kauerte sich hin, die Knie höher als den Kopf. Er wagte nicht, Odile noch einmal anzurühren. Unbehaglich rieb er sich das Kreuz am Polster. Odile hatte ihn nicht in die Enge treiben wollen.
»Mein Onkel hat mich schlecht beraten.«
»Mama, ich bin am Ende. Weißt du, was es heißt, gegen einen Leichnam zu spielen? Ich habe sein Blinzeln gezählt. Zweimal bei dreißig Ballwechseln. Das ist nicht menschlich. Mit einem Menschenmann kann ich es aufnehmen. Frag rum. Frag, wann Sylvio Neruda zum letzten Mal Geld unter dem Tisch gelassen hat.«
Sie sagte: »Halt's Maul.« Bis zur Christopher Street saß er mit verschränkten Armen da. Sie wollte ihn nicht fortlassen, ohne ihn zu packen. Ihre Zunge fuhr über seine Zahnlücken. Selbst der Taxifahrer wurde argwöhnisch. Er konnte nicht glauben, daß solche Küsse in seinem eigenen Taxi stattfinden konnten.
»Es tut mir leid«, hauchte Odile Sylvio ins Ohr. Die Hitze einer sich bewegenden Lippe gefiel ihm. »Er ist ein Eisblock, dieser Coen. Eiskalt. Ein ganz großes Arschloch, das Isaac heißt, hat ihm beigebracht, so zu sein.«
Sylvio stieg wackelig aus. Odiles Nähe mußte den verrückten Knochen in seinem Knie aktiviert haben. Wie sollte man den Kuß einer Heiligen werten? Das Mädchen hatte eine bittere Zunge, das war wahr. Sie hatte ihm die Kraft aus den Beinen gesogen, Santa Odile. Nie mehr würde er sich auf weibliche Wetten einlassen. Übellaunig erreichte er den Ping-Pong-Raum; er sah die Spieler nicht an, dankbar für die reine Gnade fluoreszierenden Lichts.

Dritter Teil

14 Papa kam in dem gleichen Moment, als Coen ihn besuchen wollte, um ihn zumindest zu warnen, was Jerónimos Verfolger betraf, ihn wegen des Schweigegeldes für Sheb zu beschimpfen, ihn vielleicht auch zu verfluchen, weil er seine Nase in die Geschäfte seines Vaters gesteckt hatte. Coen wußte schon, daß er von der Sippe vor der Tür erwartet wurde, als er einen übermäßigen großen Kopf unter seiner Feuerleiter sah. Es war Jorge, der ein spanisches Gebäck mit Marmeladefüllung aß. Der Junge konnte keine Straßenschilder entziffern, aber mehr Muskeln, als Jorge hatte, würde Papa niemals brauchen. Er konnte mit einem Finger ein Auge ausstechen, einen Nacken zwischen seine Kiefer nehmen, nach Hoden grapschen oder jemanden mit einem Küchenmesser aufspießen. Wegen einer Lappalie hätte Papa die Bronx nicht verlassen. Deshalb hielt sich Coen auch nicht lange vor der Tür auf. Er schickte Papa ins Wohnzimmer; Jorge blieb auf der Straße stehen und sah sich nach Bekannten um. Jorge sollte pfeifen, wenn er einen Bullen in Zivilkleidung oder einen Gangster, der mit Isaac zu tun hatte, sah. Er hielt sich das Marmeladestückchen dicht vor den Mund. Seine Nägel waren wunderbar rosa, weil er Unmengen Schokoladenmilch trank.

Coen bot Papa Pfirsichschnaps oder einen Bronx-Snack an: Kirschsoda und Salzstangen. Papa lehnte ab. Er hatte Coen mechanisch geküßt und sich auf einen Stuhl in der Ecke gesetzt. Er trug seine Arbeitskleidung, eine alte Drillichjacke mit Sirupklümpchen auf den Ärmeln. Von Zeit zu Zeit nieste Papa in seine wattierte Schulter. Er haßte die Leidenschaft der Nordamerikaner für übertriebene Hygiene. Wenn er hinter der Theke stand und nicht fortkonnte, pißte er sich in den Schuh. Er hatte seine Jungen noch nie öfter als einmal wöchentlich gebadet. Die Käfer in seinen Sirupfässern ließ er weiterschwimmen. An einem Guzmannschen »Black and White« war noch niemand gestorben. Das dünne, homogenisierte Zeug aus den Milchgeschäften der Bronx, das keinen richtigen Schnurrbart auf dem Gesicht hinterließ, konnte er nicht trinken. Papa trank Sahne aus der Dose.

Heute waren seine Augen geschwollen, und er mußte sich in die Backen kneifen, um das Zucken abzustellen. Coen schien wenig wahrscheinlich, daß sich Papa wegen Geld und Lottozetteln auf den Weg gemacht hatte.

»Manfred, ich will nicht, daß Jerónimo etwas zustößt. Geh zu deinem Chef – sag ihm, daß Papa fünf seiner Schieber und seine Funkzentrale in Minford Place aufgibt, wenn er sich einverstanden erklärt, den Jungen nicht anzurühren.«

»Papa, ich habe es César schon gesagt. Ich arbeite nicht für Isaac. Ich werde rumgereicht und für dumm verkauft. Papa, seit Isaac ausgeschieden ist, bin ich von einer Abteilung zur anderen gestoßen worden, bis auf eine. Man wollte mich keine Mordfälle in der Bronx lösen lassen. Wieso? Weil ich Isaac auf die Zehen treten und ihn dabei stören könnte, den Süßwarenladen zu beobachten.«

»Manfred, von mir hat er außer Magenschmerzen noch nichts bekommen. Er mußte den Fußboden schrubben, um sich einen Penny zu verdienen. Isaac hat sich von Schleim ernährt. Ich habe in jeden Eisbecher gespuckt, den ich ihm gemacht habe. Ich hätte ihn längst in eine Kiste gesperrt, ihn auf die Farm gebracht und ihm Dreck in den Mund geschippt, aber wir leben in den Vereinigten Staaten. Man kann keinen großen *Agente* wie Isaac um die Ecke bringen und weiterhin im Geschäft bleiben. Auf der ganzen Boston Road würden ihm die Bullen nachtrauern.«

»Papa, warum ist Jerónimo aus Mexiko zurückgekommen? Du hättest ihn bei Mordeckay lassen sollen.«

»Der Junge war einsam. Er konnte sich nicht an die mexikanischen Ampeln gewöhnen. Ein Cousin reicht nicht aus. Wie lange hätte er es überlebt, das Gesicht seines Bruders nicht zu sehen?«

»Wenn du deine Heiratsvermittlung nicht eröffnet hättest, hätte Isaac dich vielleicht in Ruhe gelassen.«

»Das ist Césars Angelegenheit, nicht meine.«

»Also hör mal. César wäre ohne deine Einwilligung nicht nach Manhattan gezogen. Außerdem glaube ich nicht, daß Mordeckay nur für César zum Rabbi geworden ist. Du hast dein ›okay‹ zu den Bräuten gegeben, Papa. Aber Isaac kann jetzt seine eigene Schmutzwäsche waschen. Die Fourth Division hat den Lippenstift-Freak gefaßt; mit dem Trick kann er sich Jerónimo nicht mehr schnappen.«

»Er wird etwas anderes finden. Irgendein Verrückter rennt immer frei rum.«

Und Papa saß da, die Daumen unter dem Kinn, eine alte Angewohnheit aus Peru; dort hatte er auf dem Markt von San Jerónimo oft stundenlang auf einen Händler mit so vollen Taschen warten müssen, daß ein Diebstahl lohnte. Er hatte Coen als Kind geliebt, der Süßwarenladen und die Farm hatten ihm offengestanden; er hatte ihn mit seiner eigenen Brut aufwachsen lassen, aber Coen als erwachsenem Mann mißtraute er. Man konnte sich nicht zwölf Jahre lang mit Isaac einlassen und unverdorben daraus hervorgehen. Daher vertraute er Coen nur partiell. Coen mochte fähig sein, ihm und César zu schaden, doch er glaubte nicht, daß der Bulle Jerónimo an Isaac ausliefern würde.

»Ich könnte ihm auch Geld anbieten, Manfred. Ich könnte ihn unter fingiertem Namen in der südlichen Bronx ansiedeln. Abraham. Das wittert niemand. Kein Kommissar hat eine so gute Nase.«

»Auf die Weise kannst du Isaac nicht rumkriegen. Das Beste, was du tun kannst, ist, daß du Jerónimo im Laden ankettest und ihn nur zehn Ecken weit auf der Boston Road spazierengehen läßt, damit er seinen Auslauf hat. Mit Jorge und Alejandro auf seinen Fersen, Papa.«

»Manfred, ich hatte schon mit solchen *Agentes* zu tun. Sie können Alejandro kidnappen. Sie könnten Jorge mit ihren Knüppeln Kopfweh für den Rest seines Lebens machen. Sie könnten Jerónimo überfahren. Ich bin abergläubisch, Manfred. Ich will nicht, daß einer meiner Jungen vor mir stirbt.«

»Ich bin auch abergläubisch, Papa. Ich wußte nicht, daß meine Eltern sich für den Ofen entscheiden würden, als ich nach Deutschland gezogen bin.«

Papa zog seine Daumen unter dem Kinn vor und kreuzte sie über seiner Nase.

»Warum hast du Alberts Geld so plötzlich haben wollen? Papa, hättest du nicht warten können, bis ich zurückgekommen bin?«

»Wer hat dir den Unsinn erzählt, Manfred? Hast du deinen Onkel mit Schokoladentafeln bestochen?«

»Nein. Isaac hat es Pimloe erzählt, und Pimloe mir. Er dachte, ich würde mich darum reißen, César nachzuspionieren, wenn ich das wüßte.«

»Arschlöcher«, schrie Papa und steckte seine Daumen in die Taschen. »Deinen Vater gehetzt, sagst du. Ich habe ihn am Leben erhalten. Von den Eiern, die er verkauft hat, hätte er kein Wiesel durchfüttern können. Meine Cousins aus Peru mußten vier Eier täglich schlürfen, damit die Coens Umsatz machen. Ich will dir nichts vormachen, Manfred. Ich bin ein Buchmacher, kein Wohltätigkeitsverein. Dein Vater, deine Mutter und dein Onkel Sheb haben mir kleine Gefälligkeiten erwiesen. Ich habe einige meiner Rechnungsbücher in ihren Eierkisten gelagert. Ich habe deinen Onkel auf Botengänge geschickt, damit er seine Selbstachtung nicht verliert. Ich habe ihnen ein Haus in Loch Sheldrake gratis zur Verfügung gestellt, aber deine Mutter war sich zu fein dafür. Sie wollte nicht, daß dein Vater von mir oder meinen Jungen verunreinigt wird. Sie war eine kultivierte Frau, diese Jessica. Es war mir ein Vergnügen, sie auf der Farm zu haben. Sie hat deinem Vater erzählt, ich hätte mir ihr geflirtet. Manfred, ich schwöre dir bei Jerónimos Leben, daß ich nichts getan habe, außer einmal ihr Knie zu berühren. Sie hätte mehr anziehen sollen, wenn sie in meinem Obstgarten spazierengegangen ist.«

»Papa, das erklärt immer noch nicht, warum sie das Gas vorgezogen haben.«

»Manfred, dein Vater hat von Monat zu Monat weniger verkauft. Mit den Eiern, die ich ihm abgekauft habe, hätte ich eine Armee ersticken können. Auf die Dauer war das nicht tragbar.«

»Dann hättest du ihm den Laden schließen sollen, ehe ich nach Deutschland ausgerückt bin. Wie hätte ich die Sache von dort aus bereinigen können?«

»Sie hatten sich schon lange mit dem Gedanken getragen zu sterben. Dein Vater besaß zuviel Vornehmheit. Mit seiner Diät kann man in der Boston Road nicht existieren. Den Coens wäre es besser gegangen, wenn sie Fleisch statt Gras gegessen hätten.«

»Erklär mir, warum Sheb seit so vielen Jahren Prämien von dir kassiert, Papa.«

Papa schaute finster drein. »Was für Prämien?«

»Zwei Dollar monatlich aus Jerónimos Hand.«
»Manfred, treib es nicht zu weit. Ich habe noch Blut unter meinen zahllosen blauen Flecken. Nachdem er den Ofen für Albert angedreht hatte, war dein Onkel ein Irrer. Jorge hat ihn lachend und kreischend und von Kopf bis Fuß bepißt auf der Feuertreppe gefunden. César ist raufgeklettert, weil er ihn runterholen wollte. Aber er wollte nur mit Jerónimo gehen. Also ist das Baby raufgeklettert und hat Shebby die Hand gehalten. So haben wir ihn in den Laden geholt. Die Jungen haben ihm die Pisse abgewaschen. Er hat bei Jerónimo geschlafen, er hat von Jerónimos Teller gegessen. Und ich habe ihm das gleiche Taschengeld wie dem Baby ausgesetzt. Zwei Dollar monatlich. Für die Beerdigung haben wir ihm Jorges Mantel geliehen.«
»Papa, jemand hätte daran denken sollen, mich einzuladen. Ich hatte das Recht, eine Handvoll Erde auf den Sarg meines Vaters zu werfen.«
»Manfred, César hat an die Armee geschrieben. Er hat keine Antwort bekommen.«
Coen hatte plötzlich keine Lust mehr, weiterzubohren. Er konnte Papas Kopf nicht einfach umdrehen, ihn zwingen, ihm beim Reden ins Gesicht zu sehen; das tat kein Guzmann. Coen drückte sich an die Wand. Papa stand auf. Die Sorge um Jerónimo ließ ihn auf dem linken Auge schielen. Er hatte mehr graue Haare, als Coen in Erinnerung gehabt hatte. Seine Knöchel waren bucklig vom Mixen der Eiscremesodas. Er küßte Coen freundlicher als zur Begrüßung.
»Sei vorsichtig, Manfred. Du solltest Césars Chinesen nicht mehr ins Gesicht fassen. Er hat deinen Namen ausgesprochen.«
Coen sah den Guzmanns aus dem Fenster nach. Papa konnte sich nicht bücken. Siebzehn Stunden täglich stand er hinter der Theke, und daher war sein Gang steifbeinig. Er steckte seine Hand in Jorges Tasche, um Jorge über die Straße zu führen. In Manhattan blieben seine Schultern kalt. Jorge klagte; er war ausgehungert. Daher aßen sie im vegetarischen Restaurant Haferflockensuppe, ehe Césars Fahrer sie zum Laden zurückbrachte. Papas Magen gab sich ohne Rindfleisch oder Schweinefleisch nicht zufrieden, doch Jorge wirkte gesättigt. Im Wagen rülpste er durch die Faust. Papa dachte nicht gern an die Toten. Er hatte

schon vollauf mit den Lebenden zu tun. Doch Alberts Frau hatte noch heute die Macht, ihm einen Stich zu versetzen. Nippel schafften ihn nicht übermäßig. Er hätte auf einem Lotterieschein hundert bessere Nippel als die von Jessica Coen auflisten können. Doch ihr Lächeln verkraftete er nicht. Albert bemitleidete er. Manfred liebte er. Jessica machte ihm nichts als Ärger. In ihrer Anwesenheit hatte er einen Ausschlag auf den Armen bekommen. Statt Zwanzig-Dollar-Scheine in den Kaminen seiner Farm einzupökeln, stand er oft hinter einem Baum und beobachtete Jessica, die ihr Gesicht steif in die Sonne hielt, während seine Jungen mit plumpen Schuhen durch den Obstgarten stapften. Sie war durch nichts dazu zu bringen, ihren Strumpfhalter oder ihren Büstenhalter anzuziehen, und auch die Selbstsicherheit dieses Lächelns war nicht zu durchdringen. Wollte sie, daß sämtliche sechs Guzmanns für Alberts Ungeschick zahlten, für seine Unfähigkeit, seine Familie zu versorgen und sie zufriedenzustellen?

Papas Neigung zu Frauen hielt sich in Grenzen. Er hatte sich angewöhnt, die *Queridas* zu wechseln, wenn ihre Schwangerschaften vorüber waren. Sie trugen ein Kind für Papa aus und zogen in ein anderes Pueblo. Das Wissen, daß alle seine Söhne verschiedene Mütter hatten, erfüllte ihn mit Stolz. Von einer *Mujer* erwartete er Fruchtbarkeit und duldete nichts anderes. Alejandros Mutter war eine Schönheit mit elf Zehen. Topals Mutter war eine redliche Nutte. Jorges Mutter hatte kleidsame Muttermale auf dem Arsch und konnte eine bemerkenswerte Fischsuppe zubereiten. Wenn sie nicht auf seine älteren Söhne eifersüchtig gewesen wäre, hätte er es eine Weile länger mit ihr ausgehalten. Césars Mutter war ein Mischling mit schlanken Hüften. An Jerónimos Mutter konnte er sich nicht mehr erinnern. Alle diese *Mujeres* akzeptierten Papas verrückten Kalender. Seit den Zeiten in Portugal, zu denen sie die Marranen-Gottesdienste in einem Weinkeller unter den Füßen der Polizei abhalten mußten, feierten alle Guzmanns Weihnachten im Juli und Pascua (das Osterfest der Marranen) im Herbst. Die *Mujeres* beteten Moses, Abraham, Johannes den Täufer und Josef von Ägypten an. Sie schätzten den Wert der Heiligen Jungfrau gering ein (kein Guzmann hätte je eine Frau angebetet), sie wuschen die Genitalien von Papas Söhnen. Dennoch gab Papa ihnen den Laufpaß, einer

nach der anderen. Doch von dieser anderen *Mujer* konnte er sich nicht losreißen. Manchmal, wenn er ein Glas spülte, die Reste eines Bananensplits abkratzte, sah er einen Nippel im Spülbekken. Auf der Farm war es keineswegs besser. Wenn er zu lange ohne einen seiner Jungen im Obstgarten saß, roch er Jessica neben dem Erdbeerbeet.
Jorge schlief im Auto ein. Papas Verfassung änderte sich, sobald ihn der Fahrer über die Brücke der dritten Avenue brachte. Auf der Bronx-Seite roch das Wasser anders. Das Entsetzen fiel von ihm ab; jetzt konnte er die seltsamen Vorgänge in seinem Kopf wieder auf die leichte Schulter nehmen. Mit anderen Marranenjungen hatte Papa auf den Flohmärkten von Peru gelernt, Faden abheben zu spielen. Kein anständiger *Limueño* konnte ein totes Stück Schnur so beleben wie die Marranen, die ihr Leben damit verbracht hatten, ihre Habe zu verschnüren und wieder aufzuschnüren. Seine eigenen Söhne hatten das Spiel nie beherrscht. Jerónimos Fähigkeiten hörten schon im Anfangsstadium auf. César hatte die Finger dazu, aber die Geduld nicht. Jorge, Topal und Alejandro konnten sich die Schnur nicht einmal um die Finger wickeln. Die *Norteamericanos* hatten ihre eigenen Spiele. Keiner der Farmer am See und keiner der Kaufleute der Boston Road konnte mit ihm spielen, niemand außer Jessica Coen. Wer hatte ihre Finger gesegnet? Papa konnte sie mit seinen Figuren nicht überfordern. Sie stach ihre nach innen gebogenen Daumen durch die Schnur und kam aus Papas Schlingen heraus. Es war ein seltsames Miteinanderschlafen. Vier Hände in einem Schnurgewirr. Wie oft streifte er ihren Busen beim Übergang vom »Diamanten« zum »Eiffelturm«? Sie brachte Papas Zärtlichkeiten weder Billigung noch Mißbilligung entgegen. Er sah nur die Zähne in ihrem Gesicht und ihre Riesenaugen. Sie hatte den Jungen immer bei sich. Konzentrierte er sich auf die Hände in der Schnur oder auf die Hände außerhalb der Schnur? Manfred konnte nämlich den »Schmetterling« fast so schön machen wie Papa.

»Isaac, Isaac der Saukerl.«
DeFalco, Rosenheim und Brown, in kugelsichere Westen gepreßt, schimpften schrecklich auf Coens alten Chef; sie verstanden einfach nicht, warum ihr eigener Truppführer sie an Isaac übergeben hatte. Brown und Rosenheim waren mit Straßen-

kampfwaffen aus der Bezirkszentrale ausgerüstet. Die abgesägte Schrotflinte, die DeFalco im Arm wiegte, gehörte Coen. DeFalco hatte die Tür zu Coens Spind mit einer gewöhnlichen Kombizange geknackt, doch Coens Einkaufstasche wollte er nicht mitnehmen.

»Warum läßt sich Isaac nicht von seinen lausigen Anhängern rumfahren?« fauchte DeFalco; keiner der drei war begierig darauf, für den First Dep Kopf und Kragen zu riskieren.

»Vielleicht weiß er, wie beschissen da gearbeitet wird, mit all diesen blauäugigen Trotteln«, sagte Brown. »Er will ein anständiges Team.«

»Blödsinn«, sagte Rosenheim. Er war gerissener als die beiden anderen. »Das muß eine Tarnung sein. Isaac kann sich nicht mit den Jungen des First Dep sehen lassen.«

Mit Schrotflinten salutierten sie ihrem Funkdienstleiter und trollten die Stufen hinunter; außerhalb ihrer eigenen Büros gingen sie betont vorgebeugt. Im Parterre, in den Bereichen der uniformierten Polizisten, krümmten sich ihre Rücken noch mehr; für Bauerntölpel in blauen Sackhosen empfanden sie nur Verachtung. Brown blieb an der Telefonzentrale stehen, um die *Portorriqueña* Isobel zu belästigen; sie war in der vergangenen Woche ungnädig gewesen und hatte sich geweigert, sich im Umkleideraum vor seine Eier zu kauern.

»Isobel, jetzt lassen wir Shotgun Coen hochgehen. Er schläft mit César Guzmann – du weißt schon, dem Niggerjuden und wenn wir sie zusammen ertappen, wird das für eine Weile ihre letzte Umarmung gewesen sein.«

Isobel reagierte nicht. Sie machte sich Sorgen um Coen, und sie konnte Brown nicht befriedigen, wenn sie an den *Israelita* dachte.

»Oh, Mann«, murmelte Brown und verrollte die Augen zum Andenken an Isobels Titten und die warme Spucke zwischen ihren Zähnen. Wenn Rosenheim seinen Ellenbogen nicht in die andere Richtung gelenkt hätte, hätte er den Schreibtisch gerammt. Die drei Bullen stießen die Tür auf und gingen.

»Wo ist Arnold?« DeFalco lachte und sah auf die leeren Treppenstufen. »Wo ist denn die kleine Ratte?«

»Verfluchter, undankbarer Krüppel«, sagte Brown. »Haben wir ihm kein Trinkgeld für jeden Kaffee gegeben, den er uns gebracht

hat? Am liebsten würde ich ihm auf seinen Humpelzeh pissen.«
»Es ist wahr«, klagte Rosenheim vor sich hin. »Als der Spanier noch da war, hat meine Darmtätigkeit reibungsloser funktioniert.«
DeFalco fauchte wieder. »Isaac ist schuld. Der Chef hat die Puertoricaner in der Hand. Hat er nicht Arnold für Coen angeworben? Was glaubt ihr, wie viele Spione Isaac laufen hatte? Bestimmt hundert, das schwöre ich euch.«
»Blödsinn«, sagte Rosenheim. »Der Mann könnte froh sein, wenn er zehn Typen hätte, die für ihn arbeiten, alles Ausschuß.«
Sie bemerkten, daß Isaac in ihrem Ford saß.
DeFalco hob den Kolben von Coens abgesägter Schrotflinte; er konnte die Unebenheiten im Holz spüren. »Der Saukerl wartet schon.«
»Soll er doch warten, bis er schwarz wird«, sagte DeFalco. Kurz vor dem Wagen hörte er auf, zu fauchen. Die Bullen schüttelten Höflichkeit in ihre kugelsicheren Westen. Sie setzten ein so breites Lächeln auf, daß sie sich fast an ihren Zähnen verschluckt hätten. Sie beteten, Isaac möge sie adoptieren; kein Kriminalbeamter war so gefürchtet wie einer von Isaacs Engeln.
Sie quetschten sich auf den Vordersitz; keiner wollte freiwillig neben dem Chef sitzen. Doch als sie sahen, daß Isaac ausstieg, setzten sich Rosenheim und DeFalco auf den Rücksitz. Sie fürchteten Isaacs Mißmut. Außerhalb des Spiegelsichtbereichs klatschte DeFalco Rosenheim auf die Hand. Sie lächelten; jetzt hatte Brown Isaac ganz für sich. Sie hofften, er würde den Esel genießen. Browns Nacken prickelte. Ohne Anweisungen konnte er nicht fahren.
»Wohin fahren wir, Isaac?«
»Lös die Handbremse«, sagte Isaac. »Du verbrennst Gummi.« Dann ließ er sich ein wenig erweichen. »Zu Bummy. Wir fahren zu Bummy.«
»Hauen wir ihm die Bude klein?« fragte DeFalco. Er war nervös. Die Männer des First Deputy standen in dem Ruf, rumzuballern.
»Nein. Ich suche den Chinesen.«
DeFalco sabberte beinah. »Darf ich ihm ein Bein brechen,

Isaac?« Er hatte sich in dem Chef getäuscht; Isaac war ein wahres Genie, der Liebling des First Deputy, ob in Ungnade gefallen oder nicht.

»Ich habe vor, ihn zu verfolgen«, sagte Isaac. »Mal sehen, wo er landet.«

»Möglicherweise tut er sich auf den Achtzigern oder Neunzigern mit Zorro zusammen«, sagte Rosenheim und kam dem Chef zuvor.

Brown wußte nicht, was er von Isaac halten sollte. Isaac verhielt sich nicht wie jemand, der Amt und Würden aufgegeben hatte. Gewisse Detektive aus der Bronx hatten ihm erzählt, Isaac hätte im Süßwarenladen der Guzmanns Fett angesetzt, Papa hätte ihn für den Rest seines Lebens gezeichnet. Wo blieben die äußeren Anzeichen? Sein Mantel war nicht schäbig. Seine berühmten Koteletten bedeckten seine Ohren teilweise. Wenn hier jemand schäbig aussah, dann waren es Brown und seine Partner. Ihnen fehlte Isaacs Gespür für ein gutes Kleidungsstück. Sie waren nur Kriminalbeamte mit plumpen Fäusten. Keiner von ihnen hätte Isaacs Sturz überlebt.

»Wo ist Coen?« sprudelte Brown heraus, voreilig wie immer. Warum hat er seinen Wunderknaben nicht dabei?

»Coen schläft«, antwortete DeFalco an Isaacs Stelle. Doch Brown gefiel diese Bemerkung nicht. Der Chef wollte sich nicht festlegen. Vielleicht hatte sich Coen in Isaacs Interesse mit den Guzmanns eingelassen, spekulierte Brown jetzt. Er sah keinen Sinn in diesem groß aufgemotzten Einsatz. Wozu soviel Feuerkraft für einen stinkenden Chinesen? Brown hätte das Schlitzauge mit seinen Daumen auseinandernehmen können. Er drückte sich einen Finger in seine eigene Backe.

»Isaac, bist du sicher, daß Chino in die Achtziger will?«

Wieder antwortete DeFalco. »Ich kenne die Routen dieses Banditen. Er fühlt sich einsam in der Bowery. Also will er raus.«

Brown parkte gegenüber von Bummy; DeFalco und Rosenheim wollten aussteigen. Isaac rührte sich nicht. »Dableiben«, sagte er.

Rosenheim war perplex. Es hätte ihm nichts ausgemacht, dem First Dep als Werkzeug zu dienen, aber er wußte nicht, woran er mit Isaac war. »Chef, brauchst du nicht jemanden, den man vorschieben kann, einen Mann an Ort und Stelle, der den Chinesen aus der Bar locken kann? Der ihn dir vor die Füße fegt?«

»Nenn mich nicht Chef«, sagte Isaac.

Rosenheim schob sich die Straßenkampfwaffe auf den anderen Schenkel. »Was?« Von einem gefallenen Inspektor ließ er sich nicht verarschen, von einem, der darum gebettelt hatte, sich vom Mordtrupp Bewaffnete ausleihen zu dürfen, weil er sich mit seinem eigenen Trupp von Engeln nicht auf der Straße zeigen durfte.

»Ich bin nicht dein Chef, und der Chinese ist nicht da drin.«

Rosenheim konnte nicht mehr zurück. Zum Teufel mit dem goldenen Abzeichen. Zum Teufel mit dem Mannschaftsraum. Zum Teufel mit Isaac. Zum Teufel mit Coen. »Heiliges Ehrenwort, *Inspektor Isaac*? Der Chinese ißt kein Kreplach mit Bummy?«

DeFalco setzte sich auf die Waffe seines Partners; er wollte Kraftproben im Wagen vermeiden. »Isaac, willst du damit sagen, daß du mit Bummy gesprochen hast? Diese Bar ist im Moment frei von Chinesen?«

»Das stimmt genau.«

DeFalco wünschte, er wäre weniger heikel mit Coens Einkaufstasche gewesen; jetzt hätte er sie sich über sein Hirn stülpen und ein Nickerchen machen können. »Weckt mich, wenn der Chinese auftaucht.«

Der Chinese ließ sich drei Häuser weiter in einem Süßwarenladen, der Rumänen gehörte, ein Mokkaeissoda schmecken. Sein Kopf war umnebelt, weil ihm Odile vorenthalten wurde. Nach dem dritten Schluck begann seine Zunge zu arbeiten. Er spuckte das dunkle Wasser über die Theke des Rumänen. »Ansel, wer hat dir gesagt, daß du mir ein Mokkawasser machen sollst? Soll das Mokkaeis sein? Papa weiß, wie man Sodas mixt. Du weißt einen Scheißdreck. Du solltest dir von den Guzmanns Nachhilfeunterricht geben lassen, Ansel, ungelogen.«

Der Mann hinter der Theke wischte Chinos Spucke mit einem Spüllappen ab. »Tut mir leid, Mr. Reyes. Das liegt am Sirup. Der ist synthetisch. Das Wasser wird gefärbt, aber der Mokka läßt sich nicht nachmachen.«

Der Chinese klaute sich Halva von der Theke und gab nach einem Bissen auf. Fad. Dieser Süßwarenladen war ein Grab für fade Waren. Wenn er Ansel zusammenschlug, brachte ihn das auch nicht weiter. Er mußte einen andern Juden umlegen, Coen. Ihm fehlte das nötige Werkzeug. Nachschub war nicht zu bekommen. Wenn er gewußt hätte, daß in dieser Saison ein Waffenmangel bevorstand, hätte er sich einen Vorrat zugelegt. Bomben hätte er bekommen können, Vorschlaghämmer, Eispickel, aber keine Colts. Er war Zorros Killer, eine Hornisse ohne Stachel. »Auf Wiedersehen, Ansel.«

Er verließ den Süßwarenladen im Chinesentrott, einem krummbeinigen Gang, den er sich vor zwölf Jahren auf der Mulberry Street zugelegt hatte, als er mit einem kleinen Finger unter jedem Hosenträger die *Sicilianas* aus der siebten Klasse verfolgt hatte. Es war an der Zeit für seine *Comida* bei Bummy, schwarzen Kaffee, Zucker, Roggenwhiskey und Schlagsahne in einer dicken Schale. DeFalco, Rosenheim und Brown lachten über die ausgeleierten Knie und weitere seltsame Eigentümlichkeiten im Gang des Chinesen. Von der Perücke ließen sie sich nicht täuschen; sie erkannten den Chinesen, sowie er auf die Straße trat. Isaacs Gegenwart schüchterte sie zunehmend ein; jetzt wußten sie die Brillanz von Isaacs Technik zu würdigen. »Isaac«, sagte DeFalco, »wie bist du hinter seinen Zeitplan gekommen? Du hast ihn auf die Sekunde erwischt.«

Brown klimperte mit den Fingern auf dem Lauf seiner Schrotflinte. »Isaac, soll ich ihm eine aufs Ohr donnern? Die Ladung wird ihm seinen krummen Arsch strecken.«

Isaac stimmte nicht in ihren Jubel ein. »Wir warten auf ihn. Lange wird er uns nicht hinhalten.«

Der Chinese salutierte Bummys italienischem Barkeeper mit zwei Fingern, wie es in SoHo beliebt war. Da ihm der Bodenfrost im Norden Manhattans zu kalte Füße machte, betrachtete sich der Chinese als anständiger Sizilianer aus der Mulberry Street. Er hätte noch vielsprachiger sein können, wenn er sein Leben weniger aktiv verbracht hätte (Killer wurden nicht dafür bezahlt, ausländische Verben auszuspucken). Abgesehen von Spanisch, Italienisch, Manhattan-Englisch und Kuba-Chinesisch konnte er mit jiddischen und kreolisch-französischen Sätzen (eine der Muttersprachen seines Vaters) um sich werfen. Seine religiöse Anhänglichkeit war durchaus sparsam; als einzigen Feiertag respektierte er das Fest des San Génnaro, das sich bis in den nördlichen Zipfel Chinatowns erstreckte und bei dem er sich mit Würsten und sahnigem Hüttenkäse vollfraß. Ein Revierwachtmeister, der den Chinesen kannte, war an Bummys Tisch eingenickt. Der Chinese brauchte seine Schritte nicht zu dämpfen; ob wach oder schlafend, dieser Wachtmeister akzeptierte das rote Haar des Chinesen. Solange der Taxibandit nicht in seinem Revier sein Unwesen trieb, würde er nicht mit einem Trupp von diesen Innenstadt-Detektiven zusammenarbeiten und Chino bei Bummy schnappen. Die hübschen Jungen von der Mordkommission und dem Überfallkommando sollten doch selbst sehen, wohin sie kamen. Der Wachtmeister schlief besser, wenn er die Waffe auf den Tisch legte; andernfalls behinderte ihn sein Wanst, und immer, wenn er zu laut schnarchte, stach ihm die Dienstwaffe in die Nieren oder die Leisten.

Seit seiner Rückkehr aus Mexiko City war Chino keiner Knarre mehr so nah gekommen. Er stellte sich vor, wie Coen schauen würde, wenn er in das Rohr einer Polizeiwaffe sah. Das Gesicht des Juden würde sich in pissfarbene Sprenkel zerknittern. Entweder bat Coen Chino um Verzeihung, oder sein Finger würde losgehen. Diese Gnade mußte ihm der Chinese gewähren, da der Jude früher ein Freund von Zorro gewesen war. Dennoch blieb der Chinese am Tisch stehen und wog seine Möglichkeiten ab. Wenn er die Waffe klaute, würde Bummy ihn dauerhaft aussperren. Doch wenn er Coen bis zum Wochenende noch nicht bestraft hatte, bedeutete das ein Eingeständnis, daß ein Pole, ein blonder Jude, ihm ins Gesicht fassen konnte. Der Chinese beugte sich vor; ein einfacher Druck auf das Leder, ein zartes Wimmern, und die Waffe glitt aus dem Halfter. Der Wachtmeister kaute auf seinem Zahnfleisch.

DeFalco stoppte den Aufenthalt des Chinesen; sechs Minuten und elf Sekunden. Brown trat die Kupplung. Isaac legte ein Bein über Browns Fuß. »Nicht. Gib ihm ein paar hundert Meter Vorsprung. Sonst riecht er Lunte; grüne Fords erkennt jeder.«

»Isaac«, sagte DeFalco, »wie konntest du wissen, daß er so schnell wieder rauskommen würde?«

Brown wackelte mit dem Kopf. »Den sticht es im Hintern, diesen Chinesen. Er kann nirgends lange sitzenbleiben. Isaac weiß das.«

Rosenheim machte es sich auf dem Rücksitz bequem und fand

sich mit seiner Aufgabe ab; dem Chinesen würde er auf den Fersen bleiben, ganz gleich, wohin es ging, aber in die Lobeshymnen für Isaac fiel er nicht ein.

15

Coen erwartete Isaac. Er versuchte, zu erraten, welchen Weg sein Chef nehmen würde. Isaac mochte Feuertreppen. Wenn er Coen unangemeldet besuchen wollte, kam er mit Handschuhen und einem Schal, um sich gegen den Luftzug in Coens Gasse zu schützen, durchs Fenster. Bei formellen Anlässen hinterließ er eine Nachricht bei Schiller oder ließ seinen Chauffeur (Brodsky natürlich) um den Block fahren, bis Coen den Wagen bemerkte. Isaac rief nie an. Niemand garantierte ihm, daß Coens Leitung nicht angezapft war. Coen war sicher, daß Isaac keinen großen Auftritt machen würde. Isaac hatte nicht Pimloes aufdringlichen Geschmack. Er hätte sich nicht in einem Supermarkt mit Coen getroffen, zwischen Grapefruitnetzen. Es hätte Arnolds Zimmer oder der Tischtennisclub sein können. Isaac empfand eine gewisse Zuneigung für Knoblauch-Arnold. Es war Isaacs Idee gewesen, Arnold ins Revier zu holen, ihn zum Spitzel und zum Fan der Polizei zu machen. Coens Informationsquellen, ob verdrossene Taschendiebe, Killer ohne Engagement oder kleine Zuhälter, kamen durch die Bank von Isaac. Ohne den Chef hätte Coen auf dem Trockenen gesessen.
Isaac ließ sich nicht blicken. Coen zog seine Hose an und ging aus dem Haus. Mrs. Dalkey saß mit Rickie, ihrem Dalmatiner, auf der Vortreppe. Coen kam nicht an den Knien der Witwe und den fetten Hinterbacken des Hundes vorbei. Dalkey sonnte sich in dem Bewußtsein, den Lippenstift-Freak erwischt zu haben und würdigte Coen keines Blickes. Einen Detektiv, der Hundemörder verhätschelte und mit Puertoricanern aus dem Fürsorgeheim befreundet war, konnte sie nicht gebrauchen. Daher stieg Coen über ihre Knie und streifte Rickies Doppelkinn. Dalkey knurrte ihn an. Coen entschuldigte sich. Er wollte nicht auf ihre schwarze Liste kommen. Sonst hätte er sämtlichen Nachbarn aus dem Weg gehen oder in irgendeinen Schuppen ziehen müssen.
»Ein milder Abend, Mrs. Dalkey? Wie geht es dem Pudel?«

Sie stocherte mit einem Q-Tip in Rickies Ohren, und Coen ging weiter. Die Obstverkäufer fuchtelten mit den Armen, um ihn auf die Honigmelonen aufmerksam zu machen, die gerade frisch auf dem Markt waren. Die Kellner des kubanischen Restaurants klopften zur Begrüßung an die Fensterscheiben. Coen machte einen Bogen um Hundescheiße und lächelte in das Restaurant. Er hatte große Lust auf kubanischen Kaffee, aber ohne Arnold wollte er nicht dort essen. Die schwulen Knaben trugen ihre Sommerkluft (es war erst der fünfte Mai), tief ausgeschnittene T-Shirts. Sie saßen in einer langen Reihe im Drugstore, der an das kubanische Restaurant angrenzte, und sahen in Coens blaue Augen. Im Lauf des Winters hatte es Reibungen zwischen den *Cubanos* und den Schwulen gegeben, und die Knaben konnten sich ihre Freunde nicht mehr auf der Straße unter der Pepsi-Cola-Reklame auflesen. Sie schaukelten auf den Hockern, zwinkerten Coen zu und nahmen Posen ein, in denen sie möglichst viel Haut zeigten. »He, Blonder. Schau mal her.« Sie wußten, daß er Bulle war. Aber dieser Bulle kam nicht rein und griff mit Handschellen unter dem Hocker nach ihren Genitalien oder schüttete ihnen Suppe in den Halsausschnitt wie manche andere Knallköpfe vom Revier. Er führte keinen Krieg gegen Schwule. Daher pfiffen sie beifällig; sie dankten ihm, weil er ihre Freunde nicht von den Hockern holte. Eine Frau mit einer winzigen Geldbörse aus Antilopenleder lauerte Coen an der Kreuzung auf. Sie schwor ihm, in der U-Bahn gäbe es keine Fahrmünzen mehr. In der Verwegenheit ihres Griffs lag mehr als Gemeinheit. Sie hatte Mäuseaugen, die über sein Hemd streiften. Ihr Mund schloß sich nur zur Hälfte.

»Ich bin eine Mutter«, sagte sie. »Und Staatsbürgerin. Ich habe Jungen für die Armee großgezogen. Und jetzt komme ich nicht durch das Drehkreuz in den Tunnel.«

Coen wollte ihr eine U-Bahnfahrmünze geben, doch von fremden Männern wollte sie keine Gefälligkeiten annehmen. Also mußte er ihr eine Münze verkaufen und die Hand aufhalten; sie schüttete Pennies aus ihrem Antilopenportemonaie hinein. Ein paar Jungen aus dem Fürsorgeheim hatten die Transaktion beobachtet und beschimpften Coen, weil er einer alten Dame ihre Pennys abnahm. Er bückte sich unter die Treppe und verschwand in den feuchtkalten Flur des Ping-Pong-Clubs. Bei

Schiller war jetzt Stoßzeit. Von den Tischen schlug Coen heiße Luft entgegen. Die Freaks schlugen heute gnadenlos auf die Bälle ein, stimmten sich für ein Turnier im Waldorf Astoria ab. Niemand nickte Coen zu oder nahm zur Kenntnis, daß es ihn gab. Für Bullen hatten sie keine Zeit. Sie versuchten, ihre Schmetterbälle zur Perfektion zu bringen und makellose Schüsse einzuüben. Daher mied Coen ihren Spielbereich und ging an der Wand entlang zu Schillers Bratpfanne. Es gab Rührei, und wie Schiller hielt er eine Zwiebel in der Faust, die er dazu knabberte. »Irgendwelche Nachrichten für mich, Emmanuel?«

Schiller war noch nie schlampig mit Coens Korrespondenz umgegangen. »Steckt ein Zettel auf deinem Tisch? Das Netz ist frei.«

»Entschuldige, Emmanuel. Ich dachte nur, Isaac hätte sich vielleicht gerührt. Er ist mir einen Besuch schuldig.«

»Isaac weilt unter den Toten. Sonst hätte er sich mein Omelette nicht entgehen lassen. Dieser Mann weiß, wie man eine Zwiebel mit der Schale ißt.«

»Emmanuel, von deinen Zwiebeln hat er eine bessere Nase bekommen. Er war so sehr damit beschäftigt, an den Guzmanns zu schnüffeln, daß er vergessen hat, wer wir sind.«

»Du schätzt ihn falsch ein. Isaac ist nicht vergeßlich.«

Coen zog sich in Schillers Kammer zurück. Eine halbe Stunde später leerten sich die Tische, und Schiller fand einen Partner für Coen, einen kubanischen Tellerwäscher, der Alphonso hieß und einen brutalen, unorthodoxen Stil hatte, der einem in den Ecken Schwierigkeiten bereitete. Als die Freaks fort waren, kam Coen in seiner Tischtenniskluft aus der Kammer. Alphonso ließ sich von dem goldenen Abzeichen und dem Revolvergriff nicht einschüchtern. Sie hatten schon einmal gegeneinander gespielt. Beide wischten ihren Mark V mit einem Lappen ab, den Schiller ihnen brachte. Sie wärmten sich mit einem durchschnittlichen Ball auf und gingen dann zu einem schwereren, besseren Ball über, der sich unter dem Druck ihrer breitgriffigen Schläger nicht so leicht einbeulen ließ. Coen dachte noch an die Eier und hätte sich eher schwerfällig bewegt, doch das ließ der *Cubano* nicht zu. Er zwang Coen, hart zu spielen. Coen schaltete ab, dachte nicht mehr an die morbiden Gestalten seiner Vergangenheit, Mutter, Vater, Papa, Isaac, Sheb, um Alphonso in Schach zu halten. Seine

Angaben mit der Schmalkante des Schlägers flogen so dicht über das Netz, daß Alphonso sie nur erwischte, wenn er sich den Ellbogen seines Spielarms zerschrammte. »Maricón«, schrie er den Ball an. »Bobo.« Doch er zahlte es Coen heim. Er setzte Bälle so gezielt in die Ecken, daß der Bulle mit dem Halfter an der Tischkante hängenblieb und den Punkt verlor. Er hätte den Halfter ablegen, ihn an einen Stuhl lehnen können, doch für Alphonso, der mit großer Genugtuung an seinen Schnurrbartenden gesaugt hätte, wenn Coen sich seinetwegen ausgezogen hätte, wollte er die Waffe nicht ablegen. Alphonso sah die frischen weißen Schrammen in Coens Halfter und spielte mit der Hälfte seines Schnurrbarts im Mund. Coen mußte sich anstrengen. Er trieb den *Cubano* in die Galerie, um ihn mit einem Schlag zu erledigen, bei dem Alphonsos Nase auf der Tischplatte gelandet wäre, als sich plötzlich ein Gedanke in seinem Kopf verfing. Er machte den Punkt nicht, sondern ging um den Tisch herum in Schillers Schlafkammer und riß Schiller aus dem Schlaf hoch. »Emmanuel«, sagte er und preßte ihm den Schläger in die Rippen. »Ich habe meinen Vater nie geküßt.«

»Na und?« brummte Schiller auf seine gutmütige Art.

»Ich kann mich nicht daran erinnern, seine Schulter berührt, ihm die Hand geschüttelt zu haben, nichts.«

»Manfred, das geht vielen Jungen so. Ich hatte einen Vater, der einem einen Kinnhaken gegeben hat, wenn man vergessen hat, ihn mit ›Sir‹ anzureden.«

»Hast du ihn geküßt?«

»Vielleicht einmal in meinem Leben. Es hat schrecklich geschmeckt. Wie nasses Papier.«

Alphonso rief vom Tisch herüber. »He, Mann, hör auf mit dem Quatsch.«

Er trocknete sich den Schnurrbart, ehe er mit Coen weiterspielte. Er rieb den Ball an seinem Unterhemd ab. Jetzt machte er Coen in beiden Ecken Ärger. So, wie der *Cubano* auf die Dielen knallte, brauchte Schiller mehrere Minuten, um eine natürliche Schlafhaltung wiederzufinden. Und Coen hatte ihm Alpträume vererbt; er spürte den Druck einer knochigen Hand auf seiner Stirn. Er stöhnte, stieß an die Wand und trat die Bratpfanne von ihrem Haken, und der *Cubano* fluchte laut und drohte, die Zeit, die er mit Coen spielte, nicht zu bezahlen, wenn Schiller nicht lernte,

wie man leise schlief. Alphonso warf sich vor, daß er den Ball abgewischt hatte. Der Bulle kassierte die Punkte für seine Angaben ein. Seit Coen das Spiel unterbrochen hatte, um mit dem Hausherrn über väterliche Küsse zu plaudern, kehrte Alphonsos Schwung nicht mehr zurück. Er lächelte und dachte sich, vielleicht seien Coen und Schiller ein schwules Pärchen, doch mit dem Schläger konnte er immer noch nichts gegen Coen ausrichten. Coen vertrieb ihn vom Tisch; er stolperte in seinen Kampfstiefeln, um den Ball von unten zu erwischen.
Chino Reyes stand mit seiner Polizeiwaffe, einer stupsnasigen 38er, in der Eingangstür. Er war gekommen, um den Bullen zu demütigen, ihn dazu zu bringen, daß er um sein Leben bat. Doch als er Coen in kleinen marokkanischen Stoffschuhen sah, vergaß er seine Pläne. Seine Augäpfel hefteten sich auf das Muster an Coens Füßen, an jede Bewegung, die Seitwärtssprünge, das rote Aufflackern des Schlägers, die Gewalt, die Coen über den Ball hatte. Coens blaue Shorts gefielen ihm, die Verwundbarkeit seiner entblößten Knie. Der Halfter erschreckte Chino nicht. Er hätte Coen eine Kugel in den Schädel knallen können, ehe dieser Halfter auch nur ins Spiel kam. Er ging an Schillers Bank vorbei und näherte sich Coen bis auf wenige Meter. Alphonso sah als erster die Waffe. Er war der Schußlinie nah genug, um eine Wange oder eine Hand zu verlieren. Chino gestikulierte mit der Waffe. »Vamos, Muchacho. Weg da.« Doch Coen schwang seinen Mark V. »Spiel weiter, Alphonso.«
Zwischen zwei Verrückten in der Falle, einem Bullen, der ganz wild auf Tischtennis war, und einem Chinesen, der gern Waffen auf Leute richtete, entschied Alphonso, sich nach Coen zu richten. Vor dem Knurren auf Coens Lippen fürchtete er sich mehr als vor der Knarre des Chinesen. Daher machte er eine hohe Angabe, direkt auf Coens Schläger, und wunderte sich selbst über die Sicherheit seiner eigenen Reflexe und die Kooperation seiner Knie. Der Chinese geriet über den routinierten Flug der Bälle in Wut.
»Coen, warum ziehst du den Südländer in die Sache rein? Schick ihn weg. Ich zanke mich nicht mit dem da.«
»Chino, wenn das Spiel vorbei ist, kannst du dir die Pistole in den Arsch stecken. Ich habe dir gesagt, daß du dich hier nicht blicken lassen sollst.«

Alphonso spürte, wie seine Knöchel nachgaben. Er stützte sich mühsam am Tisch ab und erwischte Coens Schmetterball, aber sein Spiel hatte keinen Biß mehr. Dann schmetterte ihm Coen den Ball in die Achselhöhle. Dort blieb er stecken und brachte Alphonso, der bisher noch nie einen Ball in der Achsel gehabt hatte, völlig durcheinander. Der Ball purzelte wieder auf den Tisch. Alphonso stieß ihn zu Coen rüber. Chino spuckte sich zwischen die Beine. Einen weiteren Ballwechsel würde er nicht dulden.

»Coen, du hast mich schon lange genug aufgehalten.«

Er zielte auf das Netz. Er wollte Coen die Sorglosigkeit nehmen. Aber die Waffe hatte zuviel drauf. So zersplitterte er Schillers Wand, hinterließ Sprünge um das Einschußloch. Alphonso kroch an den Tischen entlang und versteckte sich im Flur. Er wäre weiter weggelaufen, wenn die Pfeiftöne in seinen Ohren nicht so laut gewesen wären. Schiller erwachte mit Staub im Mund und der Bank über ihm. Er glaubte, das Hotel sei durch die Decke gebrochen, bis er den ersten Staub schluckte und ihm klarwurde, wer der Chinese war. Der Taxibandit war gekommen, um Coen abzuknallen. Schiller machte sich wegen der Splitter keine Sorgen. Der Chinese konnte von ihm aus jede einzelne Wand des Clubs auseinandernehmen, lieber, guter Gott, solange er nur weiterhin sein Ziel verfehlte. Schiller wollte Ratschläge erteilen, Coen warnen, nichts zu überstürzen, ihn dazu bringen, langsam und leise zu reden und den Chinesen nach Möglichkeit durchzuprügeln, aber von seinen Lippen kam nichts als ein trokkenes Quietschen. Der Staub reichte ihm bis in die Kehle. Außerdem waren seine Arme taub. Er konnte die Bank nicht von seinen Füßen heben.

Doch Coen machte dem Chinesen nichts als Kummer. »Drück schon ab, Pole. Zeig mir, wer du bist. Du hast die rechte Hand am Abzug. Du mußt sie nur bewegen.« Coen behielt seinen Mark V in der Hand. Er lächelte dem Chinesen ins Gesicht. Angesichts dieses Lächelns wurde dem Chinesen klar, daß er sich in dieser Spelunke keine Genugtuung verschaffen konnte, und so packte er die Waffe mit beiden Händen, suchte sich in Gedanken ein Ziel aus, das einen knappen Meter von Coen entfernt war, und feuerte auf das Ziel. Der Schläger sprang dem Chinesen um die Ohren. Coen spürte ein Knirschen von seinen Zähnen bis hinunter zwischen seine Beine. Hinter seiner Nase schmeckte er Blut. Seine Schuhe hatte er im Gesicht. Er konnte sich nicht entsinnen, wie er vom Tisch an die Wand gekommen war. Jetzt wurde er durstig. Er erinnerte sich an einen Pfirsich, den er sich während eines Manövers in Worms gekauft hatte, einen gigantischen roten Pfirsich, einen »Colorado«, für den er einen Betrag bezahlt hatte, der fünfzig Cents entsprach, weil ihm der Obstverkäufer in perfektem Englisch geschworen hatte, der »Colorado« sei auf Eis gebettet aus Südamerika gekommen. Coen schrubbte den Pfirsich mit dem Wasser einer Feldflasche, seine Finger fuhren über die Unregelmäßigkeiten in dem roten und gelben Flaum. Mit seinem Armeemesser schnitt er in den Flaum und fand es ganz unglaublich, daß ein Pfirsich, ganz gleich, welcher Nationalität, um den ganzen Kern herum weinfarbenes Fleisch hatte. Er aß eine halbe Stunde lang, schleckte sich Fruchtsaft von den Daumen, zog neugierig Fasern des Fruchtfleischs aus dem Kern und kostete seine eigene süße Spucke aus. Als er versuchte zu schlucken, hatte er Blut im Ohr. Seine Augen wurden rosa. Die Blasen in seinem Mund färbten sein Kinn dunkel. Nur mit einem Nasenloch bekam er Luft.

Isaac erschien nach dem zweiten Schuß mit seinem Suchtrupp. Coens Partner, DeFalco, Rosenheim und Brown, drangen mit Schrotflinten und glänzenden Westen in den Flur ein. Alphonso mußte ihnen ausweichen, um nicht totgetrampelt zu werden. Es war so dunkel, daß er die goldenen Abzeichen, mit denen die drei Bullen behängt waren, nicht sehen konnte, doch die Wichtigkeit dieser Männer stand außer Zweifel. Nur Superbullen konnten so schnell in einen Tischtenniskeller platzen. Der Chinese stand am mittleren Tisch, als er den Aufruhr im Gang vernahm, das Spannen von Schrotflinten, den Aufprall von Schuhleder. Coens blutige Ohren wollten ihm gar nicht gefallen. Er hatte dem Blauäugigen ein paar kleine Kratzer zufügen, ihn aber nicht in Hälften zerteilen wollen. »Pole, du hättest netter zu mir sein sollen.« Selbst als er schon zwischen die Schrotflintenläufe sah und Isaac erkannte, den er in der Bronx gesehen hatte und von dem er wußte, daß er ein großer Polizeispitzel war, verstand er nicht, was die Bullen mit so vielen Kanonen hier wollten. Er hätte sich längst wieder auf die Suche nach Odette machen sollen. Beim nächstenmal würde er nicht in seine eigene Hosentasche tröp-

feln. Er würde die Pornokönigin ausziehen, ihre Hand auf seine pochende Brust legen.
DeFalco, Rosenheim und Brown sahen die Blutlache, in der Coen lag, sahen die 38er in der Hand des Chinesen baumeln (sie war ins Leere gerichtet) und legten los. Sie schlitzten das Holz auf, zertrümmerten drei der neun Tische, holten einen Beleuchtungskörper von der Decke, richteten das restliche Inventar zugrunde, hinterließen wild verstreute Glasscheiben und vernichteten im selben Arbeitsgang Chino. Rosenheim kam als erster aus dem Flur. DeFalco und Brown stürzten auf die Tische zu. Der Zustand des Chinesen bedurfte keiner Erklärung. Doch Brown kauerte sich über Coen. »Er ist tot«. DeFalco stieß auf Schiller. Er zog die Bank von Schillers Augen. DeFalco hätte nicht sagen können, ob Schiller schluchzte, oder ob er versuchte, zu husten. Er schätzte, daß mit Schillers Zunge etwas nicht stimmen konnte. »Was willst du uns sagen, Alter?«
Knoblauch-Arnold zwirbelte sich die Koteletten, um sich auf ein Abendessen mit Coen vorzubereiten, als seine Einmachgläser und Trinkschalen vom Fensterbrett fielen. Im Unterhemd hopste er nach unten, ohne den orthopädischen Schuh. Er kam an Alphonso vorbei und sah Isaac, Schiller, Coen, die drei Kriminalbeamten und die Überreste des Chinesen. Er schoß auf Isaac zu. »Du Arschloch, das hast du ihm eingebrockt. Du hast die Guzmanns nicht erwischt, und deshalb hast du dem Chinesen Manfred überlassen, und dann hast du den Chinesen gekriegt.«
DeFalco antwortete an Isaacs Stelle. »Arnold, so war es nicht, das schwöre ich dir. Alles sollte ganz wie üblich ablaufen. Der Chinese war doch mit Coen in Mexiko, oder? Sie haben im selben Zimmer geschlafen. Warum sollen sie sich dann nicht über einer Tischtennisplatte unterhalten können? Wir sitzen draußen im Wagen und, ich kann's nicht ändern, machen Witze darüber, wohin uns der Chinese als nächstes bringt, und vor fünf Minuten kommt im Funk, daß der Chinese bei Bummy einem Wachtmeister die Waffe gestohlen hat und abgehauen ist. Arnold, wir sind wie ein Wirbelsturm hier reingeplatzt.«
»Ganz normaler Dienst, was?« Arnold mußte sich auf die Lippen beißen, um nicht vor Isaac und den Bullen loszuheulen. »Warum seid ihr dann mit Schrotflinten hergekommen?«
»Arnold«, sagte Rosenheim, »du weißt, wozu der Chinese fähig

ist, wenn er wieder mal durchdreht. Wir konnten vorher nicht wissen, wie er aufgelegt ist. Wir mußten auf alles vorbereitet sein.«

Brown kauerte immer noch über Coen. Er hatte nichts für Isaac übrig. Wie lausig mußte Coen gewesen sein, wenn sein eigener Chef ihn nicht retten konnte? Isaac besaß eine unnatürliche Begabung, sich aus seinen eigenen Trümmern zu befreien, an die Oberfläche zu kommen, wann er Lust hatte, und wenn Isaac in der Nähe war, war sich Brown nicht mehr sicher, was legitim und was Lug und Trug war. Es stimmte, daß die Hälfte aller Polizisten (er selbst eingeschlossen) hoffte, der Chinese werde Coen umlegen, aber Brown war gar nicht zum Feiern aufgelegt. Chino hätte er in den Schädel pinkeln und morgen den nächsten Chinesen erledigen können; aber einen toten Bullen konnte er nicht schänden. Vielleicht konnte er in Coens blutigem Gesicht auch einige seiner eigenen Züge erkennen. Vielleicht lag unter seinem gesamten Groll eine Zuneigung für Isaacs Baby verborgen. Brown wußte es selbst nicht. Er bedeckte Coen so gut wie möglich mit Schillers rosa Handtüchern und erwartete die Ankunft des Leichenwagens.

Die vielen kleinen Schiebungen und Ausflüchte in der Abteilung des First Deputy waren über die Bühne gegangen, als Coen zu Grabe getragen wurde (auf Ersuchen eines gewissen Polizeichefs von Manhattan hatten die Hands of Esau die Leiche in Verwahrung genommen, obwohl Coen mit seinen Beiträgen im Rückstand war). Pimloe litt am meisten. Er verlor seinen Chauffeur und mußte seine Räumlichkeiten mit Blick auf den Cleveland Place räumen, um eine Abstellkammer an der Rückseite des Gebäudes zu beziehen. Die niederen Kriminalbeamten, die die breite Masse des »Rattentrupps« bildeten (sie infiltrierten Polizeireviere und spionierten im Auftrag des First Dep Bullen nach), konnten ihre Freude über diese Maßnahme kaum verhehlen. Sie waren von Isaac ausgebildet worden und respektierten den ungeglätteten Fluß von Isaacs Theorien, seine Ablehnung des lehrbuchhaften Vorgehens, seine fanatische Hingabe an den *Modus operandi* von Verbrechern und schurkischen Bullen. Für sie war er nicht der DCI (Deputy Chief Inspector), jemand, den man nach Möglichkeit mied. Er war Isaac, der Meister, der einzige

Chef. Sie brauchten keinem gewöhnlichen DI wie Pimloe zu schmeicheln. Isaac war nach Hause zurückgekehrt.

Er saß in seinem Büro und brütete über den Glückwünschen, die er erhalten hatte, weil er Chino Reyes das Handwerk gelegt und eine oder zwei von César Guzmanns Spielhöllen geschlossen hatte. Draußen stand der Schablonenmaler und kratzte »Herbert Pimloe« von der Tür ab. Sein Schreibzeug, seine Teekanne, seine Ehrenurkunde von den Hands of Esau, seine Gläser mit farbiger Tinte, monatelang im Keller eingelagert, waren in seine Büroräume zurückgebracht worden. Seine Untergebenen waren übertrieben höflich. Niemand erwähnte ihm gegenüber Papa oder Coen. Isaac hatte vorgehabt, sechs Guzmanns in der Tasche zu haben (Jerónimo hatte er nicht vor Gericht stellen, sondern in eine Anstalt schicken wollen) und Coen in der Nähe seiner Tür zu wissen, wenn er aus seinem Loch (der Boston Road) zurückkehrte. Er hatte sich nicht die Knie wundgescheuert, um Geld für Papa einzusammeln, hatte sich nicht mit süßen Sodas vollgepumpt und sich auf Barhockern Pickel am Hintern geholt, um einen kubanisch-chinesischen Flüchtling zu Tage zu fördern, einen Banditen, an dessen Laufbahn er beteiligt war. Isaac war derjenige gewesen, der Chino bei seinen Spielsalons an der Doyers Street einen Strich durch die Rechnung gemacht hatte, indem er der Staatsanwaltschaft andeutete, daß unter der Obhut des Chinesen Glücksspiele betrieben wurden; Isaac war derjenige gewesen, der ihn in die härteren Stadtteile vertrieben und seine Möglichkeiten soweit eingeschränkt hatte, daß der Chinese nur noch die Wahl hatte, sich an César zu verdingen oder zu verhungern. Er hatte Chino Reyes für ausreichend dumm gehalten, ihn durch die Reihen der Guzmanns zu führen, Césars Heiratsvermittlung aufzudecken, damit er sich ein paar Guzmanns mit den Bräuten schnappen konnte. Allerdings hatte ihn der Chinese zu niemand anderem als Coen geführt.

Isaac hatte sich eigentlich gar nicht mit den Guzmanns anlegen wollen. Papas Zahlenlotto störte ihn nicht. Als Logenbruder und Propagandaminister der Hands of Esau schämte er sich zwar, einzugestehen, daß eine jüdische Familie ein Monopol in einem Teil der Bronx errichten konnte, doch er tröstete sich mit dem Bewußtsein, daß die Guzmanns keine echten Juden waren, Marranen, die Moses als ihren Christus ansahen, den Begriff der Ehe

ins Lächerliche zogen und Schweinefleisch aßen. Dann waren die Geschichten zu Isaac durchgesickert, eklige Geschichten; seine Spitzel in der Bronx hatten durchblicken lassen, daß sich eine Lotteriegemeinschaft in der Bronx auf weiße Sklaverei verlegt hatte, daß deren Agenten an den Busbahnhöfen nicht einmal genügend Charakter besaßen, zwischen jüdischen und nichtjüdischen Ausreißerinnen zu unterscheiden. Die Guzmanns waren keine wunderlichen Leute mehr, malerische Zurückgebliebene mit Lotteriescheinen, die zu Hause in ihrem Süßwarenladen beteten; sie waren »Fleischfresser« (Käufer von Menschenfleisch), eine Familie von Insekten, die auf Isaacs Gebiet betete. Er schickte seine Leute auf die Busbahnhöfe, ohne Manfred davon zu unterrichten, der mit Guzmannschen Sodas aufgewachsen war und durch den die Tarnung der Detektive aufgeflogen wäre (die meisten trugen Frauenkleidung). Isaacs Abgesandte kamen mit Kartoffelchips im BH zurück. Sie konnten die Guzmanns in keine Verbindung mit dem Geschehen an den Busbahnhöfen bringen. Die Zuhälter, die für die Buslinien zuständig waren, mußten fragen: Wer ist César, wer ist Papa, wer ist Jerónimo? So mußte Isaac feststellen, daß die Guzmanns mit den alten Koordinaten und den üblichen Spionen nicht in die Falle gingen.
Er brachte den First Deputy auf seine Linie, einen Iren mit Adlernase, ein sanfter Mensch, der sich den Vorstellungen seines intelligenten jüdischen Helfers fügte und den das von Isaac farbenfroh ausgemalte Bild von sechs Guzmanns, die junge Mädchen verschlangen, entsetzte. Isaac zettelte sein eigenes Verhängnis an. Er zahlte einen Informanten dafür, ihn zu verpfeifen, ihn so weit in die Geschäfte der stadtbekannten Spieler der Bronx zu verwickeln, daß er seine Unterlagen einsenden und das Abzeichen zurückgeben mußte, alle Anrechte auf seine Rente verlor und aus den Hands of Esau austreten mußte. Die Detektive, die ihm untergeben waren, trotteten glubschäugig vor Gewissensbissen durch das Büro. »Isaac als Aushängeschild der Spieler? Blödsinn. Jemand will ihn linken.« Nur Isaac selbst konnte die delikaten Balancen seines Sturzes genießen; innerhalb der ersten Woche, nachdem er seinen Schreibtisch geräumt hatte, lagen ihm Angebote von Spielerverbindungen in Brooklyn und Queens vor. Isaac entschied sich zu verhungern. Er war neunundvierzig, hatte eine Schwimmerbrust, buschige Koteletten und eine kna-

benhafte Taille; außerdem hatte er eine verheiratete Tochter und eine Ehefrau, die sich ihm entfremdet hatte und auch ohne ihn reich war. Er zog aus Riverdale in die Boston Road. Er saß in billigen Spelunken und wartete darauf, daß Papa anbeißen würde. Er verhöhnte Streifenpolizisten, doch sie hatten schon vom Chef Isaac gehört und nicht den Mumm, mit ihren Knüppeln auf ihn einzuschlagen.

Papa nahm ihn auf, jedoch ohne einleitende Umarmungen. Wenn Isaac die Heimat und die Gepflogenheiten der Guzmanns gekannt hätte, wäre ihm die Absurdität seiner Lage klargewesen, und er wäre mit hängenden Ohren zum First Deputy gekrochen. Die Guzmanns engagierten keinen Schieber, ohne ihn zur Besiegelung zu umarmen. Papa folgte den Gebräuchen seiner Väter in Peru. Für die Marranen hatte das Böse einen aus der Nähe wahrnehmbaren Gestank. Ihre Umarmungen waren nur ein Vorwand, eine Gelegenheit, zu schnüffeln, wieviel Schaden man befürchten mußte. Einen Mann nicht zu beriechen, war das Zeichen größtmöglicher Verachtung. Isaac saugte die Flüssigkeit aus Papas Kirschbonbons und aß mit Jerónimos Löffel. Er trug Vierteldollarstücke, wenn Jorges Taschen überquollen, er bildete eine Kette mit Topal und Alejandro, um Zweihundert-Liter-Fässer mit Sirup im Keller zu verstauen, man gab ihm alle fingierten Abrechnungen zum Spielen. Papa zahlte ihm kein Gehalt. Er lebte von Cents und sah Dollarscheine nur, wenn er seine Ausbeute zur Bank brachte. So gründlich er die Boston Road auch durchstreifte, er fand keine Schmutzspuren von César oder der Heiratsvermittlung.

Daher wusch er Pennies in einem Kübel, lernte durch Jerónimo das Aroma weißer Schokolade kennen, rasierte sich nur jeden dritten Tag, latschte wie ein Guzmann, grunzte wie ein Guzmann, bohrte in der Nase und kam mit verklebten Koteletten, einem zerkratzten Gesicht und schmutzigen Fingernägeln in die Abteilung des First Deputy. Seinen früheren Mitarbeitern fielen die Augen aus dem Kopf. Sie wußten, daß sich Isaac in der Bronx rumgetrieben hatte, doch mit solchen Entartungen hatten sie nicht gerechnet. Isaac, erinnerten sie sich, war immer eine makellose Erscheinung gewesen. Pimloe verspottete ihn gemeinsam mit den anderen Inspektoren. Mit einem Inspektor, der ohne Amt und Würden so daherkam, wollten sie nicht gemeinsame

Sache machen. Und Isaac, der auf der Boston Road einsilbig geworden war, über Pennies geredet hatte, mit Jerónimo gestikuliert, Jorge angemuht hatte, sah ein, daß er sich diesen Männern nicht verständlich machen konnte. Der First Deputy schritt zu seiner Rettung ein und verdeutlichte den Inspektoren und den Detektiven vom »Rattentrupp« Isaacs Mission. Die Inspektoren schüttelten Isaac die Flosse (ihnen wurde klar, daß er der Nachfolger des First Dep werden würde). Die Kriminalbeamten glotzten ihn erneut an; ihr Glaube an die Technik des Meisters war wiederhergestellt. Niemand anders als Isaac hätte Papa Guzmann durch den Stiel eines Eisbechers beobachten können.

Von allen Guzmanns mochte Isaac Jerónimo am meisten. Sie hatten öde Nachmittage mit Spielen entschärft und literweise Schokoladensoda miteinander getrunken. Doch Isaac wollte nicht zulassen, daß diese Zuneigung seine Logik umnebelte. Jerónimo war die schwächste Stelle der Guzmanns. Das Baby hätte sich nicht selbst abwischen können, wenn ihm Papa nicht Toilettenpapier in die Unterhose gesteckt hätte, damit Jerónimo wußte, wo er danach suchen mußte. An den meisten Kreuzungen mußte er stehenbleiben, um das mit dem Rot und dem Grün noch einmal zu überdenken. Isaac hätte sich auch an Jorge ranmachen können, dem Jerónimos gesellige Anmut fehlte und dem schwindlig wurde, wenn er schnurgerade gehen sollte, doch Jorge konnte sich nur allzu deutlich mit einem Fingernagel und einem Messer ausdrücken (Isaac hatte gesehen, wie Papas mittlerer Sohn einen Kundenfänger mit Mustern verziert hatte, weil er die Familie um fünfzig Cents beschissen hatte). Daher ließ er Kriminalbeamte in Zivilfahrzeugen hinter Jerónimo herfahren, sie sollten ihm mit fünf Meilen pro Stunde auf den Fersen bleiben. Papa brauchte nicht mehr als eine Woche, um hinter den Zweck von Isaacs Wagen zu kommen. Er süßte Isaacs Sodas, setzte ihn auf Phantomkonten an. Dann erst sagte er: »Isaac, ich will nicht, daß Jerónimo auch nur ein Haar gekrümmt wird. Wenn Alejandro plötzlich eine Stoßstange im Arsch hat, ist das etwas anderes. Er weiß, wie man durch eine Scheibe spuckt. Hör mir gut zu, Isaac. Der Mann, der Jerónimo ein Leid antut, ob schwarz oder weiß, wird mit zwei Eiern zu wenig aus dieser Welt scheiden. Laß dich nicht von den Malzmilchmaschinen irreführen. Ich bin in Peru aufgewachsen.«

Und Isaac, der übereifrige Schützen aus dem Umlauf gezogen hatte, der seinen Handkantenschlag beim Aussortieren der Strohköpfe in der Turnhalle des Polizeisportvereins zur Perfektion gebracht hatte, konnte nur den Kopf schütteln. »Papa, ich habe den Jungen nicht angerührt. Das sind nicht meine Leute. Ich kann nicht von einem Süßwarenladen aus den Verkehr leiten.« Papa war nicht darauf angewiesen, sich auf Isaacs Großzügigkeit zu verlassen. Er holte Jerónimo von der Straße. Der Junge mußte seinen Auslauf auf die Zwischenräume zwischen Papas Barhockern beschränken. Mit Schokolade im Mund und zunehmend mehr Elend im Blick wich Jerónimo den lederbezogenen Sitzen aus. Isaac erwartete den Zusammenbruch der Guzmannschen Maschinerie unter dem Druck von Jerónimos traurigen Augen, als das Baby nach Manhattan verschwand. Rastlos, mit Papa im Nacken, lernte Isaac, dieses andere Baby zu hassen, Manfred Coen, der mit Jerónimo, Jorge und César großgezogen worden war. Coen litt unter Sirup im Hirn (wie Jerónimo), nagte während des Osterfestes der Marranen die Knochen desselben Lamms ab, und das nahm ihm Isaac übel. Er hatte ihn aus der Akademie geholt, weil er einen Jungen mit einem formbaren Gesicht brauchte, ein blauäugiges Wunder, das sich in einer Brasserie nicht fremdländisch ausnahm, das in Damenschuhen einen Verbrecher jagen konnte, eine falsche Nase aufsetzen, eine halbe Nacht lang zur Tunte werden konnte. Isaac hatte seine willige Knetmasse bekommen. Coen, mit dreiundzwanzig vaterlos, ein Schütze aus Worms, den ein Herd in der Bronx zur Passivität verurteilt hatte, war bereit, sich mit Kleister das Kinn umformen zu lassen. Isaac hatte das optimale Waisenkind gefunden, einen Jungen mit knetbarem Ich. Unter Isaacs Führung bestand Coen die Prüfung und stieg in einen hohen Polizeiposten auf, indem er süße Püppchen, Polacken, Polizeipetzen und lausige Bullen darstellte. Coen las sich irgendwo eine Ehefrau auf, ein Mädchen, das ihn in Konzerte schleppte, ihn Stück für Stück seines Waisentums beraubte und seine Nützlichkeit für die Polizei gefährdete. Daher begann Isaac, Coen an die Sonderkommission auszuleihen, und der Wunderknabe wurde zum Begleiter der Ehefrauen anderer Männer, schlief in der Park Avenue, ließ unbedacht seine Ehe sausen und saß sodann auf Isaacs Schoß.

Isaac hatte nicht einfach aus Liebe zu seiner eigenen Abteilung

Coens gutes Aussehen ausgenutzt, ihn zu einem Fischgrätbullen gemacht. Er war der Überzeugung, daß Coen ohne Gattin besser dran war. Wenn ihm die Inspektoren, die ihm unterstellt waren, auf die Nerven gingen, kletterte er über die Feuertreppe in Coens Fenster, saß mit dem Bullen beim Damespiel und starkem Tee. Coen ermutigte Isaac, durch sein Fenster einzusteigen. Er besaß keinerlei Ehrgeiz. Die doppelten und dreifachen Sprünge, die er Isaac abtrat, waren nicht dazu gedacht, dem Chef zu schmeicheln. Coen hatte keinen Sinn für Strategien auf einem Spielfeld. Und Isaac wußte es zu schätzen, eine Stunde lang keine winselnden Inspektoren um sich zu haben. Er vertraute dem Jungen soweit, daß er seine Schuhe auszog und in Coens Gegenwart manchmal auch eine Stunde schlief. Wenn sich etwas Unerwartetes ereignete, hupte ihn Brodsky von der Straße aus an. Dann weckte Coen ihn mit einem Finger. »Steh auf, Isaac. Ohne dich sind sie verloren.« Wenn er so aus dem Schlaf gerissen wurde, konnte sich Isaac an einem Lächeln laben, an blauen Augen, die sich über ihn beugten, an einem Jungen mit einer Waffe am Herzen, einem seiner tödlichen Engel (Isaacs Leute waren größtenteils gute Schützen mit Manieren, einer angenehmen Art und hübschen Gesichtern).

Je länger Isaac sich in der Bronx herumtrieb, desto mehr erbitterte ihn Coen. Der Junge war so sehr Guzmann wie Bulle. Isaac hatte Coen auf ein Abstellgleis geschoben, ihm eine Beschränkung auf die Mordtrupps der südlichen Bezirke auferlegt, weil er seinen Engel nicht kompromittieren wollte, ihn nicht zwingen wollte, sich zwischen Papa und dem First Dep zu entscheiden. Dann hatte Isaac eine Kehrtwendung gemacht. Von Papa gedemütigt und des Sirups in einem dunklen Laden überdrüssig, hatte er Coen auf die Guzmanns angesetzt, ihn in Césars Ehevermittlung verwickelt, ihn mit der Nase auf Mexiko, auf die Fünfte Avenue und auf Vander Child gestoßen. Der Junge irritierte die Guzmanns, doch schaden konnte er ihnen nicht. Statt César aus seinem Versteck zu locken, hatte er eine Kugel in die Kehle bekommen. Und Isaac saß wieder in seinem Büro, rehabilitiert; seine geringfügigen Sünden waren ihm durch die Hands of Esau vergeben worden, sein Namenszug prangte auf der Tür (der Schablonenmaler brauchte eine geschlagene Stunde, um Pimloe auszukratzen und I-S-A-A-C einzustanzen); auf seinem Schreibtisch lag alles wieder am alten Platz, die Füllfederhalter waren zurückgebracht worden, seine Untergebenen wuselten in ihren Kämmerchen herum und erwarteten seine Anweisungen; seine Bürozahnbürste lag auf dem Waschbeckenrand, er trug Strumpfhalter und hatte Hosenträger angeschnallt, doch er war ohne César zurückgekehrt, ohne Papa, ohne Coen.

Vierter Teil

16

Schiller lebte mitten im Schutt. Er wollte nicht aufräumen und saubermachen. Seine Stimme kehrte zurück, nachdem er eine Woche lang Hustenpastillen gelutscht hatte, doch er hatte nicht viel zu sagen. Die Freaks hätten dem Club treu bleiben können. Die drei vordersten Tische waren unbeschädigt, und Schiller war zu zerstreut, ihnen mehr als ein paar Pennies abzunehmen. Doch das Licht schwirrte vor ihren Augen, die Wände begannen zu schwitzen, und sie fürchteten, Glas durch die leichten Sohlen ihrer Schuhe zu treten. Daher gingen sie zu Morris an der Dreiundsiebzigsten, wo die Decken niedrig waren und das Drahtgeflecht um jede Glühbirne Schatten auf den Ball warf, oder sie spielten bei Reisman an der Sechsundneunzigsten, geräumiger und besser beleuchtet, doch es kostete sie pro Stunde einen Vierteldollar mehr. Wenn sie überhaupt an Coen dachten, dann nur, um sich zu sagen, daß ein derart merkwürdiger Bulle ein Ping-Pong-Grab verdient hatte. Bei ihren Verwandten spielten sie sich damit auf, daß sie gesehen hatten, wie die Kugel des Chinesen unter Coens Hals gelandet war, ihn zweieinhalb Meter durch die Luft geschleudert, eine Arterie gesprengt und das Blut aus seinen Ohren gedrückt hatte, obwohl kein einziger von ihnen im Club gewesen war, als der Chinese Coen erschossen hatte.

Arnold hatte keinen Ehrgeiz mehr, aus dem Fürsorgehotel auszuziehen. Er ergänzte die Einmachgläser auf seiner Fensterbank durch ein Glas Marmelade und fettete seinen orthopädischen Schuh mit einer Schicht gelbem Schellack ein, der garantiert das Leder nicht zerfraß und auch den Schaum in seiner Senkfußeinlage nicht zum Schmelzen brachte. Er konnte dem Chinesen keinen Vorwurf machen. In seiner Vorstellung hatten Isaac und die Guzmanns Coen ermordet. Er erhielt eine Einladung von Rosenheim, DeFalco und Brown (gegengezeichnet von einem Revierchef), wieder in Coens Bezirk einzusteigen und den Vorsitz über die Zelle im Mannschaftsraum zu führen, doch Arnold lehnte ab. Ohne Coen waren ihm Kriminalbeamte unerträglich. Schiller gab ihm Coens Tischtennisschläger und Coens Stirnband (das Abzeichen, der Halfter und die Waffe gingen an die Abteilung des First Deputy). Arnold trug das Stirnband in seinem Zimmer. Den Mark V nahm er bei seinen Spaziergängen um den Block mit, den Griff unter seinem Hosenbund, Gummi an den Rippen. Der Schläger verlieh ihm ein gewisses Prestige unter den Hotelbewohnern, die Coen erst nach seinem Tod zu schätzen wußten, und unter den kubanischen Kellnern, die den *Agente* mit dem *Teint blanco* gemocht hatten. Gelegentlich stieg er die Stufen in den Club hinunter, wobei sein Klumpschuh auf das Geländer zeigte, räumte mit zwanzig schlurfenden Schritten den Gang frei, fand Schiller und sagte: »Jesus, lüfte deine Lunge durch. Hombre, geh ins Freie.« Schiller rührte sich nicht von der Stelle. Manchmal brachte ihm Arnold seinen Schokoladenriegel oder die Zeitung von gestern mit. Sie saßen gemeinsam auf Schillers Bank und wußten nicht, was sie mit ihren Daumen anfangen sollten. Arnold konnte nicht Glas atmen und im Mörtel hausen, ohne ständig zu niesen. Zum Abschied berührte er Schiller wortlos, häufig am Knie; dann bahnte er sich einen Weg zum Flur und nahm den Aufstieg in Angriff, mit beiden Händen am Geländer und seinem Schuh, der nach Norden zeigte.

Zwar machte sich César rar, und der Chinese war tot, doch Odile mußte diesem Umstand keine ihrer Gewohnheiten opfern. Mindestens zweimal täglich beschrieb sie eine Runde vom »Dwarf« zu Onkel Vander, dann zur Jane Street und wieder zum »Dwarf«. Sie tanzte Hüfte an Hüfte mit ihren Freundinnen im »Dwarf«, doch sie küßte sie nicht auf den Mund. Sie balancierte Dessertlöffel auf ihren Schamlippen, um Vanders Kameramänner zufriedenzustellen, bekam Orgasmen von den Löffelkanten. Sie brauchte keinen Chinesen, der ihre Angelegenheiten regelte. Bummy Gilman kam aus eigenem Antrieb zu Odile. Sie wusch ihn mit einer milchigen Lösung (neunundachtzig Cents in der Drogerie), behielt dabei ihre sämtlichen Röcke an und kassierte hundert Dollar. Diese Momente waren es, wenn sie Bummys Genitalien einseifte, seine Schenkel nachspülte, in denen sie Coen zu schätzen wußte. Der Bulle hatte sie nicht in ihre einzelnen Bestandteile zerlegt, nicht ihre länglichen Nippel und die Muttermale auf ihrem Rücken inspiziert, sie nicht aufgefordert, Tricks mit ihren Schamlippen oder mit weißen Lösungen vorzuführen. Odile glaubte an Fügungen: Coen hatte in diesem Jahr sterben müssen, doch sie wünschte, er wäre dem Chinesen noch für einen Monat entkommen. Dann hätte sie ihn vielleicht in die Jane Street locken können, die finsteren Buckel über seinen Augen mustern, sich eine Höhle unter seinem Arm graben, dort eine Stunde schlafen, und trotzdem hätte sie noch rechtzeitig aufstehen können, um mit Dorotea im »Dwarf« zu tanzen.

Im Juni würde Odile neunzehn werden. Sie hatte in elf Filmen und dreizehn Kurzfilmen die Hauptrolle gespielt. Für einhundertundfünf Männer hatte sie sich Schaumtabletten in die Vagina gesteckt; dabei war Vander nicht mitgerechnet, den sie mit zwölf Jahren verführt hatte, Bummy, der nicht unter ihre Kleider vorgedrungen war, der Chinese, der nicht weiter gegangen war, als Sperma auf ihren linken Oberschenkel zu tröpfeln, Jerónimo, der sie mit geschlossenen Augen genommen hatte, César, dem sie mehr oder weniger gehörte und der keine Einladungen brauchte, um in die Jane Street zu kommen, die vier übrigen Guzmanns (Topal, Alejandro, Papa und Jorge), und auch nicht Coen. (Odile, die jüdische Männer in ihrer Nacktheit gesehen hatte, Männer wie Bummy und den Bullen, verstand immer noch nicht, warum die Guzmanns diese lästigen Hautstücke auf ihren Schwänzen hatten. Von César bekam sie keine Erklärungen. So nahm sie an, die Guzmanns seien schlechte Juden.) Sie entzündete die grünen Gedächtniskerzen, die ihr César gegeben hatte, als ihr Hund Velazquez an einem Gabelbein erstickt war. Doch sie hatte die Gebete vergessen, die man zu den Kerzen sprach, und sie sägte die Kerzen auch nicht mit einem Buttermesser in zwei Hälften, wie es die Guzmanns taten. Daher ging ihr spärlicher Vorrat schnell aus, und sie dachte nicht mehr an Coen.

Aus der Überzeugung heraus, daß er unter einer gutartigen Form von Hausarrest stand, hortete Vander seine Croissants. Die Abteilung des First Deputy hatte ihm geraten, Manhattan nicht zu verlassen. Er sollte den Kontakt zu den Guzmanns aufrechterhalten, doch Zorro biß nicht an. Was seinen Wert für die Chefs betraf, gab er sich keinen falschen Illusionen hin. Wenn seine Nützlichkeit zu tief absackte, würde man ihn den Geschworenen vorwerfen wie ein nichtswürdiges Vieh. Im Januar war er Isaac am Flughafen in die Finger gefallen, als er mit Unterlagen von Mordeckay über die Bräute aus Mexiko zurückgekommen war (die meisten Belege waren in einem Geheimkode der Marranen abgefaßt und konnten nicht dechiffriert werden). Isaac brauchte keine Stunde, um den Broadway-Mäzen zu verpflichten, und Vander verließ den Flughafen als Spion, der auf den Namen des Deputy Inspector Herbert Pimloe registriert war (Isaac nahm keine Informationen unter seinem Namen an). Bei dem überstürzten Anlauf, seine Kameras abzubauen und seine Produktionsgesellschaft zu liquidieren, stellte Vander fest, daß er als Spion für die städtische Polizei immun war. Ohne Angst vor eventuellen Razzien konnte er sein Geschäft mit der Pornographie weiterhin betreiben. Als jemand, der auf der Liste des First Deputy stand, war er für den Moment unantastbar. Wenn er es in diesem Jahr nicht mehr nach Spanien schaffen sollte, um Pesetas aus seinen Investitionen in kastilische Baufirmen einzukassieren und seine Lieblings-Goyas in Madrid aufzusuchen, konnte er mit Odile einen Film pro Monat drehen. An Coen konnte er sich nur noch in Zusammenhang mit Tischtennis erinnern. Er nahm an, der Tod des Chinesen leite sinnbildhaft den Zusammenbruch der Guzmanns ein. Doch dafür gab es keine Beweise.

César ging auf Isaacs Wiedereinsetzung ins Amt ein. Er jonglierte mit seinen Adressen, hüpfte von der Neunundachtzigsten Straße in die Zweiundneunzigste und von da aus in ein Zimmer über dem vegetarischen Restaurant in der Dreiundsiebzigsten; dort nannte er sich Morris Shine. Seine Haltung zu Coens Tod war unklar. Den Chinesen vermißte er mehr. Einer seiner Cousins aus der Bronx holte die Leiche aus dem Leichenschauhaus. César begrub Chino auf dem Grabhügel der Guzmanns außerhalb des Stadtgebiets; er engagierte einen marranischen Totenkläger, Papa, Topal und Jerónimo trugen die grauen Todesschals der Marranen, und Jorge bewachte den Friedhofseingang, in beiden Händen eine Ähre.

Der Geruch der Haferflockensuppe und der Pilzomelettes drang durch die Holzbalken nach oben und quälte César. Coen war der Vegetarier. César war ein Schweinefleischesser, und bei der Erinnerung an seine Mahlzeiten mit dem Chinesen, grüne Bohnen und gehacktes Schweinefleisch, Schweinefleisch süß-sauer,

Schweinefleisch mit Gemüse, Schweinefleisch in allen Varianten, spuckte er vor Zorn und Groll in die Toilette. César rief unten im Lokal an (er hatte einen Sonderanschluß, eine Leitung, die direkt zur Kassiererin des vegetarischen Restaurants führte). »Hol mir Boris Telfin. Ich will, daß sein Bus in acht Minuten vor der Tür steht. In dieser Bruchbude stinkt es.«

Die Kassiererin sagte: »Tut mir leid. Er ist nicht an seinem Tisch, Mr. Shine. Was soll ich machen?«

César murmelte Saukerl, Saukerl vor sich hin, bis sein Fahrer an den Apparat ging.

»Ich war beim Pinkeln, Zorro. Den Wagen kann ich haben. Aber wo bleiben die Kunden? Weißt du, wie viele Augen dieser Isaac hat? Der hat Fernrohre in beiden Brustwarzen eingebaut.«

»Boris, du hast mir von einem Zimmer mit erstklassiger Aussicht erzählt. Du hast vergessen, zu erwähnen, daß man am Küchengestank erstickt. Hol den Bus.«

César fuhr in die Jane Street. Er trug einen Wintermantel, dessen Kragen bis über die Ohren hochgeschlagen war, und er hatte sich eine Matrosenmütze auf die Augenbrauen gezogen. Es war Mai.

Odile erkannte ihn trotz seiner Vermummung. Sie wußte nicht, ob Zorro gekommen war, um sie zu töten oder ob er ihre Gliedmaßen verstümmeln wollte, weil sie sich nach Vander ausgerichtet hatte, doch sie mußte ihn einlassen. Als er im Korridor an ihr vorbeiging, spannte sich ihr Bauch an. Ihr Herz schlug gegen die Rippen. Würde er sie ausziehen, ehe er ihr an die Gurgel ging? Würde sie abscheuliche Tricks vorführen müssen? Als er sich aus dem Hut und aus dem Mantel geschält hatte, sah sie seine Blässe. Er ließ sich in einen weichen Stuhl fallen. Odile spürte einen leisen Zorn auf César in sich aufsteigen; er schien überhaupt nichts von ihr zu wollen.

»Zorro, möchtest du einen Imbiß?«

»Keines von deinen Sandwiches«, sagte er. »Heb sie dir für die Kerle auf. Für wen sind die grünen Kerzen bestimmt?«

»Sie sind für Coen.«

»Ich hätte mir denken können, daß du Isaacs Knaben nachtrauerst.«

Von César hatte sie keine Pietät zu erwarten. In den letzten zwanzig Jahren waren seine Gefühle für Coen abgestorben. Er hatte seine Brüder und seine Huren und einen chinesischen Killer. César hatte einen besseren Menschen aus dem Chinesen gemacht, hatte den Hang des Taxibanditen zu Gewalttätigkeiten abgelenkt, indem er ihm einige Huren zur Überwachung unterstellt hatte, und er hatte ihn mitgenommen in die Bronx, um gemeinsam Marranenwein zu trinken; einem Mann, der Schweinefleisch liebte, konnte er nicht mißtrauen. César bedauerte, Chino verloren zu haben (er hätte wissen sollen, daß der Chinese bei seiner Jagd auf Coen verrecken würde), und er machte sich Sorgen um Jerónimos neues Versteck (solange Isaac Manhattan belagerte, mußte er seine Besuche bei dem Baby ausfallen lassen), doch es bereitete ihm keine Schwierigkeiten, auf Odiles Stuhl zu schlafen. César schnarchte wie seine Brüder und schlief mit einer Hand auf seinen Eiern. Odile, die wußte, daß bei Zorro nichts zu holen war, wäre am liebsten in das »Dwarf« gerannt, hätte mit jemandem getanzt, ganz gleich, mit wem, einen Hüftknochen in ihren Leisten gespürt, doch sie wagte es nicht, den Raum zu verlassen. César hatte klare Vorstellungen. Er hätte seine Brüder losgeschickt, um das »Dwarf« auseinanderzunehmen, wenn er beim Erwachen keine Odette vorgefunden hätte. Daher mußte sie sich damit begnügen, Wachs vom unteren Ende einer grünen Kerze zu knabbern und Zorros Schnarchen zu lauschen.

Papa traf Vorbereitungen, um den Süßwarenladen zu schließen. Wenn die zweite Maiwoche vorüber war, mixte er niemals Sodas. Alejandro würde in der Bronx bleiben. Er würde über die Sommermonate in eine Kegelbahn ziehen und von dort aus Papas Geschäfte überwachen. Falls Papas bessere Kunden es vorziehen sollten, ihre Geschäfte auf anderen Wegen zu tätigen, während Papa nicht in der Stadt war, machte das nicht allzuviel aus. Im Herbst würde Papa sie zurückgewinnen. Für einen Stapel Zehn-Dollar-Wetten wollte er Loch Sheldrake nicht opfern. Er mußte an seinen Obstgarten denken, an seine Beete, an die Erdbeer- und Brombeerzeit und an die Sicherheit seiner Jungen. In einem Obstgarten konnte Jerónimo nicht überfahren werden, und Jorge ging es ohnehin besser, wenn er sich nicht mit Straßenschildern und Verkehrsampeln herumquälen mußte. Papa zündete für Coen und den Chinesen Kerzen auf dem Ablagebrett über seinen Malzmilchmaschinen an. Mit einem Spüllappen auf

dem Schädel betete er zu Moses, spuckte nach Art der Marranen dreimal, damit Coen und der Chinese im Fegefeuer ruhen durften. Dennoch setzte er nur flüchtiges Vertrauen in die Kraft seiner Gebete. Er glaubte nicht daran, daß ein Einzelner die Nöte der Toten lindern konnte. Papa war nicht knauserig. Er hätte professionelle Kläger engagieren können, um die drei Richter des Fegefeuers (Salomo, Samuel und den Heiligen Hieronymus) mit kraftvollen Schreien aus mächtigen Lungen auszutricksen. Diese Kläger waren preisbewußt. Für jedermann, der ihren Preisvorstellungen entgegenkam, konnten sie mit einem Schrei Wände einreißen. Doch Papa reichten Schreie nicht aus. Die Toten brauchten ganze Familien, die für sie einschritten, Brüder, Schwestern, Väter, Neffen, Mütter, Söhne, die sich mit Spüllappen und Schals behängten, den christlichen Heiligen Pennies darboten, Moses mit einer Kerze besänftigten, hebräische Gebete in ihrer Transkription ins Portugiesische des sechzehnten Jahrhunderts rezitierten; Coen und der Chinese waren familienlose Männer ohne die Überlebenskniffe der Marranen.
Für sich hatte Papa die Aussicht auf Unsterblichkeit abgeschrieben. Er hatte gelebt wie ein Hund, seinen Feinden die Nase abgebissen, auf zwei Kontinenten menschliche Scheiße berochen, in einer Kauerstellung geschlafen, um seine verletzbaren Weichteile zu schützen, und er rechnete damit, wie ein Hund einzugehen, mit Blut im Rektum und jemandes Zähnen in seinem Nacken. Doch Papa hatte nicht die Absicht, an einer Überdosis Isaac zu sterben oder seine Söhne an die Schrotflintenbrigade des First Deputy auszuliefern. Er hielt Isaac für mehr als einen schlichten Schurken. Welcher andere Bulle hätte sechs Guzmanns auslöschen wollen, fast eine gesamte Menschengattung? Isaac mußte einer dieser Würgeengel sein, die der Lord Adonai geschickt hatte, um die Schweinefresser zu peinigen, die Marranen, die so viele Jahre zwischen den Christen und den Juden durchgeschlüpft waren, daß sie nicht mehr ohne Moses *und* Jesus (oder Johannes den Täufer) in ihren Betten existieren konnten, und die sich den Geboten Adonais mit ihren Vorhäuten und ihren Rosenkränzen widersetzt hatten. Isaac war unfähig gewesen, sich einen Guzmann zu schnappen und hatte sich dafür einen blonden Juden und einen Kreolen mit chinesischen Vorfahren geholt.
So klagte Papa. Der Spüllappen hing ihm über die Ohren. Auf

Englisch und Portugiesisch stieß er Klagelaute für den Chinesen aus, doch für Coen schrie er lauter. Papa, der in Peru nichts gehabt hatte, hatte es in Nordamerika zu etwas gebracht. Er besaß Grund, eine Farm mit Guzmannschen Beeren und ein eingeführtes Geschäft in der Bronx. In Papas Vorstellungen rechnete er alle vier Coens, Vater, Mutter, wahnsinnigen Bruder und Sohn, zu den Kapitalanlagen und den Beeren dazu. Die Coens waren Papas Nordamerika. Papa brauchte sich nicht außerhalb der Boston Road umzusehen; er konnte seine Schritte an den Sprüngen in Alberts Eiern messen. Wenn er das Phylakterion mit dem winzigen Lederkästchen, das spanische, holländische und portugiesische Worte aus den Büchern Mosis enthielt, durch die Öffnung in seinem Ärmel wand, betete er zuerst um Gesundheit für seine Jungen, dann für den Weiterbestand der Coens; dabei konnte er nicht von Jessica absehen, deren ungebundenes Lächeln an seinen Eingeweiden nagte. Papa brauchte einen Stümper wie Albert, um seinen eigenen Erfolg optisch zu vergrößern. Doch es war keine reine Ausbeutung. Papa liebte die Coens. Zwar mochte er sich vor ihren Gemüsegerichten ekeln, doch er bewunderte Alberts Sanftheit, bemitleidete Sheb wegen seiner Geistesschwäche, fühlte sich von Manfreds blondem Auftreten angezogen (die Guzmanns waren von behaartem Schwarz), und Jessica plagte ihn; die Verachtung, die sie in ein Lächeln legen konnte, entsetzte ihn, doch zugleich bewunderte er die Vieldeutigkeit in ihrem Gesicht. Daher klagte er. Nicht, weil er drei Coens in den Tod getrieben und einen Vierten übriggelassen hatte, der in einem Altersheim mit Flußblick verrottete, indem er Alfred bloßgestellt und Jessica mit einem Stück Schnur den Hof gemacht hatte, indem er sie mit seinen kleinen Darlehen als Gefangene in einem Eierladen gehalten, Manfred auf ein Schlachtfeld geschickt hatte, das viel eher für Leute wie Isaac und die Guzmanns bestimmt war und Sheb mit Dollarnoten in die Isolation trieb. Papa hatte so hart darum gerungen, am Leben zu bleiben, daß er sich von einem derart unnützen Gefühl wie Kummer nicht aus der Form bringen ließ. Doch war er mit den Coens verkettet, ob in der Bronx, in Manhattan oder im Fegefeuer, und seine Klagen riefen ihm nur wieder in Erinnerung, daß er sich niemals von ihnen losmachen konnte.

Der Lotse hatte Jerónimo bis zur Erdbeerzeit in Obhut. Dann

würde er das Baby gemeinsam mit Papa, Jorge und Topal nach Loch Sheldrake fahren. Für Papas Geschmack gab es auf der Boston Road zu viele Haie (Polizeiwagen, die Isaacs Kontrolle unterstanden). Daher saß Boris Telfin mit dem Baby in einem gemieteten Zimmer an der Neunzigsten Straße mit einer Dampfheizung, die den ganzen Juli über lief, und er unternahm am Tag nicht mehr als ein oder zwei Ausflüge zu seinem Fensterplatz im vegetarischen Restaurant. Er litt unter dem Verlust der Spinatpfannkuchen und des Bohnenauflaufs. Außerdem fürchtete er sich vor César. Mit seinem verrückten Guzmann-Kopf konnte Zorro intuitiv feststellen, ob das Baby eine unzureichende Schokoladenzufuhr oder einen Fettfleck im Haar hatte. Boris striegelte das Baby, stutzte mit einer Schere seine zotteligen Koteletten und verfluchte Zorro, während er Shampoo in Jerónimos Kopfhaut massierte.

Das Baby forderte mehr. Es durchsuchte die Taschen des Lotsen nach Paranüssen und schwarzer Halva. Boris mußte Finger in seiner Hose dulden. Und wenn er nicht in die Spaziergänge des Babys eingewilligt hätte, wäre er mit langen Kratzern im Gesicht ins vegetarische Restaurant gekommen. »Jerónimo, schau dich um, ehe du über eine Kreuzung gehst. Wir sind auf Isaacs Gebiet. Wenn du entführt wirst, brauche ich keine Sterbekasse. Dein Vater und dein Bruder würden mich auseinandernehmen.« Er zog dem Baby dicke Pullover, eine Matrosenjacke und Ohrenschützer an. »Lieber zu warm als zu kalt. Das Wetter kann umschlagen. Und in einem solchen Bündel erwartet dich kein Bulle.« Boris wollte seine Brieftasche rausholen und klopfte seine leere Tasche aus; das Baby hatte seine Seitentasche ausgeräumt. Wie die Affen, dachte Boris. Eine Familie von Dieben. Doch bisher hatte ihm das Baby kein Geld gestohlen. »Zwei Dollar? Jerónimo, wieso ausgerechnet zwei Dollar?« Boris zankte sich nicht über den Diebstahl. Für das Zimmer und die Verpflegung zahlten ihm die Guzmanns hundert pro Woche, und er konnte zwei Dollar von seinem Gewinn abziehen, ohne sich wahrhaft zu schaden. »Jerónimo, der Schlüssel liegt unter dem Mülleimer im Gang. Er paßt in das obere Schloß. Nicht in das untere. Dreh ihn mit beiden Händen um. Sonst fällt er dir noch aus der Hand.«

Das Baby ging aus dem Haus. Es bahnte sich einen Weg durch

Stapel von Zeitungen auf der Treppe, tastete mit einem Schuh nach festem Untergrund und ließ den anderen Schuh solange flach auf dem Boden stehen. Der Hausverwalter legte die unrhythmischen Laute falsch aus und glaubte, im zweiten Stock wohne ein zerfahrener Krüppel. Jerónimo fand die modrigen Gerüche, die aus der Diele des Hausmeisters drangen, weitaus widerlicher als den natürlicheren Gestank im Freien. Auf der Straße nahm seine Haut eine Rosafärbung an. Um die Augen herum war er dunkelrot, und die Farbe breitete sich bis zu einem klar umrissenen Klecks hinter den Ohren aus. Auf halbem Wege zwischen der Wohnung des Lotsen und der ersten Kreuzung hob er seine Knie bis über den Gürtel. Seine Ohrenschützer rutschten bei jedem Schritt höher. Einen derart erstaunlichen Gang waren die Anlieger der Neunzigsten Straße nicht gewohnt. Das Baby konnte Dreirädern und Fuhrwerken ausweichen, ohne seine Fersen zu verlagern. Sein Kopf wich nicht von einer geraden Linie ab. Verrohte Straßenkatzen, einige mit Narben im Schnurrbart, ließen Hühnerflügel fallen und rannten vor den stapfenden Lauten des Babys davon. In weniger als drei Minuten stand er auf der anderen Broadway-Seite vor dem Eingang des Manhattan Feierabendhauses. Die Krankenschwestern übten Nachsicht mit ihm. Sie wußten, daß er der grauhaarige Junge war, der Sheb Coen besuchte. Jerónimo legte die beiden klebrigen Dollarscheine und eine Handvoll Toilettenpapier in den Ellbogen von Shebs Schlafanzug. Sie küßten einander vor den Mitbewohnern (Männer und Frauen aus einer anderen Etage), und der Klecks auf Jerónimos Hals löste sich auf. Shebby wurde von den anderen nicht zur Rede gestellt, weil er in einem öffentlichen Schlafsaal jemanden küßte. Niemand ließ sich von dem buschigen, grauen Haar oder von Jerónimos Rundlichkeit in der Matrosenjacke täuschen. Er hatte alle Kennzeichen eines Guzmanns; pralle Backen, Höcker auf der Stirn, tiefliegende Augen und die gegabelte Lippenform. Shebbys Nachbarn wollten den Jungen ausziehen. Sie zogen an seinen Ärmeln, versuchten, ihm die Ohrenschützer abzuziehen. Shebby heulte in seinem Bett auf. »Laßt ihn los, ihr Schurken. Was er anhat, ist für jedes Wetter richtig. Ich zerstückele euch, wenn ihr mit seinen Ohren rumspielt. Jerónimo, der ist wie eine Schwester zu mir, besser als jeder Neffe oder Bruder. Bringt mir Dollars, und keine unangenehmen Nachrichten.«

Sheb mußte mit Bücherstützen und Medizinflaschen nach ihnen werfen, ehe seine Nachbarn von Jerónimo abließen. Jerónimo blieb mit einem Ohrenschützer über dem Mund zurück. Sheb richtete das Baby wieder her, wickelte es wieder ein. Die Nachbarn verstreuten sich, und jetzt mußte Sheb sich um seine eigenen Zimmergenossen kümmern. »Macht Platz für den Jungen, ihr Schurken.«

Ohne jede Vorreden oder Erklärungen verschränkten Sheb und das Baby ihre Hände ineinander und begannen zu weinen; ihr lautes Schluchzen alarmierte die Zimmergenossen, Morris, Sam und Irwin, weil ihnen keine Ursache für eine derart spontane Erschütterung ersichtlich war, und sie nicht wissen konnten, daß Sheb und das Baby langem Weinen ergeben waren, daß sie sich so schon im Eierladen verhalten hatten, unter Feuerleitern und auf der Farm. Sie beweinten ihre andauernde Kindheit, die weißen Stellen, die schon so früh auf Jerónimos Schädel gesprossen waren, die kleinen Demütigungen, die ihre Knöchel hatten schwellen und ihre Hälse sich in der Bronx verkürzen lassen, ihre Unzulänglichkeit im Gelderwerb, ihre Abhängigkeit von Brüdern, Vätern und einer Schwägerin, ihren rauschhaft tiefen Schlaf, in dem sie von Winterstürmen träumten, von überfluteten Abwasserkanälen, einstürzenden Feuertreppen, brennenden Dächern, Vulkanausbrüchen in der Bronx, die Furcht, die sie in ihren wachen Stunden mit sich trugen. Sheb löste sich aus dem Griff und wischte die Augen des Babys mit einem Ärmel seines Schlafanzugs ab. Morris zwinkerte Irwin zu. »Bematscht.« Das Baby zog den Abschied in die Länge, forschte mit einem halben Knöchel unter Shebbys Ärmel. Sheb verstand die Tragweite dieser Geste; das Baby würde nicht vor dem Herbst zurückkommen. »Jerónimo, sieh dich vor toten Ästen vor. Komm nicht mit einem Splitter im Arsch zurück.« Sie küßten sich ein letztes Mal. Als Jerónimo fort war, gab Sheb die Dollarnoten Morris (das Toilettenpapier behielt er). »Such deine Zähne, und geh an die Ecke. Hol uns eine schöne Mischung. Ein paar Aprikosen, ein paar Birnen, ein paar Pflaumen.«

»Und Datteln«, sagte Irwin.

»Und Datteln«, bestätigte Sheb. »Ohne seine Datteln kann der Kerl nicht scheißen.«

Jerónimo wirbelte durch die Schwesternstation. Die alten Män-

ner, die in ihren Bademänteln im Korridor standen, entdeckten hüpfende Ohrenschützer und ein marineblaues Cape. Sie fragten sich, wieviel Unheil ein blauer Mantel bringen konnte. Das Baby sah Isaac und seinen Chauffeur auf der Treppe stehen. Brodsky grinste und schwenkte seine Handschellen vor Jerónimos Gesicht. Isaac trug einen Pappkarton unter dem Arm.
»Wir haben ihn«, quietschte Brodsky, der vor Vorfreude kaum an sich halten konnte. »Soll ich mich an seine Arme oder an die Beine machen, Chef?«
Brodsky blockierte die Treppe, und das Baby konnte nur über den Kopf des Chauffeurs klettern oder aufs Dach rennen. Jerónimo kauerte sich zusammen. Isaac brachte Brodsky dazu, die Handschellen sinken zu lassen. »Komm runter, Jerónimo.«
Brodsky flüsterte dem Chef ins Ohr: »Isaac, sei nicht so komisch. Leg ihm ein Armband um den Fuß, und er führt uns zu Zorro. Ich habe schon mit Dummköpfen zu tun gehabt. Ich kenne ihre Macke.«
»Brodsky, geh ihm aus dem Weg.«
Der Chauffeur verzog sich in eine Ecke; sein Gesicht schwoll vor Bedauern an. Brodsky hatte mit soviel Vehemenz Partei für Isaac ergriffen, daß er keinen Guzmann laufen lassen konnte, ohne sich damit selbst etwas anzutun. Er mußte schrecklich husten. Isaac tröstete ihn nicht. Das Baby zog beide Schultern nacheinander ein und schlüpfte zwischen Isaac und seinem Chauffeur durch, ohne einen von beiden zu berühren (eine bemerkenswerte Leistung in Anbetracht der Enge des Treppenhauses und des stämmigen Körperbaus des Chauffeurs). Isaac mußte sich eilen, sonst hätte er ihm nichts mehr nachrufen können.
»Jerónimo, sag deinem Vater, daß er in diesem Sommer gefrorene Beeren ernten könnte. Ich werde mich nach ihm umsehen. Zwischen hier und Loch Sheldrake steht keine Chinesische Mauer. Jerónimo ...«
Der Junge war außer Reichweite. Isaac schickte Brodsky die Treppe hinauf und fort von Jerónimos Spuren.
»Ich kann ihn abfangen, Isaac. So leicht kann er meinem Bus nicht ausweichen.«
»Wir sind wegen Shebby hergekommen, nicht wegen des Jungen. Zorro geht mir nicht durch die Lappen. Dazu brauche ich kein Baby.«

Sie gingen an der Schwesternstation vorbei, ließen ihre Abzeichen aufflackern und betraten Shebbys Zimmer. Morris, Sam und Irwin waren noch nie von einem Deputy Chief Inspector unterhalten worden. Sie reihten sich für Isaac auf und verbargen die Eierflecken auf ihren Schlafanzügen. Sie versicherten Isaacs Chauffeur, wie zufrieden sie mit der Polizei waren. »Zu uns, da kommen keine Vagabunden rauf«, zwitscherte Morris. Doch Shebby wollte sich nicht festlegen. Er faßte Sam ins Auge, der zufällig in seiner Blickrichtung stand, und bedachte seine Bereitwilligkeit, Isaac in den Arsch zu kriechen, mit einem finsteren Blick. Sheb ließ sich nicht so einfach rumkriegen. Nicht umsonst hatte er in der Boston Road Eier durchleuchtet. In der Dunkelheit von Alberts Laden hatte er immer als erster den Aufprall von Buchmachern und anderen schicken Typen gehört, die von den Dächern fielen, weil sie ihre Sympathien etwas zu oft verlagert hatten. Sheb konnte nicht Jerónimo küssen und sich dann in Isaacs Gegenwart wohlfühlen. Als nächstem Anverwandten stand ihm die private Habe aus Coens Schließfach bei der Polizei zu, ebenso Coens Brieftasche und die kurze Hose, das blaue Hemd und die Leinenschuhe, in denen Coen gestorben war; all das holte Isaac aus dem Pappkarton und übergab es Sheb. Irwin sah ehrfürchtig das Blut auf den Leinenschuhen und dem Hemd an. Morris und Sam begeisterten sich für Coens Schuhlöffel.
»Armer Kerl«, murmelte Brodsky nah genug an Isaacs Ohr und entschuldigte sich dann bei Sheb. »Tut mir leid, Mr. Coen. Aber Ihr Neffe war einfach ein toller Bulle. Er war gefürchtet bei uns, wirklich wahr. Das Tischtennis, da hat's ihn erwischt. Auf der Straße war er zu stark.«
»Weiß ich etwa nicht, wer mein Neffe ist?« sagte Shebby. »Warum habt ihr mir seine stinkenden Klamotten gebracht?«
»Habschaft«, sagte Brodsky, stolz auf sein Vokabular. »Andenken. Was ist nur los mit Ihnen? Sie sollten Respekt vor dem Krempel eines Toten haben.«
Shebby räumte die Brieftasche aus. Er fand gewisse Versicherungsbelege, Bilder von den Töchtern einer früheren Frau. Er riß alle Seitentaschen auf. »Wo ist das Geld?«
»Das ist etwas komplizierter, Mr. Coen. Das ist noch bei uns in Verwahrung. Machen Sie sich keine Sorgen, Sie werden es bekommen. Etwa vier Dollar in Münzen. Aber was bedeuten Ihnen

vier Dollar? Sie sind ein reicher Mann, Mr. Coen.« Brodsky stieß seinen Chef in die Rippen; er brauchte Beistand. »Zeig ihm Manfreds Versicherungspolice, Isaac.«
Isaac hatte den Schuhlöffel angestarrt, die Leinenschuhe, die verschmutzte Tasche, die Rasierklingen, das Zahnputzglas, einen verbogenen Löffel, Überbleibsel eines bedauernswerten Menschen, und er fühlte sich schäbig und gemein, weil er in der Zwangslage war, Coen zu rühmen, ihn vor Sheb und seinen drei Kumpeln aufzudonnern. Sheb brauchte keine Glückseligkeit von Isaac. Daher beschränkte er sich auf die Versicherungspolicen in Papierhüllen, erzählte etwas von Lebensversicherungen und Treuhandgesellschaften, und als er die Summe errechnet hatte, teilte er allen Anwesenden mit, daß Sheb in circa fünf Jahren fünfzehntausend Dollar erhalten würde. Sam verrollte vor Ehrfurcht die Augen. »Fünfzehntausend?« Morris verschlug es vor Neid die Sprache. Irwin sah sich die Policen in ihren Hüllen an.
»Shebby, wir werden die Größten sein. Nix mehr mit schwarzweiß. Wir können uns einen Farbfernseher leisten.«
Sheb machte sich nichts aus Ungeheuerlichkeiten. »Vergessen Sie die fünfzehntausend. Geben Sie mir einfach die vier Dollar, die mir gehören.«
Einer derart radikalen Kompromißlosigkeit war der Chef nicht gewachsen. Brodsky mußte ihn an die Anstecknadel in seiner Tasche erinnern. »Esau«, sagte Brodsky. Isaac steckte die ganze Hand in die Tasche. Die Medaille besaß eine silberne Verstärkung, ein blau-weißes Band, und unter einem Widderhorn stand Coens Name und die Daten seines Frontdienstes. Isaac heftete die Medaille an Shebs Schlafanzug und stach sich dabei in den Finger. Bedächtig saugte er den Blutstropfen auf, verlas eine öffentliche Ehrung der Hands of Esau, in der Coens Tapferkeit bis hin zu seinem Tode betont und auf seinen Ehrenplatz unter den Nichtjuden und Juden hingewiesen wurde, dann drückte er Shebby die Hand, achtete dabei auf seinen blutenden Finger, und verließ, von Brodsky gefolgt, den Raum.
Sheb hatte die Hälfte des Bandes abgeknabbert, ehe Sam und Irwin ihm die Medaille abnehmen konnten; im Handgemenge brach die Ordensspange ab, und Morris suchte die Einzelteile zusammen. Sheb hatte weiße und blaue Fäden im Mund. Irwin

hielt ihm eine Strafpredigt. »Schwachkopf, so geht man nicht mit einer Medaille um.«
Sheb weinte tonlos; nur seine Kehle bewegte sich. Die anderen wußten nicht, was sie tun sollten; gerade erst hatten sie Shebbys lautes, nasses Schluchzen mit Jerónimo verständnislos hingenommen. Auf Shebbys ganzem Körper fand sich keine Träne. Morris wedelte mit seinen Pranken vor Shebbys Augen. »Haßt du deinen Neffen so sehr, Sheb?«
»Sag uns, was los ist«, sagte Irwin. »Sei fair, Shebby.«
»Morris«, sagte Sam, »kauf ihm sein Backobst. Vielleicht feuchtet ihm eine Aprikose die Zunge an.«
Die Fäden kräuselten sich unter Shebbys Lippen. Sam wagte nicht, sie wegzuziehen. Er verständigte sich mit Irwin, und sie erwarteten Morris' Rückkehr. Sie steckten ihm Aprikosen, Birnen, Datteln und Pflaumen aus einer schmierigen Tüte in den Mund. Shebby spuckte das Obst nicht aus. Er schluckte Datteln und Fäden. Er bemühte sich zu rülpsen. Morris mußte ihm auf die Rippen klopfen, damit der Rülpser herauskam. Doch sein Weinen setzte sich unverändert fort. Kein Laut war aus ihm herauszuholen. Daher zogen sich die anderen auf ihre eigenen Betten zurück. Irwin reichte die Tüte herum. Sie aßen die übrigen Früchte auf. Die Aprikosenschale war zäh. Sie spuckten die Haut aus. Sheb sah an die Wand.
»Kurze Hosen«, sagte er.
»Erklär uns, was du meinst, Shebby.«
»Welcher Kriminalbeamte stirbt in kurzen Hosen?«
»Er hat Tischtennis gespielt, Shebby. Das liegt nur daran. Wäre dir wohler, wenn dein Neffe eine schicke Hose versaut hätte?«
Shebby wollte die Medaille immer noch nicht tragen. »Sie haben Alberts Jungen genommen und einen Schwan aus ihm gemacht.«
Sam schüttelte den Kopf. Morris und Irwin verrollten die Augen. Was sollte man mit jemandem anfangen, der sich nichts aus Versicherungspolicen machte und eine Medaille aufessen wollte? Sheb war damit beschäftigt, in seinem Geiste Coen auszurotten. Es war ihm gutgegangen; ohne die Hilfe anderer war er mit seinem Innern zurechtgekommen, mit Jerónimos Besuchen, bis ihm Isaac Schuhe und eine kurze Hose in einem Karton gebracht und alle Unfähigkeiten der Coens in sich wachgerufen hatte. Die

Hymnen auf Abzeichen und Medaillen und blutverschmierte Fetzen waren verfehlt; der Junge war nicht zum Bullen geschaffen. Als er ihn zum erstenmal in dem unförmigen grauen Sackleinen der Neulinge gesehen hatte, hätte Shebby dem lächelnden Manfred in den Ärmel beißen, ihn an der Wade festhalten und ihm den Irrwitz eines Coen unter einem solchen Hut beweisen sollen. Nach dem Abschluß auf der Polizeiakademie hatte der Neffe Sheb mit seiner grauen Hose beschenkt. Sheb konnte sie tragen, ohne die Säume herauszulassen. Wer war hier der Narr in einer Bullenuniform, wer der Knabe mit den Engelsaugen? Sheb, der Eierdurchleuchter, hatte dreißig Jahre lang Blutklümpchen aufgespürt, war Kostgänger im Haus seines Bruders und hatte sein langes Zusammenleben mit den Coens damit beendet, daß er für Albert an einem Ofen rumfummelte. Einen Bruder töten und die Hose seines Sohnes erben. Das war die Logik der Coens.

Sheb roch Feuer in den Mauern. Er nörgelte an Sam herum, der das Bett neben ihm belegt hatte. »Lauf um dein Leben. Das Dach brennt.«

Sam wandte sich hilfesuchend an Morris und Irwin, jüngere Männer mit breiterer Brust. Sie wickelten ihn in Decken. Es war das dritte Feuer, das Sheb in dieser Woche roch. Sam dachte sich, die Medaille könnte ihn erschüttert haben. »Soll ich die Schwester rufen?«

»Nein.«

Sie hüllten ihn in die Decken, wickelten ihn bis zu den Ohren ein. Wenn sie ihn zum Schwitzen brachten, roch er kein Feuer mehr.

»Ist dir warm, Shebby?«

Sie zogen ihm Strümpfe über die Hände und Füße. Morris fuhr mit einem Finger um Shebbys Ohren. Erst, als er den Finger naß zurückzog, lächelten die anderen. Sie gestatteten ihm, noch eine Minute zu rösten, ehe sie in ihre Betten zurückkehrten.

Der DI, Herbert Pimloe, sah zu, wie die netten, kleinen Polizisten aus ihren Löchern krochen und zu Isaacs Büro schlurften. Diese »Engel« lancierten sich selbst als Anwärter um Inspektorenposten; sie lächelten nur für Isaac. Er, Pimloe, hätte nie einer von Isaacs Männern werden können; seine Augen waren nicht blau genug, und er würde bei Streifen niemals Strumpfhalter tragen (oder einen ausgestopften BH). Elf Pfund hatte er abgenommen, seit Isaac aus der Bronx aufgestiegen war, um Pimloes Stuhl zu besetzen. Der DI war nicht undankbar; er erkannte elementare Wahrheiten, wußte, daß er eben diesen Stuhl von Isaac selbst geerbt hatte. Doch der Verlust der Aussicht auf Cleveland Place aus seinen Fenstern, die widerrechtliche Aneignung seines Chauffeurs Brodsky und die Unwürdigkeit seiner neuen Unterkunft (einer kärglich belüftbaren Abstellkammer) – solche Dinge ließen ihn vom Fleisch fallen. Isaac war der Hahn im Korb, und Pimloe konnte entweder buckeln oder gehen.

Der DI hatte mehrere Möglichkeiten. Er würde im Wagenpark des First Dep nicht um einen neuen Chauffeur ersuchen, doch er konnte mit der Staatsanwaltschaft eine Anstellung aushandeln oder die Polizeiarbeit an den Nagel hängen und Sicherheitschef in einem der Einkaufszentren von Islip werden. Er widerstand diesen Anfechtungen. Sein Haß auf Isaac reichte trotz allem nicht aus, ihn seiner Abteilung untreu werden zu lassen. Pimloe hatte sich dem Büro des First Deputy verschrieben. Er mußte Isaacs Wiedereinsetzung durchstehen. Also buckelte er. Und buckelte. Und buckelte.

Isoliert in seinem Kämmerchen, mit ewiger Feuchtigkeit in der Nase (nicht einmal Regen konnte durch den Luftschacht hinter Pimloes Mauer abziehen), machte er sich auf die Suche nach Odile. Der DI hatte eine Vorliebe für Anzüge mit Weste; mit einem Dreiteiler aus schottischer Wolle versuchte er sich im »Dwarf« und hinterließ einen bleibenden Eindruck bei einer der Rausschmeißerinnen. Sweeney war aus lauter Eifersucht grob zu ihm. Sie weigerte sich zu glauben, Odile könne einen derart gutaussehenden Freund haben. In Zusammenhang mit Odile zog sie jüdische Zuhälter und chinesischen Plunder vor, Männer, die sie mit offener Verachtung strafen konnte. Gegen die Traurigkeit des DI war schwer anzukommen. Sie konnte die feuchte Wolle schmecken. »Arschgesicht«, sagte sie (und meinte Pimloe), »die Pornokönigin ist zu Hause. Donnerstags und freitags wartet sie Kranken auf. Klopf leise an die Tür. Man kann nie wissen, wen man vorfindet.«

Der DI hielt sich nicht an Sweeneys Vorsichtsmaßregeln; er drückte auf Odiles Haustürklingel und flötete mit unverstellter

Stimme in die Haussprechanlage. »Ich bin's, Herbert. Erschrick nicht. Es handelt sich um einen Anstandsbesuch.« Er rechnete mit Einwänden von Odiles Seite, doch der Türdrücker surrte, und er trat ins Haus.

Odile war in Panik; sie war sicher, daß Pimloe mit einem Kommando des First Dep gekommen war, um gemeinsam mit Isaac eine Razzia zu machen. Sie hatte Zorro bei sich, den sie erst noch in seine Kleider mummen mußte. Er war drei Tage lang in ihrer Wohnung gewesen und hatte um Coen und den Chinesen und um sonstwen getrauert. Gesprochen hatte er nicht mir ihr. Sie hatte ihn rasiert und geschrubbt und sich gefürchtet, seine Genitalien zu berühren oder das Haus zu verlassen. Sie hatten sich von Gebäck und schalem Bier ernährt. Jetzt mußte sie ihm die Matrosenmütze über den Schädel ziehen und ihn über die Feuerleiter hinauslassen, ehe Isaacs Engel den Block umstellt hatten. Sie stieß ihn über die Fensterbank, setzte seine Füße auf die Eisensprossen. Selbst dabei konnte sie ihre Zuneigung nicht verbergen: Wenn es um einen der Guzmanns ging, hatte Odile nicht mehr alle Tassen im Schrank. Sie fing an zu weinen. »Paß auf dich auf, César. Dieser Isaac taucht überall auf. Ich backe Plätzchen für Jerónimo, ganz bestimmt.« Sie küßte ihn auf den Mund, spürte die Härte seiner Lippen (kaute er, oder erwiderte er ihren Kuß?) und schloß das Fenster hinter ihm. Sie konnte den DI nicht hinhalten.

Pimloe war überrascht, wie schnell er an Odiles Türkette vorbeikam. Er sperrte den Mund auf, wollte etwas sagen, wollte sich erklären, und Odile führte ihn in ihr Zimmer; die Tür war wieder geschlossen, die Klappe vor dem Guckloch zurechtgerückt. Sie spielte die Gastgeberin, klopfte seine Hose nach Waffen ab, musterte ihn auf verdächtige Ausbuchtungen hin und wandte sich verblüfft ab; der DI hatte keine Knarre. Dennoch brauchte Zorro Zeit, um über die Feuertreppe zu entkommen, und daher bot sie Pimloe an, Zitronen für einen Drink zu pressen.

»Nein, danke«, sagte er. »Ich mag nichts trinken.«

Sie hätte sich unaufgefordert ausgezogen (sie trug ein durchsichtiges Fähnchen), hätte ihn auf ihre Matratze gelockt, seinen Polizeileib auf dem ihren geduldet – für Zorro, doch die dunklen, ungesunden Furchen in seinem Gesicht, Pimloes schlaff herunterhängende Backen schüchterten sie ein, ließen sie ihr Fähnchen

anbehalten. Die riechende Wolle auf seiner Haut übte eine gewisse Macht über Odile aus. Sie fand, wenigstens einer von ihnen müsse sich ausziehen. »Mach es dir bequem, Herbert. Dein Anzug ist sicher kratzig.«
Er gehorchte ihr, und sie hängte Weste, Jackett und Hose in ihren Schrank und versperrte die Tür. Sie lächelte; sie hatte erreicht, daß er bis auf die Unterhose ausgezogen war, und so konnte er Zorro nicht jagen. Er stieß Spucke durch die Zähne.
»Was macht dir Sorgen, Herbert?«
»Ich werde getreten wie ein Hund. Wie ein Stück Dreck hat man mich abgeschoben.«
»Wer, Herbert? Wer macht das? Ich dachte, deine Stellung sei gesichert.«
»War sie auch. Es liegt an Isaac, Isaac und seinen Arschkriechern. Und jetzt stehe ich dumm da.«
Odile konnte sich nicht erklären, warum der DI in seinem Elend attraktiv sein sollte, als ob ein Mund unter der Androhung von Schmerzen sinnlicher werden könnte. Bullen und Banditen, Bullen und Banditen, sie schwankte zwischen beiden hin und her. Der DI sah noch nicht einmal, wie sich ihre Nippel unter dem dünnen Stoff aufrichteten. Ihr gefielen seine Unterhosen, blaue Karos auf rotem Untergrund. »Herbert, willst du dir nicht die Zehen ausruhen?«
Sie setzten sich auf ihre Matratze, ihre Knie trafen sich in einer würdigen Haltung.
»Ich habe Coen fertiggemacht, und jetzt machen sie mich fertig«, sagte Pimloe. »Mein Chauffeur hat mich sitzengelassen. Er ist wieder zu Isaac gegangen, um mir öffentlich eins auszuwischen. Sie wären froh, wenn ich an meinem Abzeichen ersticken würde.«
Odile hörte nicht zu.
»Sie haben vorübergehend jemanden gebraucht, einen Dummen, der den Chefhocker warmhält, solange Isaac außer Gefecht gesetzt war. Ich bin ein noch größerer Trottel als der Chinese.«
Sie strich mit einem Finger über sein Ohr, drückte ihre Knie an seine.
»Sie haben mich zum Hanswurst gemacht«, sagte Pimloe. »Voll und ganz.«
Odile hielt seinen Nacken fester. Sie streichelte seinen Kopf,

beugte ihn zu ihrem Hemdchen herunter. Sie brauchte ihm keine Anleitungen zu geben; Pimloe knabberte an dem ausgebauschten Stoffstücken über ihren Nippeln. Ihre Brust wurde naß. Odile stöhnte auf. Ihre Ellbogen knickten ein. Jetzt war es nicht mehr Zorro, an den sie dachte.